에로티시즘으로 읽는
일본문화

일본고전독회 편

제이앤씨
Publishing Company

에로티시즘으로
읽는
일본문화

서 문

에로티시즘eroticism의 의미를 사전은 '색정적色情的인 이미지를 의식적 또는 무의식적으로 환기하는 경향'으로 정의한다. 즉 주로 문학이나 예술에서 성적 이미지를 환기하거나 암시하여 이를 의식적, 무의식적으로 강조하는 경향을 말한다. 에로티시즘의 어원은 그리스 신화에 나오는 사랑의 신 에로스에서 유래한다. 성행위는 그 자체로는 그다지 에로틱하지 않지만 그것을 환기하거나 이미지에 의해 암시하는 것이 에로틱한 것이다.

서양의 에로티시즘의 역사는 18세기의 자유사상과 함께 종교적인 속박에 도전한 스페인 설화의 주인공 돈 후안, 성의 전면적 자유와 개인주의를 주장한 사드 백작, 카사노바와 같은 인물들이 나타나면서부터 근본적인 변화가 생겼다. 20세기의 에로티시즘은 므든 인간의 행위에서 성적인 동기를 찾으려는 프로이트의 이른바 리비도libido 학설과 억압 이론에 큰 영향을 받았다. 한편 21세기에 접어들면 에로티시즘의 대중화가 이루어진다. 영화, TV, 서적, 패션, 모든 미디어와 섹스 산업 등, 에로티시즘은 하나의 상품으로 널리 대중에게 소비되고 있다. 그러나 인간의 모든 성애 표현 및 사랑이 모두 에로틱한 것은 아니며 적어도 그것이 동물적이지 않을 때만 에로틱한 것일 수 있다. 다시 말해서 인간은 연상 작용을 통해 대상, 존재 장소 시간 등, 그 자체로는 전혀 성적이지 않은 것, 오히려 성 행위와는 대립적인 것들에 성적 가치를 부여하려는 경향이 있는 것이다.

『에로티시즘으로 읽는 일본 문화』는 주로 근대 이전의 문학작품을 통해 일본 문화에 나타난 에로티시즘의 특징 및 현상을 통시적으로 조망한 책이다. 이 책에서는 일본인이 과연 어떠한 성적 행동에 나름대로의 가치를 부여하였는지, 무엇이 정념의 희열과 실연의 고통이 되었는지, 그리고 이러한 에로티시즘의 전통이 오늘날에는 어떠한 형태로 이어지고 있는지를 고찰할 것이다. 이는 곧 일본인의 에로티시즘의 역사이기도 한 것이다. 이 책은 크게 욕망과 금기, 표현과 유혹, 성과 젠더, 사랑과 죽음의 네 부분으로 나뉘는데 각각의 내용을 간략히 소개하면 다음과 같다.

'욕망과 금기'의 첫 번째 글인 「천황, 그 거침없는 욕망」에서는 천황의 사랑이 중심 테마이다. 기본적으로 천황의 욕망은 모두 충족된다. 그러나 사람의 마음은 권력으로 살 수 있는 것이 아니기에 천황의 사랑이 늘 성공하는 것은 아니다. 이에 채워지지 않는 사랑은 인간을 볼품없는 질투와 뒤틀린 욕망에 빠지게 한다. 이 글에서는 살아있는 신으로 추앙받으며 베일 속에 묻혀 지내던 천황의 사생활, 여제의 사랑과 진실의 왜곡, 천황 형제의 일탈과 궁녀의 파란만장한 일생을 통해 고대 일본 천황가의 숨겨진 일면을 살펴볼 것이다.

「금단의 에로스, 근친상간」은 주로 고전 문학 작품에 나타난 금기침범의 양상을 다룬다. 성적 욕망 속에서 만나지 말아야할 타자와의 만남을 통한 육체적 교감 행위는 금기침범이라는 에로티시즘의 본질을 부여하고 있고, 거기에 묘사되는 성애 표현에는 긴장감은 물론 참을 수 없는 욕망과 고뇌 그리고 죄의식 등의 심리적 묘사가 수반되어 있다. 그렇다면 문학 속에서 금기침범의 에로티시즘은 어떻게 투영되어 있을까. 이 글에서는 에로티시즘이라는 프리즘을 통해 일본문학 속에 나타난 금기 침범의 성적욕망이 어떻게 묘사되고 있는지 조명할 것이다.

「늙은 여인의 순정과 로맨스」에서는 헤이안 시대의 문학 작품에 나타난 노녀의 사랑 이야기를 테마로 삼는다. 즉 풍류를 의미하는 〈이로고노미〉 이야기 중에서도 특히 호색적인 노녀의 연애담과 〈이로고노미〉의 역할에 대하여 조명할 것이다. 개별적인 인물론에 그치지 않고 고대 전승과 작자의 작의라는 측면을 중시하고 와카를 읊는 능력, 이른바 가덕설화歌德說話의 문제, 노녀의 성과 해학, 무녀巫女적 여성의 역할에 대해서도 살펴볼 것이다.

'표현과 유혹'의 「유혹의 기술」은 궁궐과 귀족이 이성의 마음을 사로잡는 여러 가지 방법, 즉 유혹의 기술에 대하여 서술한다. 시각, 청각, 후각, 촉각이라는 보편적인 수단 이외에 헤이안平安 시대, 귀족과 궁궐에서는 이성의 마음을 사로잡기 위해 어떠한 감각과 기술을 썼는지, 남편의 마음을 사로잡기 위한 부녀자들의 노력과 천황의 총애를 다투던 궁녀들의 치열한 경쟁 등, 일본 고대인들이 애용한 유혹의 기술을 자세히 소개할 것이다.

「겐지 이야기, 그 은근한 성애표현」은 일부다처제의 귀족사회를 배경으로 다양한 남녀 간의 사랑과 애욕의 세계를 유감없이 보여주고 있는『겐지 이야기』특유의 표현 기법을 주제로 한다. 즉 작품 속 묘사에 주목하여 '머리카락髮'과 '의복衣'에 관련된 신체표현, '조개貝'와 '귤橘'에 의한 비유표현, 가요歌謠 인용 등을 통해 드러난 에로티시즘의 미학을 밝힐 것이다.

「설화문학의 성표현」에서는 일본 고대에서 중세에 걸쳐 성립된 설화집 속에 나타난 성애 표현의 특징에 대하여 기술한다. 설화집은 기본적으로 서민의 희로애락을 대상으로 하는 만큼 거침없는 성애 표현을 기조로 삼는다. 설화집마다 성을 다루는 방식은 다르지만 이 글에서는 주로『곤자쿠 이야기집今昔物語集』등을 중심으로 그 속에 나타난 노골적인 성욕표현, 익살스럽고 엽기적인 성표현, 불법과 세속 사이의 성표현에 주목할 것이다.

「외설적 웃음, 그 세계와 취향」에서는 18, 9세기, 대중소설가인 짓펜샤 잇쿠十返舍一九의 작품 세계를 통하여 그가 추구한 외설적 해학의 내용을 다룬다. 대중 소설의 최다 집필 작가이자 대표적 베스트셀러작가인 잇쿠의 중요한 창작 기법인 외설적 웃음에 드러난 그의 문학적 개성과 당시 서민의 소박하고 기발한 성적 풍자의 양상을 고찰할 것이다.

'성과 젠더'의「삼각관계와 에로티시즘, 그리고 젠더」는 앞서도 살펴본 일본 최고의 고전으로 평가받는『겐지 이야기』의 애정 관계에 주목한다. 금기 침범이라는 욕망으로 에로티시즘을 바라볼 때, 삼각관계는 에로티시즘을 자아내는 최적의 구도라고 할 수 있다. 이 글에서는 작품에 형상화된 삼각관계에 주목하여 출가와 죽음, 자살시도, 또는 원령의 복수 등 치명적인 결말로 끝을 맺는 파행적인 애정관계에 에로티시즘이 어떻게 그려져 있는지 살필 것이다.

「퇴폐미의 추구, 귀족의 코스프레」에서는 후기 귀족 소설에 나타난 에로티시즘의 양상을 다룬다. 귀족사회의 몰락을 배경으로 탄생한 후기 귀족 소설은 대부분 관능적인 자극, 탐미적 경향, 비도덕성을 특징으로 한다. 이 글에서는 귀족들의 여장과 남장으로 인한 성애, 남성동성애, 성 정체성 등과 관련된 성애표현과 그 시대의 성문화를 살펴볼 것이다.

「그 남자의 사랑, 남색의 역사」에서는 일본 남성의 동성애 양상을 통시적으로 조감하고 이를 다룬 고전 문예의 미학을 소개한다. 한국과는 달리 일본은 역사를 통틀어 그것이 권력의 수단이든 예능의 부산물이든 저잣거리의 향락이든 상관없이 동성애가 도덕 이데올로기 차원에서 자기검열의 대상이 된 적이 한 번도 없었다. 이러한 문화를 뒷받침하는 종교적 언설은 무엇인가? 이 글에서는 승려 및 무사, 가부키 배우 등, 시대별 동성애의 양상과 이를 둘러싼 문화, 그리고 그네들이 추구한 동성애의 미학에 대하여 고찰할 것이다.

'사랑과 죽음'의 「에도의 홍등가, 요시와라」는 근세 시대, 에도의 공창으로 조성된 유곽인 요시와라의 구조 및 일상을 중심축으로 당시의 성 풍속을 조감한다. 당시 유명인의 사교장이자 문호들이 영감을 얻는 문예 살롱, 나아가 탈신분제의 상징이기도 한 유곽의 기능 및 유녀의 위상, 그리고 당시 일본인의 성의식 등을 객관적으로 살필 것이다.

「정사, 사랑과 죽음의 환상」에서는 17세기 말~18세기 초에 걸쳐 불어 닥친 이른바 정사 열풍과 이를 소재로 한 예능의 양상을 조명한다. 사랑과 죽음을 둘러싼 근세 정사 문화의 본질은 무엇인가? 이 글에서는 그 해답을 얻기 위해 정사 문화의 근원지를 근세 조닌 사회의 의리와 인정의 얽힘, 유곽의 사랑, 정사극의 유행 등 다각도로 조명하고 '사랑과 죽음'이라는 근원적 욕망을 통해 당시 일본인의 인간에 대한 이해를 파악할 것이다.

「색과 사랑의 드라마, 인형극」은 노송나무로 만든 인형극인 조루리에 담긴 관능적 사랑의 드라마에 주목한다. 이 글에서는 특히 살아있는 여성의 동작보다 더 애절하고 애틋한 연기를 펼치는 인형극 속 여주인공의 관능미와 인형조종사 및 각본자의 미학을 규명하고, 가부키와 또 다른 에로티시즘의 세계를 구축해나가는 과정을 고찰할 것이다.

이 책은 한국외국어대학교 일본학부의 일본고전독회에서 2001년부터 동교 연구산학협력단의 콜로키움 지원으로 매달 한 번씩 개최했던 연구 성과를 모아 엮은 것이다. 10여 년이라는 긴 세월 동안 일본고전독회에서는 한국의 일본고전문학 전공자간의 상호교류는 물론, 일본의 고전문학 연구자들과도 학제간의 교류를 이어왔다. 이번에 편찬하게 된 『에로티시즘으로 읽는 일본문화』와 『공간으로 읽는 일본고전문학』, 『키워드로 읽는 겐지 이야기』 세 권은 한국의 일반 독자들에게 일본고전문학의 세계를 알리고자 기획한 것이다. 이 기획도서가 일반 독자들이 일본고전문학의 세계를 이해하는 데 다소나마 도움이 되었으면 하는 바람이다.

이 책이 나오기까지 먼저 10여 년간 독회 모임을 지원해준 한국외국어대학교 연구산학협력단에게 감사드린다. 그리고 일본고전문학 전공자는 물론 일반 독자들을 위해 깊이 있으면서도 이해하기 쉬운 책으로 완성시키고자 편집과 교정을 묵묵히 맡아준 이용미 선생님, 이미령 선생님의 노고에 진심으로 감사드린다. 끝으로 이 책의 출판을 쾌히 승낙해 준 제이앤씨 출판사 윤석현 사장님과 편집부 여러분께도 감사의 말씀을 전한다.

한국외국어대학교 일본학부

김종덕

에로티시즘으로
읽는
일본문화

목차

에로티시즘으로

읽는

일본문화

이로고노미의 엿보기

『竹取物語・伊勢物語』(学研 1980)

욕망과 금기

노선숙

천황,
그 거침없는 욕망

사랑은 가차없는 관계

사랑은 눈물의 씨앗이라는 유행가 가사가 있다. 이는 사랑이 어느 연령, 어떤 계층에서도 우선은 고통이라는 의미일 것이다. 사랑의 사전적 의미는 상대에게 성적으로 끌려 열렬히 좋아하는 마음이나, 그런 상태를 의미한다. 또한 프랑스 작가인 파스칼 키냐르는 사랑은 자신의 육체가 아닌 한 육체와 매일 함께 있고자 하는 욕구라 정의하고 있다. 사랑하는 사람을 자신의 시선이 미치는 거리 안에 두고자 하는 욕망이 충족되지 못할 경우, 즉 사랑을 소유할 수 없는 경우에 때로 사랑은 상대에게 완전한 주권을 행사하려는 욕망으로 치닫는다. 그것이 최고 권력을 지닌 천황인 경우, 그 욕망과 질투는 인간의 목숨을 빼앗기도 하고 변태적인 성향으로 치닫기도 한다.

한 나라의 통치자인 천황은 자신이 마음에 둔 여인은 누구라도, 그것이 근친상간이든 자신의 첫 여인의 딸이든 상관없이 자신의 마음을 빼앗은 여인은 소유하고자 하고 그 욕망은 철저히 실현된다. 그러나 제아무리 특권 계층이라 하더라도 사랑에 있어서만큼은 언제나 특권 계층이 될 수는 없는 법이다. 사랑은 가차없는 관계이다. 사랑의 마음이 언제나 일치하지는 않는다. 그것이 모든 것을 소유한 최고 권력자라하더라도 사람의 마음을 소유할 수는 없다. 이에 채워지지 않는 사랑은 인간을 볼품없는 질투와 뒤틀린 욕망에 빠지게 한다. 그럼 이제부터일본의 최고 권력층인 황실가의 사랑과 욕망을 엿보기로 한다.

성교로 시작되는 일본 신화

　　신의 자손이라 말하는 일본 황실의 역사를 기록한 일본 신화는 특이하게도 성교 장면으로 시작된다. 『고사기古事記』는 일본에서 가장 오래된 역사서이자 문학서이다. 7세기 후반에 천황의 자리에 오른 덴무天武천황의 명령으로 국사 편찬에 착수하여, 그의 넷째 딸이자 천황 자리에 오른 겐메이元明 천황 때인 712년에 완성되었다. 『고사기』에 따르면, 천지가 처음 갈라졌을 때 일곱 명의 성性이 없는 신이 나타났다가 사라지고 천지는 수프와 같은 카오스 상태였다고 한다. 이후 신들은 커플로 등장하는데, 다섯 번째 나타난 신이 이자나기와 이자나미라는 남신과 여신이다. 이 두 신은 천상과 지상 사이에서 일본이라는 국토를 만드는 작업에 착수한다. 그것도 성교를 통해서. 그 당시 초혼 연령을 고려할 때 그 두 신의 나이는 고작 열두 살에서 열세 살 정도로 추정할 수 있다.

어린 두 커플 신은 어찌할 바를 몰라 고민한다. 그러다 남신인 이자나기가 자신의 신체에는 돌출된 부분이 있고, 당신에게는 한 곳이 부족하니 그 두 부분을 합쳐보자는 아이디어를 낸다. 즉 두 남녀 신은 서로의 신체 차이를 발견하고는 그것을 보완해 볼 생각을 한 것이다. 이렇듯 『고사기』에는 두 신이 육체적 결합을 통하여 아이, 즉 지금의 일본 열도를 낳았다고 간단하게 기술하고 있다. 일본 최초의 성교가 이루어진 셈이다.

　한편 『고사기』가 편찬되고 나서 8년 뒤에 완성된 역사서인 『일본서기日本書紀』는 두 신의 성교에 관해 좀 더 상세히 밝히고 있다. 『일본서기』는 『고사기』와 유사한 에피소드를 소개하면서도 '여기에는 이러한 설도 있다'라는 이설異說을 병기하는 객관적인 기술 방침을 취하고 있어 일본 최초의 정사正史로 인정받는 역사서이다. 이 『일본서기』에는 무엇이든 상세히 적고 있는데, 두 신의 정사 장면에 있어서도 예외는 아니다. 다섯 번째 이설에 따르면, 두 신이 성교하려고 하였으나 그 방법을 몰라 주저하고 있을 때 할미새가 날아와 머리와 꼬리를 흔들며 교미하는 광경을 본 두 신은 할미새가 하는 대로 흉내를 냈다고 전하고 있다. 즉 성교의 방법을 알게 되었다는 것이다.

　『고사기』와 『일본서기』에 따르면, 성교에 의해 일본 국토를 비롯하여 자연과 관련된 신과 다른 신 등을 낳은 이자나미는 최종적으로는 죽음을 관장하는 여신이 된다. 여신 이자나미의 사망 이후, 우여곡절 끝에 남신 이자나기의 몸에서 생겨난 아마테라스오미카미天照大神라는 여신이 일본 황실의 조상신이 되는 것이다. 그러면 신의 후손이라 자처하는 황실가의 사랑은 어떤 모습을 보여주고 있을까.

천황도 사랑 앞에선 거짓말쟁이가 되고

『고사기』는 신들의 이야기로 시작하여 지상의 천황들에 관한 이야기로 이어진다. 천황에 관한 기록 가운데 보기 드물게 수차례에 걸쳐 아름다운 여인과 사랑에 빠진 천황에 관한 이야기가 눈길을 끈다. 그는 바로 5세기 전반에 등극한 닌토쿠仁德 천황이다. 그는 나라 안에 밥 짓는 연기가 피어오르지 않자 3년 간 백성의 공물과 노역을 면제해 주었고, 백성들의 굶주림을 생각하여 궁궐의 수리를 미루어 비가 심하게 샜다고 전해질만큼 백성을 사랑하던 어진 성제로 알려져 있다. 반면 『고사기』에는 바람기 많은 천황으로 등장한다. 그에게는 이와노히메노미코토라는 황후가 있었는데, 그 황후 앞에는 언제나 '질투심 강한 황후'라는 수식어가 따라붙는다. 그 당시에는 일부다처제가 허용되었고, 더구나 천황이 황후 외에 여러 명의 부인을 둔다는 건 어느 시대 어느 국가에나 허용되던 일이다. 그러나 닌토쿠 천황의 황후인 이와노히메노미코토의 질투는 워낙 심해서 다른 황비들이 궁중에 들어올 수 없을 정도였다고 전한다. 그럼에도 닌토쿠 천황은 아름다운 여인을 너무나 사랑하던 인물이었다.

『고사기』는 다음과 같은 일화를 전하고 있다. 현재 주고쿠中国 지방 남부지역에 해당하는 기비 지방에 구로히메라는 아리따운 여인이 있다는 소문을 들은 천황은 부하를 시켜 그녀를 궁중으로 맞아들여 사랑을 나눈다. 그러나 얼마 후, 구로히메는 황후의 질투가 너무 두려운 나머지 고향으로 도망가고 만다. 이에 천황은 구로히메를 그리며 5·7·5·7·7의 5구절 31음의 노래를 읊는다.

"저 앞바다에 / 내 그녀 탄 작은 배 / 둥실 떠있네 / 나의 사랑 그녀가 / 나 두고 떠나가네"

　그러자 이를 전해들은 황후는 격노한다. 그 즉시 부하들로 하여금 구로히메를 배에서 끌어내어 고향까지 걸어가게 했다는 것이다. 질투하는 여인의 분노가 바람피우는 남성이 아니라 라이벌인 여인에게로 향하는 것은 예나 지금이나 마찬가지인가 보다.

　그런데 닌토쿠 천황의 사랑은 여기서 끝나지 않는다. 천황은 고향으로 돌아간 구로히메가 너무나 그리워 견딜 수가 없었다. 육체적 욕망과는 달리 사랑의 열정은 자신이 아닌 다른 사람의 육체로 향하고자 하는 비의지적이고 억제할 수 없는 집착으로 이어진다. 결국 천황은 황후에게 아와지 섬淡路島에 다녀오겠다는 거짓말을 하고는 구로히메를 만나러 간다. 아와지 섬으로 가는 도중에 구로히메가 사는 기비 지방이 위치하기 때문이다. 무소불위의 권력을 소유한 천황도 황후이외의 여인과 사랑을 나누기 위해 일부러 구실을 만들었다니 흥미로운 대목이 아닐 수 없다.

　한편 천황은 또다시 새로운 사랑에 빠진다. 천황은 황후가 출타한 틈을 타 몰래 야타노와카이라쓰메라는 여인과 관계를 가진다. 그녀는 천황의 배다른 여동생이었지만 그 당시 이복형제끼리의 결혼은 아무런 문제가 되지 않았다. 게다가 그녀의 혈통은 일찍 사망한 황태자의 친동생이므로 황족의 일원이기도 하다. 그런데 세상에 비밀이란 있을 수 없다. 황후는 이런저런 경로를 통하여 천황이 밤낮으로 야타노와카이라쓰메와 성적性的 탈선을 즐기고 있다는 소식을 접하게 된다. 그때 황후는 궁중 연회에서 술잔으로 사용할 떡갈나무 잎을 따서 배에 잔뜩

싣고 있었는데, 너무나 격노한 나머지 그 모든 잎을 바다 속에 버리고서는 이를테면 가출을 감행한다. 궁중으로 돌아가지 않고 백제에서 건너온 누리고미라는 사람의 집으로 가버린 것이다.

과연 그 후에 닌토쿠 천황은 어찌했을까. 배우자의 바람기에 화가 난 나머지 일도 집도 내팽개치고 가출한 황후에게 천황은 돌아와 달라고 애원한다. 처음에는 한 명의 사자를, 그 이후에는 여러 명의 사자를 보내 돌아올 것을 종용한다. 하지만 천황의 이런 분별없는 사랑이 한두 번도 아니니 마음 상한 황후의 마음을 돌리기가 어디 그리 쉬울 수 있겠는가. 천황은 황후의 마음을 돌리려 여러 수의 노래를 지어 보낸다. 그 가운데 한 수의 노래인즉슨 다음과 같다.

> "무 뿌리같이 하얀 내 팔뚝을 베고 나와 사랑을 나눈 사이가 아니오. 하니어서 돌아와 주오, 모른 체하지 말고"

여러 여인들과 달콤한 사랑을 나눈 닌토쿠 천황다운 표현이다. 나와 잠자리를 함께한 달콤한 밤을 그대 잊었는가, 라는 일견 낮 뜨거운 애원의 러브레터인 것이다. 이후 『고사기』에는 황후가 궁중으로 돌아간 것으로 해석할 여지가 보이지만, 『일본서기』에는 황후가 두 번 다시 궁중으로 돌아가지 않았다고 전하고 있어 진위 여부는 알 수 없다.

하지만 이 세상은 공평한 것일까. 자신이 사랑한 여인은 그 누구이든 자기 것으로 만들었던 닌토쿠 천황에게도 이룰 수 없는 사랑이 있었다. 지금껏 가질 수 없는 사랑은 없었던 그에게 이제 사랑은 황후를 능가하는 무시무시한 질투로 변하고 만다. 사건의 전말은 이러하다. 천황은 또다시 메도리노미코라는 여인을 수중에 넣고자 하였다. 그녀는 앞서

야타노와카이라쓰메의 여동생으로, 천황에게는 또 한 명의 배다른 여동생인 셈이다. 결국 이복 자매를 자신의 여인으로 삼으려 하였던 것이다. 이에 자신의 배다른 남동생인 하야부사와케노미코를 시켜 그녀를 데려오도록 명령한다. 명을 받은 하야부사와케노미코가 메도리노미코에게 찾아가 천황의 뜻을 전하자 그녀는 뜻밖의 제안을 한다. 즉 "황후의 심한 질투 때문에 부인으로 맞이한 언니도 제대로 간수하지 못하고 계시니 천황을 모실 생각은 없으며 차라리 당신의 부인이 되고 싶다"고. 닌토쿠 천황은 즉위 전에 부친인 오진應神 천황의 황비로 예정된 가미나가히메라는 아름다운 여인에게 첫눈에 반해 당시 대신을 통해 부친에게 자신이 그녀와 결혼하고 싶다는 의향을 전해 아버지의 여인을 가로챈 전력이 있을 정도로 미인에게는 사족을 못 쓰는 인물이다. 닌토쿠 천황이 반할 정도의 미모였으니 당연히 동생인 하야부사와케노미코의 눈에도 아름다웠을 것이다. 그 즉시 두 사람은 사랑을 나누고 부부가 된다.

　이제나 저제나 동생의 소식을 기다리던 천황은 참다못해 결국 자신이 직접 메도리노미코를 만나러 간다. 사랑에 있어서는 그 누구보다도 적극적인 행동파였던 듯하다. 그녀는 마침 베틀에 앉아 옷을 짜고 있었다. 천황이 지금 누구의 옷을 짜고 있는지 묻자, 그녀는 주저없이 하야부사와케노미코의 옷이라고 아뢴다. 남편의 옷을 짜는 일은 부인의 역할이므로, 두 사람이 결혼했다는 사실을 직감한 천황은 궁궐로 돌아간다. 하지만 돌아가는 길에 두 사람이 역모를 꾸미는 이야기를 엿듣게 된다. 이에 격분한 천황은 두 사람을 죽이라는 명을 내리게 되고 결국 그 두 사람은 무참히 살해된다. 『고사기』에는 두 사람이 역모로 처형된 것으로 전하고 있지만, 이를 사실로 보기에는 다소 무리가 있다. 결국 천황이 이루지 못한 사랑에 대한 원한과 질투라는 사적인 감정으로 인해 역모라는 누명을 씌워 처형한 것으로 해석된다. 그 어떤 사람도 자기 뜻대로 부릴 수 있는 최고 권력자인 군주도 사랑이라는 사람의 마음 앞에서만큼은 무소불위의 권력을 행사할 수는 없었던 것이다.

천황, 오피스에서 대담한 정사를

육체관계는 종종 뜻밖의 상황, 뜻밖의 장소에서 이루어지기도 한다. 그 중 천황이 정무를 보는 다이고쿠덴大極殿이라는 정전正殿에서, 자신의 즉위식을 눈앞에 두고 여관女官과 충동적인 성교를 행한 인물이 있다. 다이고쿠덴은 문무백관이 천황에게 문안을 드리고 정사를 아뢰는 조참이 이루어지는 곳이다. 이런 공적인 장소에서 사랑을 즐긴 이는 다름 아닌 가잔花山 천황(재위:984~986)이다. 그는 호색적인 천황으로 유명한 헤이안 시대 중기의 천황이다. 레이제이冷泉 천황의 첫째 아들인 그는 984년 열일곱의 나이로 제 65대 천황 자리에 오른다. 즉위식은 984년 10월 10일 행해졌는데, 즉위식 직전에 신성한 의식이 치러지는 다이고쿠덴의 다카미쿠라高御座라는 커튼이 드리워진 옥좌로 여관女官 우마노나이시馬内侍를 데리고 들어가 즉흥적인 성교를 벌인다.

천황의 상대역인 우마노나이시라는 여성은 가인歌人으로도 유명한 여관의 우두머리로서 황실 관련 행사시 천황 곁에서 시중을 드는 역할을 담당했다. 천황의 성교 대상과 장소에는 제약이 없다고나 할까. 한편 정전인 다이고쿠덴의 중앙에 설치된 옥좌인 다카미쿠라는 천황의

▌ 다카미쿠라
『皇立繼承「儀式」宝典』
(新人物往來社 1990)

즉위식 때에만 사용되는 좁은 공간으로 오늘날의 탈의실을 연상하면 된다. 그 안에 천황이 앉는 큼지막한 옥좌가 놓여 있었으므로 아주 비좁은 공간 안에서 천황은 자신의 즉위식을 앞두고 일을 치른 것이다. 기행奇行을 일삼은 것으로도 알려진 가잔 천황은 결국 즉위한지 1년 10개월 만에 주위의 책략으로 퇴위되자 출가하여 절로 들어간다.

이 일화는 헤이안 시대 말인 12세기 초에 완성된 설화집인『고단쇼江談抄』권1 가운데 궁중의 의식을 적어놓은「공사公事」의 두 번째 이야기에 소개되어 있다. 보통 설화집이 주로 서민의 이야기를 담는데 반해 이 작품은 궁중의 황족과 귀족, 그리고 시인과 관련된 에피소드를 담고 있다. 고산조後三条 천황(재위:1068~1072) 시절부터 시라카와白河 천황(재위:1072~1086)에 이르는 시기에 궁중에 전해 내려오는 조정의 의식과 관직, 그리고 법령에 관한 규정을 전하는 격식을 갖춘 설화집의 서두 부분에 이와 같은 천황의 즉흥적인 성행위에 관한 이야기를 수록하는 일본인들은 현재 우리들의 시각으로 수용하기 어려운 구석이 있다.

한편 5세기 후반의 천황이었던 유랴쿠雄略 천황도 정무를 집행하는 정전인 다이고쿠덴에서 황후와 사랑을 나눴다는 이야기가 전해 내려온다. 야쿠시 사藥師寺의 승려인 게이카이景戒가 나라奈良 시대의 기이하고 진귀한 이야기를 모아 엮은 불교 설화집인『니혼료이키日本靈異記』에 수록된 이야기이다. 이는 일본에서 가장 오래된 설화집으로 9세기 무렵에 엮어졌으며 상중하 세 권으로 총 116개의 설화를 담고 있다.

어느 날 유랴쿠 천황은 대낮에 정무를 집행하는 정전인 다이고쿠덴에서 황후와 사랑을 나누고 있었다. 그런 줄은 꿈에도 모르고 천황의 심복 가운데 지이사코베노스가루라는 호위관이 정전으로 불쑥 들어가 이 장면을 목격하고 만다. 황후와 그것도 대낮에 정전에서 일을 벌이고 있는 와중에 자신의 심복이 들어오자 천황은 하던 일을 멈추었다. 그때 또다시 천둥이 내리치자 천황은 자신의 정사 장면을 들킨 것이 겸연쩍기도 하고 한편으로는 성교를 중단시킨 분풀이로 지이사코베노스가루에게 지금 요란스럽게 치는 천둥을 이곳으로 불러오라는 명령을 내린다. 지금으로 보면 터무니없는 일이지만, 이런 천황의 급작스럽고 황당한 명령에 지이사코베노스가루는 용감하게 나아가 결국 천둥을 천황 앞에 대령한다. 하지만 그 빛이 너무나도 눈부셔서 앞을 볼 수조차 없자 결국 천황은 천둥을 다시 되돌려 보냈다는 이야기이다.

도대체 어떤 연유로 천황은 훤한 대낮에 정무를 보는 공적인 장소에서 황후와 정사를 벌인 것일까. 천황이 정무를 보는 곳으로 황후가 와 있는데 갑자기 천둥이 요란하게 내리치자 황후가 무서운 나머지 천황의 품에 안기고 이에 천황은 욕정을 느낀 것일까. 아니면 엉뚱한 생각에 잠겨 있는데 황후가 정전으로 들어와 즉흥적으로 일을 벌인 것일까. 그것은 천황만이 알 일이다. 어쨌든 천둥이 치지 않았더라면 성교라는 사태까지 가지 않았을지도 모른다. 그 모든 일은 천둥때문이리라.

여성 천황, 승려와 금단의 사랑에

황실의 에로틱한 사례를 전하는 이야기 가운데 여성 천황에 관한 에피소드를 하나 소개하기로 한다. 현재의 나라奈良를 도읍지로 정한 시기를 나라 시대라 일컫는데, 이 시기에 등극한 아베阿倍 황녀가 그 주인공이다. 그녀는 일본 역사상 최초로 정식 절차를 밟아 즉위한 여제였다. 대개 여성 천황은 남편인 천황 사망 시 다음 황위 계승자가 정해질 때까지, 또는 황위 계승자가 일정한 나이에 도달할 때까지 잠시 재위하는 것이 일반적이었다. 하지만 아베 황녀의 경우는 여성이면서 정식으로 동궁의 지위를 거쳐 즉위한 경우이다. 더욱이 그녀는 두 번에 걸쳐 천황의 자리에 오른 인물이기도 하다.

당시 천황은 덴무天武 황통을 잇는 계통과 덴치天智 황통을 잇는 천황 등 두 계통으로 나뉘는데, 그녀는 덴무 천황의 혈통을 잇는 마지막 천황이었다. 그녀가 두 번이나 천황의 자리에 오를 수 있었던 배경에는 덴무 천황계의 혈통을 이어받았다는 점과 그 당시 후지와라藤原 가문의 실권자와 긴밀한 관계에 있었다는 점에서 가능했던 것이다. 아베 황녀는 쇼무聖武 천황과, 황족이 아닌 일개 후지와라 가문의 딸로서 황후가 된 고묘光明 황후 사이에서 태어났다. 제46대 고켄孝謙 천황(재위:749~758)으로 불린 첫 번째 재위 기간 동안 천황 직속의 새로운 정치 기관을 정비하고 다양한 제도를 당풍으로 개선하고자 하였다. 10년간의 재위 기간을 끝내고 준닌淳仁 천황에게 양위한 무렵, 모친인 고묘 황후가 사망하자 고켄 상황上皇은 실의에 빠져 앓아눕게 된다. 그 당시 여성 천황은 결혼이 허락되지 않았기에 정신적 지주였던 모친의 사망은 고켄 상황에게 극심한 고독과 우울증으로 다가왔다. 이때 고켄 상황의 치료를 맡게 된 인물이 승려 도쿄道鏡였다. 그의 간병으로 그녀의 병세는 호전되었고, 불교에 대한 신뢰도 두터워졌다. 이후 준닌 천황이 두 사람의 관계를 문제 삼자 그를 폐하고 자신이 다시 천황의 자리에 올라 제48대 쇼토쿠称德 천황(재위:764~770)으로 등극한다.

그 무렵 승려 도쿄의 나이는 60대, 쇼토쿠 천황은 40대 중반의 나이로 추정된다. 일생동안 독신으로 지낸 아베 황녀는 자신의 병을 치료해 준 승려 도쿄를 총애하게 되었다. 이후 도쿄는 승려로서 역사상 유일하게 최고위 관직인 태정대신太政大臣 자리에 올랐으며 이윽고 법왕法王에 오르는 등, 이례적인 출세를 거듭하기에 이른다. 이후 두 사람에 관한 스캔들은 천 년 넘게 사람들의 입방아에 오르내린다. 일개 승려였던 도쿄가 이례적인 출세를 했기 때문에 결혼이 허락되지 않은 여성 천황과 육체관계가 있었다는 소문이 돈 것이다. 하지만 이들이 생존한 시기와 거의 동시대에 엮어진 정사正史인『속 일본기續日本紀』(797)에 두 사람의 육체관계를 시사하는 대목은 보이지 않는다. 그러나 이후로도 두 사람의 스캔들은 여러 문헌에서 그로테스크한 내용이 더해지면서 에로틱한 이야기로 전해 내려오고 있다. 여기에 두 가지를 소개하기로 한다. 먼저 소개할 내용은『니혼료이키』에 전하는 이야기이다. 그녀의

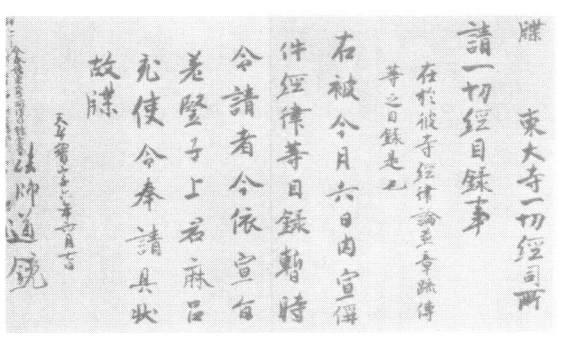

▌도쿄의 필적
구애됨이 없이 유유히 써
내려간 서풍은 그의 성격
을 대변한다.
(쇼소인正倉院 소장)

모친인 고묘 황후가 아직 살아있을 무렵, 다음과 같은 노래가 온 나라 안에 퍼졌다고 한다.

"여성들이 입는 치마 같은 옷을 걸쳤다고 승려를 깔보지 마라. 치마 아래에는, 허리띠 아래에는 '남자의 물건'이 매달려 있네. 그 물건이 흥분하면 굉장한 일을 해낸다네."

말하자면 도쿄가 '남자의 물건'으로 아베 황녀를 홀려 육체관계를 맺었다는 것을 암시한 내용으로 꽤 노골적인 비유이다. 이 속요와 함께 다음과 같은 노래도 떠돌았는데, 시기적으로는 아베 황녀가 두 번째 즉위하여 쇼토쿠 천황으로 불리던 때의 일화이다.

사람들이 또 노래하기를,
"나의 검은 나무 그늘에서 잠드세요! 어엿한 성인이 될 때까지"
라고 불렀다. 황녀 아베가 **천황**으로 재위하던 덴표진고天平神護 원년 (765) 초에 도쿄 법사가 **황후**와 한 이부자리에서 베개를 함께 베고 자면서 정치적 실권을 장악하고 천하를 다스렸다. 이 노래는 바로 도쿄 법사가 **황후**와 동침하며 천하의 정권을 잡으려한 사건의 전조였다.

여제인 쇼토쿠 천황과 승려 도쿄의 성교를 노골적으로 전하고 있다. 또한 잠자리로 나라의 실권을 장악하려는 도쿄의 음모가 있었음을 암시하고 있다. 도쿄가 정치적 실권, 즉 천황이 되려는 의도 하에 여제와 육체적 관계를 가졌는지의 여부는 알 길이 없다. 다만 앞에서 언급한 바와 같이 쇼토쿠 천황이 그 누구보다도 총애한 도쿄를 법왕의 자리에까지 임명한 점으로 미루어 볼 때 그녀는 그가 천황의 자리에 앉기를 원했을 것으로 짐작된다. 또한 그것은 천황이기에 가능한 일이기도 하다.

　그런데 위의 기록에서 이상한 점은 쇼토쿠 천황을 '천황'과 '황후'라는 서로 다른 호칭으로 부르고 있다는 것이다. 그녀는 일본에서 유일하게 여성으로서 황태자로 책봉된 후 즉위한 천황이었다. 서른두 살 때 처음 천황이 되었을 때에는 고켄 천황으로, 마흔일곱의 나이로 두 번째 즉위 했을 때는 쇼토쿠 천황이라 불렸다. 이런 사실을 설화집의 편자가 모를 리 없을 터이고 따라서 쇼토쿠 천황을 황후라 부른 것은 그 당시 사람 들이 쇼토쿠 천황과 도쿄 두 사람의 관계를 곱지 않은 시선으로 보고 있었다는 것을 시사한다. 그리고 그런 생각들이 무의식중에 혹은 의도 적으로 법왕의 지위에 오른 도쿄를 천황에 준하는 존재로, 쇼토쿠 천황 을 그의 황후로 부른 까닭일 것이다.

　어느 시대이건 최고 권력자는 고독한 법이다. 온갖 호사를 누리고 하고자하는 일은 무엇이든지 할 수 있으며 신하들은 최대한 경의를 표 하며 떠받든다. 하지만 마음 깊숙한 곳에서 우러난 애정이나 배려로 대하는 자는 없다. 그래도 남성 천황인 경우에는 황후를 비롯하여 수많 은 비빈들이 있고 그들이 낳은 자식들도 있다. 하지만 일생 독신으로 지내야했던 여제 쇼토쿠 천황에게는 남편도, 자식도 없었다. 친남동생 이 있었지만 일 년도 되지 않아 사망하였고 배다른 남동생과 여동생 두 명은 쇼토쿠 천황과는 소원하기만 했다. 그래도 부모가 생존해 있을 때는 부모의 사랑을 한몸에 받으며 그나마 행복했지만 고켄 천황으로 재위했던 서른아홉 살에 부친인 쇼무 천황이 사망하고, 마흔 네 살에는 모친인 고묘 황후와 사별한다.

　모친 고묘 황후는 고켄 천황이 749년 서른둘의 나이로 천황에 즉위한 때부터 줄곧 사실상의 실권을 쥐고 있었다. 게다가 고묘 황후의 조카인 후지와라 나카마로藤原仲麻呂(706~764)는 고묘 황후의 신뢰를 등에 업고 세상을 제멋대로 주물렀다. 특히 쇼무 천황의 유언으로 황태자로 책봉된 후나도 왕道祖王을 동성애에 빠져있다는 트집을 잡아 폐하고, 황태자로 책봉한 오이 왕大炊王을 준닌 천황으로 옹립하면서 고켄 천황에게 양위할 것을 종용하기도 한다. 사실 아베 황녀가 황태자로 책봉될 때에도 많은 문제가 있었다. 부친인 쇼무 천황에게는 다른 부인 사이에서 낳은 아들인 아사카安積 황자가 있었다. 당연히 남자 황족인 아사카 황자가 황태자로 책봉되어야 마땅하나 고묘 황후는 조카와 짜고 자신의 혈육인 딸에게 황위를 잇게 하기위해 무리수를 둔 것이다. 그 첫 번째 희생양이 바로 아사카 황자이다. 그는 황태자 책봉을 앞두고 급작스럽게 사망하는데 이는 후지와라 나카마로에 의해 암살된 것으로 전해지고 있다. 이후 아베 황녀는 모친과 후지와라 귀족의 탐욕으로 결혼할 수 없는 여성 황태자로 책봉되고 이어 고독한 여제의 길을 걷는 또한 사람의 희생양이 된 것이다.

그럼 아베 황녀와 승려 도쿄는 어떤 경위로 사랑하는 사이가 되었을까. 앞에서 잠깐 언급한 바와 같이 준닌 천황에게 양위하고 상황의 위치에 있을 때 모친을 잃은 그녀는 슬픔에 몸져눕는다. 이에 762년 봄부터 초여름에 걸쳐 승려 도쿄의 간호를 받게 된 것이 두 사람이 만나게 된 계기이다. 곧이어 상황의 병세는 회복되고 이 후 도쿄는 상황의 절대적인 신뢰와 총애를 얻는다. 상황이 도쿄를 총애하여 중용하는 것을 보자 불안을 느낀 사람은 다름 아닌 후지와라 나카마로이다. 그는 도쿄에게 권력을 빼앗길지 모른다는 두려움에 자신의 사위인 준닌 천황을 시켜 아베 황녀(당시 고켄 상황)에게 도쿄와 거리를 둘 것을 충고하도록 한다. 이에 격노한 상황은 준닌 천황의 대권에 제약을 가한다는 취지의 성명서를 발표한다. 그 당시 상황은 천황보다 상위에 있었으며 상황의 명령은 천황의 명령에 우선하는 의미를 지녔던 시절이었다.

상황의 병환을 치료한 보상으로 도쿄는 763년 승려가운데 최고 관직인 승정 아래 단계에 해당하는 쇼소즈少僧都에 파격적으로 발탁된다. 결국 그 이듬해인 764년 후지와라 나카마로는 반역을 꾀하다 실패하여 참살되고, 준닌 천황은 아와지 섬으로 유배되자 도주하다 붙잡혀 죽는다. 이리하여 고켄 상황은 재차 즉위하여 쇼토쿠 천황이 된다. 즉위하자마자 도쿄를 대신선사大臣禪師라는 변칙적인 관직에 앉혀 정치를 하도록 하였고 이듬해인 765년에는 태정대신 선사太政大臣禪師라는, 승려이면서 지금의 수상격인 태정대신이라는 최고 권력자로 임명한다. 그리고 그 이듬해인 766년에는 법왕으로 승격시켰으며, 수라상을 바치게 하는 등 천황에 준하는 일본 역사상 전무후무한 지위와 대우를 받도록 조처한다.

사태가 이쯤 되자 두 사람에 관한 염문이 처음에는 단순한 소문으로 시작하였지만 소문은 이윽고 수많은 억측과 전설을 낳게 된다. 다음은 그녀의 치세 후 400년이나 지난 후에 저술된 『고지단古事談』에 전하는 내용이다.

쇼토쿠 천황은 도쿄의 거대한 남근조차도 불만스럽게 생각하셔서 참마를 남근 모양으로 다듬어 이를 사용하시고 계셨는데 그것이 부러져 안으로 들어가 버렸다. 그로 인해 질이 퉁퉁 부어 막혀버려서 마침내 위독해졌다.

『고지단』은 13세기 초, 미나모토 아키카네源顯兼라는 귀족이 과거의 방대한 문헌에서 공인이나 유명인들의 일화를 인용하여 편집한 설화집이다. 설화집이라고는 하나 한 나라의 군주에 관한 기록을 전하는데 있어 에로티시즘의 수위가 상당히 높다. 이 이야기의 결말은 이러하다. 그때 마침 백제에서 온 의사가 있었는데, 그는 마치 젖먹이와 같은 부드러운 손을 지니고 있었다. 그가 말하기를 "천황의 병환을 고칠 수 있습니다. 제 손에 기름을 발라 천황의 몸에 들어간 참마를 꺼내고자 합니다"라는 것이었다. 이에 모모카와百川라는 관리가 백제인의 어깨를 칼로 베었고 결국 쇼토쿠 천황은 사망하게 되었다고 전하고 있다. 현실과는 다른 사망설이나 이러한 설화가 유포된 배경어는 쇼토쿠 천황이 황족이 아닌 일개 승려를 법왕으로 임명하여 천황의 자리에 앉히고자 한 데에 대한 강한 반발과 나라를 망치게 한다는 위기위식에서 비롯되었다고 여겨진다. 결국 그녀의 희망은 좌절되었고 쇼토쿠 천황 이후에도江戸 시대 초기 제109대 메이쇼明正 천황이 즉위할 때까지 850년간 여제는 즉위하지 못했다. 메이지明治 시대에 '황실전범皇室典範'이 제정된 이래 일본에서는 남성만이 천황에 즉위할 수 있다는 내용이 명문화되어 현재에 이르고 있다. 천황과 승려라는 신성神性과 에로티시즘이 결합되면서 사람들의 터무니없는 망상이 부풀어져 그로테스크하게 과장된 전형적인 예라 할 수 있다.

이렇듯 흥미로운 설화의 재료로 사용된 쇼토쿠 천황과 도쿄의 스캔들이 흥밋거리로 전해지면서 에도 시대에 이르러서는 넓은 음부를 지닌 쇼토쿠 천황과 거대한 남근을 지닌 도쿄에 관해서는 누구나 아는 상식이 되어 버린다. 이런 연유로 에도 시대에는 "승려 도쿄가 / 의자에

앉으면 / 무릎이 세 개"라는 센류川柳(5·7·5의 3구 17음으로 된 풍자시)가 생겨났을 정도이다. 에도 시대 서민들 사이에 퍼진 내용으로 여제인 쇼토쿠 천황을 무시하는 유교적 풍조에 기인한 것으로 해석된다. 이러한 유교적 사상과 더불어 여제와 승려, 즉 절대 권력과 종교적 금기가 결합되면서 사람들의 흥미가 증폭되고 상상이 보태지면서 스캔들로 치부되고 희화화된 사례라 할 수 있을 것이다.

형제가 번갈아 가며 한 여인을

헤이안 시대 말기부터 중세에 걸쳐서는 성性에 관한 이야기가 급격하게 증가한다. 『도와즈가타리とはずかたり』(1306?)와 같이 이른바 비정상적인 커플에 관한 이야기가 나오는 것이다. 이 작품은 가마쿠라鎌倉 시대라고도 불리는 중세 시대 황족의 섹스와 변태적인 취향에 관하여 쓴 일기 작품으로, 작자는 궁중에서 여관女官을 지냈던 니조二条라는 인물이다. 니조는 유서 깊은 귀족 집안의 딸로 태어난다. 모친은 13세기 후반에 즉위한 고후카쿠사後深草 천황(재위:1246~1259)의 유모이자, 그에게 남녀 관계를 가르쳐 준 첫 번째 여인이기도 하다. 하지만 니조가 두 살 때 모친이 사망하자 어린 니조는 네 살이 되던 해에 고후카쿠사 천황이 있는 궁중에서 지내게 되었고, 열네 살 때 강제로 그의 여인이 된다. 그의 여인이면서 동시에 다른 황족을 비롯하여 궁정의 고위 관리, 고승들과 애욕의 관계를 거듭한다. 이후 니조는 서른 살 때 출가하여 이 곳 저 곳을 떠도는 방랑 생활을 시작하는데, 『도와즈가타리』는 그녀가 열네 살 때부터 마흔아홉 살 때까지 35년간에 걸친 궁중 생활과 방랑 생활을 기록한 일기 문학이다.

이 작품은 1941년 야마기시 도쿠헤이山岸徳平라는 국문학자가 궁내청宮内廳 황실의 도서관에서 발견한 금서였다. 다른 여관들이 쓴 작품과는 달리, 과격한 폭로 수기라 할 수 있는 내용이 담겨져 있었기 때문이다. 당시 일본은 전쟁이라는 시대적 배경과 신으로 여겨지던 천황에 대한 불경이라는 인식하에 이 책을 공개하지 못하고 패전 후인 1950년에 이르러서야 공개하였다. '다른 사람이 묻지도 않았는데 자신이 먼저 이야기를 꺼낸다'라는 의미를 지닌『도와즈가타리』는 제목이 시사하는 바와 같이 작자 니조가 자신의 반생을 회상하며 고백하는 형식을 취하고 있으며 가마쿠라 시대 말경 완성된 것으로 보인다

호색한인 고후카쿠사 천황은『겐지 이야기源氏物語』의 주인공인 겐지가 어린 무라사키노우에를 자신의 이상적인 여인으로 키워 부인으로 삼은 것을 흉내 내어 남몰래 니조가 성장하기를 기다려 강제로 육체관계를 맺었던 것이다. 니조의 모친도 고후카쿠사 천황과 육체관계를 맺은 것으로 알려져 있어, 결국 모녀가 모두 그의 여인이 된 것이다. 고후카쿠사 천황은 재위 중에는 상황인 부친의 지배하에 있었고, 그마저도 13년간이라는 짧은 재위 기간 후 남동생인 가메야마龜山 천황(재위:1259~1274)에게 양위하도록 강요받는다. 친어머니에게도 미움을 받는 등 가정적으로 불행한데다 정치면에서도 무력한 인물이었다. 또한 몸집이 작고 허약한 체질인 것으로 알려진 그는 천황의 자리에서 물러나 고후카쿠사인後深草院으로 불리는 기간 동안 음울한 성격이 질투와 굴절된 욕망으로 변질되어 니조에게 집중된다.

고후카쿠사인의 여인으로 후궁가운데 가장 총애를 받으면서도 황비

로 맞아들여지지 못한 니조는 부친의 사망으로 잠시 본가에 내려가 있는 동안 귀족 자제이자 그녀의 첫사랑인 유키노 아케보노와 은밀한 정사를 거듭한다. 그러는 가운데 그의 아이를 임신하게 되자 출산일을 속여 고후카쿠사인의 아이라 거짓을 고하고 딸을 출산한다. 하지만 출산과 동시에 아이는 아빠인 유키노 아케보노에게 보내고, 고후카쿠사인에게는 유산했다는 거짓을 아뢴다. 고후카쿠사인에게 면목이 없어 자책하던 중 니조는 우연한 계기로 닌나 사仁和寺의 주지인 아리아케노 쓰키라는 승려와도 육체적 관계를 갖게 되는데, 그는 다름 아닌 고후카쿠사인의 배다른 동생이다. 그런데 이해할 수 없는 것은 이 두 사람의 관계를 알면서도 고후카쿠사인은 두 사람의 정사를 부추기며 니조를 일부러 그의 처소로 보내기도 한다. 이러한 고후카쿠사인의 알 수 없는 행동은 니조에 대한 질투와 자신의 사랑에 대한 불안감에 기인한 것으로 해석된다. 얼마 안 있어 니조는 아리아케노 쓰키의 아이를 임신하지만, 남자는 그 사실을 알지 못한 채 전염병에 걸려 사망하기에 이른다.

한편 니조에게는 정사를 나눈 또 다른 남자가 있었는데, 그도 또한 고후카쿠사인이 주선한 남자이다. 그 시기는 니조의 나이 스무 살 무렵으로, 첫사랑인 유키노 아케보노가 동석한 자리에서 그 남자와 무리하게 육체관계를 가지게 된다. 그는 오이도노라 불리는 당대 최고 권력을 지닌 귀족이었다. 이틀 연속해서 그와 관계를 맺는데, 이틀 째 되는 날 밤 고후카쿠사인은 장지문 하나를 사이에 둔 곳에서 그 두 사람이 정사를 나눌 것을 명하는 변태적인 모습을 보인다. 이처럼 고후카쿠사인은 자신의 여인을 동생에게 보내거나, 고위 귀족에게 성 접대하도록 시키는 등, 성적으로 굴절된 모습을 보인다.

작품에는 다음과 같은 일화도 전한다. 동생인 가메야마 천황도 양위한 후 상황으로 있던 시절의 이야기이다. 동생이 형인 고후카쿠사인의 처소에서 형의 여인인 니조와 성관계를 맺는 것이다. 사건의 전말은 이러하다. 모친의 장수를 축하하는 연회를 마친 후, 처소로 돌아가 잠자리에 든 고후카쿠사인의 침실로 동생인 가메야마 상황이 찾아온다. 이에 술에 취한 고후카쿠사인은 니조를 불러 다리를 주무르게 한다. 이는 성관계의 완곡한 표현으로 해석되고 있다. 동성인 가메야마 상황이 함께 자리한 곳에서 그런 행동을 요구하는 고후카쿠사인도 그러하지만, 동생인 가메야마 상황은 한 술 더 떠 형과 육체관계를 끝낸 니조와 한 방에서 자게 해달라고 형에게 조른다. 그러자 제아무리 제멋대로인 고후카쿠사인도 지금 그녀가 자신의 아이를 임신 중이라 밝히며, "홀몸이라면 모르지만…"이라며 난색을 표한다. 이어 동생인 가메야마 상황은 "형님이 옆에 계시니 문제될 건 없다"며, "『겐지 이야기』에서도 스자쿠朱雀 상황이 자신의 소중한 딸인 온나산노미야를 동생인 겐지에게 주었다는데, 어찌하여 이 사람만 특별하지?"라며 투덜댄다. 당시 자기 여자를 공유한다는 것은 친밀한 관계의 증거이기도 한 시절이었다. 형이 소중하게 여기는 여자를 자신에게도 공유하게 함으로써 형제의 우애를 증명하라는 것이다. 결국 세 명이 한 방에서 잠자리에 들게 되는데, 술에 취해 잠든 형의 눈을 피해 동생인 가메야마 상황은 그 침실에서 니조와 관계한다. 가메야마 상황은 형의 아이를 임신하고 있는 니조를 병풍 뒤로 끌고 가 무리하게 육체적 관계를 맺고는 새벽녘이 되어서야 형인 고후카쿠사인이 잠들어 있는 옆으로 돌아가게 했다고 니조는 일기에 적고 있다.

천황의 사생활에 이른바 성도덕이 존재할 까닭이 없다. 매혹적인 성애는 언제나 쾌락의 대상이었으며, 에로스의 극치였다. 가마쿠라 시대 황족의 변태적이라고 할 수 있는 취향에 대해 니조는 냉철하게 자신을 관조하며 반생을 회고하고 있어 일본 황실내의 거침없는 욕망을 여과없이 이 시대에 전해주고 있다.

섹슈얼리티와 에로티시즘

에로티시즘의 바탕은 성적性的 행동이다. 따라서 에로티시즘에 관한 주제는 일반적으로 은밀하게, 그리고 혹은 우스개와 음담패설의 수준으로 비하되는 경우가 대부분이다. 하지만 에로티시즘을 단순히 성의 문제로 보지 않고 신성神性에까지 이르는 삶과 죽음의 문제로 보고, 그것이 인간을 인간이게 하는 특성이라 파악한 조르쥬 바타이유는 개인적 사랑을 육체적 에로티시즘이라 규정하였다. 덧붙여 관능적 에로티시즘과는 달리 사랑은 충동 안에 자리한다고 보고 있다. 한편 플라톤은 육체적인 사랑은 비천한 사랑이며 누군가를 사랑한다면 그와 육체관계를 맺지 않는 편이 좋다고 생각했다. 그는 자신의 저서 『향연』에서 육체적인 사랑은 연인들을 동물 수준으로 끌어내리며 영혼의 사랑은 연인들의 영혼을 서로 결합함으로써 그들을 천상으로 이끈다고 적고 있다. 하지만 육체관계를 배재한 사랑이 온전하다고는 말할 수 없을 것이다.

반면 로마의 시인이자 철학자인 루크레티우스는 사랑은 악이고 성적 쾌락은 선이라고 말한다. 그에게 있어 사랑이란 인간이 자신의 몸을 흥분시키는 상대의 몸 안에 '자신의 액체를 쏟아 붓고 싶은 욕망에 사로잡히는 것'이라고 적나라하게 표현하고 있다. 하지단 육체관계만이 온전한 사랑은 아닐 것이다.

사랑에 관한 담론에는 끝이 없다. 플라톤의 스승이었던 소크라테스는 사랑은 근본적으로 결핍이며 그 결핍이 채워지는 순간, 사랑의 불꽃은 꺼지고 만다고 역설한다. 왜냐하면 풍요의 신인 포로스가 뜻하지 않게 가난의 신 페니아와 동침하여 태어난 자식이 에로스, 즉 사랑의 욕망이기 때문이다. 따라서 사랑은 어머니를 닮아 늘 호주머니에 구멍이 난 것처럼 아무것도 소유할 수가 없으며, 이에 사랑은 결핍으로 정의된다. 즉 자신이 소유하지 못한 것, 자신이 되지 못한 것, 자신에게 결핍된 것, 이것이 바로 욕망과 사랑의 대상이라고 보고 있다. 그러나 사랑은 자신에게 결핍되고 욕망하는 대상을 손에 넣을 수 있는 부와 방책의 신인 아버지의 재능도 물려받았기에 자신에게 결핍된 것을 얻을 수 있는 대책을 세울 줄도 안다. 따라서 자신의 목표에 도달하는 순간 사랑은 다른 결핍을 찾아 떠나버리는 이중적인 성격을 띤다는 것이다. 소크라테스의 말대로라면, 사랑은 변할 수밖에 없는 숙명을 지닌 것이다. 그런 까닭에 닌토쿠 천황은 현재의 사랑에 만족하지 못하고 항상 새로운 사랑을 찾아다녔나 보다.

과연 여기에 소개한 천황들의 사랑은 성적 충동인 섹슈얼리티일까? 아니면 상대방이 자신을 사랑하기를 갈구하는 욕망인 에로티시즘이었을까? '남이 하면 스캔들이고 내가 하면 로맨스이다'라는 우스갯소리도 있다. 하지만 인간은 끊임없이 사랑을 필요로 한다. 사랑은 설렘이라는 작은 마음의 파동에서부터 강렬한 욕정까지, 때로는 온전히 상대의 육체만을 탐하는 사랑 등 다양한 모습으로 나타난다. 개인적 사랑을 육체적 에로티즘이라 규정한 조르주 바타이유의 말을 따른다면, 지금껏 살펴본 천황들의 욕망과 질투, 종교적 금기와 신분을 초월한 총애, 성적 충동, 굴절된 애정 행각으로 표현된 에로티시즘은 어느 의미에서 사랑의 또 다른 이름은 아닐까.

참고문헌
조르주 바타이유 저·조한경 역(2011) 『에로티즘』민음사
카트린 메리앙 저·정기헌 역(2011) 『철학자에게 사랑을 묻다』한얼미디어
조르주 바타이유 저·조한경 역(2010) 『에로티즘의 역사』민음사
大塚ひかり(2011) 『愛とまぐはひの古事記』筑摩書房
百川敬仁(2000) 『日本のエロティシズム』ちくま新書
北山茂夫(2008) 『女帝と道鏡 天平末葉の政治と文化』講談社
後藤昭雄·池上洵一·山根対助 校注(1997) 『江談抄·中外抄·富家語』岩波書店
坪田五雄 編(1978) 『日本女性の歴史2 輝ける女帝と后』暁教育株式会社

류정선

금단의 에로스, 근친상간

금기와 에로티시즘

프랑스 철학자 조르주 바타이유Georges Bataille(1897~1962)는 에로티시즘을 '전체적으로 금기 위반이며, 인간적인 행위'로 규정했다. 즉 에로티시즘에 있어 중요하고도 결정적인 두 개념이 금기와 위반이라는 것이다.

신의 탄생과 더불어 생성된 금기는 인간이 통제하는 윤리적 제약과 규제, 그리고 사회적 관습과 규범으로 나타난다. 따라서 '~하지 마라'의 금기는 신앙적인 측면이 강하고, 신성성을 중심으로 하는 '성聖'에 대한 금기가 그 출발점이라 볼 수 있다. 그 가운데 특히 '성性'과 관련이 있는 금기는 대체로 범접할 수 없는 대상에 대한 성적 욕망이 에로틱한 가치를 창조하는 결과를 낳는다. 따라서 성적 금기의 대상은 금지되었다는 사실 하나만으로 탐욕의 대상이 되기도 하고, 침범하고자하는 강한 욕망을 수반하기도 한다. 역설적으로 말하자면 마치 금기는 깨기 위해 존재한다고 할 수 있을 만큼 금기와 위반은 표리관계에 있다.

이렇듯 인간의 성적 욕망의 끝자락에는 금기의 대상이 있으며, 거기에는 에로티시즘이 존재한다. 즉 성적 욕망 속에서 금기 대상과의 육체적 교감 행위는 금기침범이라는 에로티시즘의 본질을 부여하고 있고, 그 성애표현에는 참을 수 없는 욕망과 고뇌 그리고 죄의식 등이 수반되어 있다.

그렇다면 일본고대문학 속에서 금기침범의 에로티시즘은 어떻게 투영되어 있을까. 에로티시즘을 일본문학 속에 투영시켰을 때 성적 욕망에 대한 인간의 본성은 어떻게 표출되는가. 본 글에서는 금기침범이라는 관점에서 근친상간의 에로스를 조명해보고자 한다.

근친상간의 금기의식

문학이 지속적으로 문제 삼아온 주제 중의 하나가 근친상간의 모티브로, 동서양을 막론하고 이 주제는 지속적으로 흥미와 관심을 불러일으킨다. 그 유명한 오이디푸스 왕 신화는 자신의 욕망과 의지와는 상관없이 주어진 비극적인 운명에 의해 아버지를 죽이고 어머니와 결혼하게 된다는 근친상간의 대표적인 이야기라 할 수 있다. 또한 중국 당나라 고종이 아버지 태종의 후궁인 측천무후를 아내로 삼고, 현종이 며느리인 양귀비를 자신의 비로 삼은 이야기도 근친상간 내지 근친혼의 사례로 유명하다.

우리나라의 경우를 보더라도 7세기 신라의 김춘추는 김유신의 여동생을 아내로 삼았고 자신의 딸을 김유신에게 보내는 등, 신라 시대에는 근친혼의 사례가 많았다. 이는 성골, 진골로 나뉘는 골품제도를 유지시키기 위한 한 방편이었다. 이러한 공식적, 비공식적 근친혼은 고려시대까지 이어지고 근친상간이 법적으로나 관습적으로 확실한 규범으로서 자리 잡게 된 것은 조선시대에 들어와서이다. 이렇듯 근친상간은 고대 사회에서 볼 수 있는 보편적인 현상이라 할 수 있다.

프랑스의 인류학자 클로드 레비스트로스C.Levi-strauss(1908~2009)는 『친족의 기본구조』(1949)에서 근친상간의 금기를 통해 이루어지는 친족형성, 그리고 결혼제도의 기본구조를 밝히고 있는데, '자연과 문화를 경계 짓는 가장 기본적인 초석을 근친상간의 금기'로 보고 있다.

에로티시즘의 측면에서 성적 욕망 그 자체를 죄악으로 보는 것은 근친상간의 성교일 것이다. 성에 있어서 금기는 성의 무질서를 제어할 수 있으며 근친상간을 금지시키는 사회적 규율과 관습은 이러한 통제적 기능의 역할을 수행해 왔다. 따라서 근친상간의 금기는 우생학적인 측면에서 근친혼이 가져다주는 폐해를 방지하는 장치이기도 하다. 사실 근친상간의 문제는 가족범위의 문제라 할 수 있다. 고대 시대에는 혈연이라는 개념이 아직 정립되지 않았고 성에 대한 금기의식도 거의 없었다. 그러나 점차 부족이 형성되고 혼인형태도 족외혼이 정착함에 따라 근친상간은 금기의 범주에 속하게 되었다. 물론 국가와 시대마다 근친상간의 금기 역시 각각 다른 양상을 나타내고 있지만, 역설적이게도 성행위의 기원은 근친상간이었다.

현재 일본의 경우, 근친상간은 어떠한 법률적 제재를 받고 있지는 않으며 단지 혼인신고를 할 수 없는 제약만이 있을 뿐이다. 물론 그것은 근대에 들어와서 일이다.

그렇다면 일본 고대 시대에는 근친상간에 대해 어떠한 율령의 제재가 있었을까? 헤이안 중기의 율령서인『엔기시키延喜式』에서 죄와 부정不淨을 물리치는 행사의 제문인 오하라에 노리토大祓祝詞의 기술 중에는 성과 관련된 국가 죄로 모친을 범하는 죄, 친딸을 범하는 죄, 의붓딸과 상간하는 죄, 장모와 상간하는 죄, 가축을 범하는 죄 등의 다섯 가지의 죄가 언급되어 있다. 이 항목들은 현존하는 일본 최고의 역사서인『고사기古事記』(712)에서도 부모와 자식 간의 성교를 '상통하통혼上通下通婚'으로, 가축을 범하는 수간獸姦을 마혼·우혼·계혼·견혼 등으로 세분화하여 엄격히 금지시키고 있으며 그것을 죄로서 다스리고 있다. 물론 신화 속에서 이류혼異類婚은 성스러움을 나타내고 있지만 이것이 인간 세계에 적용되었을 경우 성에 대한 경시를 의미한다. 이러한 근친상간의 죄는 가축을 범하는 죄와 같은 선상에서 취급하면서 근친상간의 동물적 성행위에 대한 혐오감을 부각시키고 있다. 더욱이 막부시대에 이르러서는 좀 더 엄격한 법률적 제재가 가해졌는데『공사방 어정서公事方御定書』(1742)에 의하면 근친상간을 범했을 경우, 먼 곳으로 추방당하거나 혹은 목을 베어 높은 곳에 매달아 놓는 효수형梟首刑에 처해질 정도로 큰 죄로 여겨졌다.

이처럼 근친상간을 수간과 같은 선상의 죄로 취급하여 엄격하게 처벌했던 것은 금기시된 성에 대한 혐오스러움과 두려움을 각인시키며 자유분방한 성관계의 흐름을 막고자 했던 장치였다. 그럼, 일본 고전문학에 나타난 근친상간의 양상과 거기서 파생되는 에로티시즘이 작품 속에서 어떻게 묘사되었는가를 살펴보기로 하자.

남매간의 사랑

　고대 신화 속에서 신들은 주로 남매혼을 행했고, 그것은 신들의 신성성을 유지시키는 이상적인 결혼으로 승화되었다. 국토 탄생신화에서 이자나기와 이자나미가 서로 하늘의 기둥을 도는 행위 또한 남매혼의 형태이며 이자나기가 여동생인 이자나미한테 국토를 만들기 위해 제안한 것은 남녀 간의 성교 행위로 이것은 일본문학 최초의 성애 표현이다. 『고사기』의 표현을 보기로 하자.

　　　이자나미가 말하길 "나의 몸에는 한 곳이 모자란 듯 비어 있는 곳이 있다". 그러자 이자나기는 "나의 몸에는 한 곳이 남는 듯 나온 곳이 있다. 내 몸에 나온 부분을 너의 몸에 비어있는 부분에 넣어 국토를 만들까 하는데, 너의 생각은 어떠냐" 라고 묻자, 이자나미는 흔쾌히 수락하고 둘은 하늘 기둥을 서로 얽혀 돈다.

　이러한 남매혼은 신들에게만 주어진 특권으로 천황을 비롯한 인간 세상의 남매혼은 금기의 대상이었다. 단지 천황가에서는 신들의 남매혼이 지니고 있는 신성성을 모방하는 차원에서 이복남매혼이 허용되었고, 이복남매혼은 신들의 남매혼을 모방하는 왕권 특유의 혼인으로 인식되었다. 그 반면 친남매간의 성관계는 매우 엄격한 금기의 대상이었다. 물론 '국가죄'에서 제시된 부녀혼, 모자혼 등의 종적인 성교의 금기와는 달리, 횡적인 남매혼의 금기에 대한 언급이 없다는 것이 이례적이기는 하다. 그렇다면 일본 고전문학에서는 남매간 금단의 사랑을 어떻게 그리고 있을까?

그 대표적인 금단의 사랑이야기로는 『고사기』에서 절세의 미인으로 전승된 소토오리히메衣通姫의 전설이 있다. 이 이야기는 인쿄允恭 천황(재위:412~453)시대가 배경이다. 6월인데도 불구하고 천황의 수라상 국이 얼어붙은 기이한 현상이 일어났다. 천황은 불길하다고 여겨 그 징후의 원인을 점쟁이에게 물어보니 "황실에 혼란이 있사온데, 그것은 친남매끼리의 상간인 듯합니다"고 아뢴다. 바로 기나시노카루木梨軽 황자와 그의 친여동생 가루노오이라쓰메軽大娘 황녀와의 내통이었다. 이 사건을 계기로 군신들의 지지를 받지 못한 기나시노카루 황자는 장남임에도 불구하고 천황의 자리에 오르지 못하고, 그의 동생 아나호穴穂 황자와의 권력싸움에서 패배하여 유배당한다. 그리고 여동생은 그리움과 기다림에 지쳐 오빠 기나시노카루 황자가 있는 유배지까지 고생고생하며 찾아가지만, 둘은 결국 동반자살하게 된다는 비극적인 결말을 맞이한다. 일반적으로 친남매간의 성관계는 보통 가족문제를 둘러싼 금기이지만, 여기서 황녀와 황자의 밀통은 국가의 혼란을 초래하는 황위계승문제와 권력싸움을 둘러싼 내부의 난으로 이어졌다. 더욱이 가루노오이라쓰메는 무녀巫女의 요건인 황녀의 처녀성을 상실한 것이 금기위반의 요소로 작용하고 있다.

이러한 친남매간의 근친상간은 이후 고대 소설 장르인 모노가타리物語에서는 거의 나타나지 않으나 금단의 사랑이라는 형태로 근친상간에 근접하는 이야기는 존재한다. 헤이안平安 시대 초기 작품인 『이세 이야기伊勢物語』49단 「와카쿠사若草」에서도 남매간의 사랑이 그려져 있고, 『우쓰호 이야기宇津保物語』에서는 같은 어머니 밑에서 태어난 아테미야를 친오빠 나카즈미仲澄가 연모하는 이야기가 있다. 특히 나카즈미는

금기의 대상인 여동생을 연모하는 마음에 대해 '괴로워 죽을 것 같은', '파멸할 것 같은', '미친 짓', '당치도 않은 일'이라는 번민 속에 마음을 억제하려 하지만 연모의 정은 나날이 깊어지고 몸은 쇠약해져 급기야 병상에 눕고 만다. 그리고 아테미야가 동궁비로서 입궐하자 그녀로부터 온 편지를 작게 말아서 물과 함께 삼키고 피눈물을 흘리면서 숨을 거두는 모습은 금단의 사랑에 대한 좌절을 나타내고 있다. 이 두 작품에서는 남매간의 육체적 상간은 피하고 있지만 친여동생을 연모하는 마음을 숨기고 억제하는 행위를 통해 침범해서는 안 되는 성적 대상, 즉 금단의 사랑에 대한 고통이 그대로 나타나 있다.

한편 고대 남매혼의 흔적은 섬과 관련된 시조始祖이야기에서도 살펴볼 수 있다. 『우지슈이 이야기宇治拾遺物語』와 『곤자쿠 이야기집今昔物語集』에서도 언급되어 있는 도사土佐 지방의 '이모세 섬妹背島'의 전설 또한 그러하다. 어느 날 어린 남매는 부모가 잠시 자리를 비운 사이에 배안에서 놀다가 잠이 들고, 배는 파도에 밀려 떠내려간다. 한참을 지나 눈을 떠보니 아무것도 보이지 않는 바다 한가운데였다. 그러다 파도와 바람에 떠밀려 어느 무인도에 도착한 남매는 그곳에서 농사를 지으며 자연스럽게 육체적 관계를 맺고 부부의 연으로 섬 가득 아이들을 많이 낳고 살게 된다. 이것이 '이모세 섬'의 시조 전설이다. 이처럼 남매혼을 근간으로 한 섬의 시조 전설은 주로 오키나와沖繩를 중심으로 하는 미야코 섬宮古島, 야에 섬八重島 등, 남서지역의 군도에 많이 집중되어 있다. 또한 우리나라의 천하대장군天下大將軍, 지하여장군地下女將軍의 장승처럼 일본에서도 마을 입구나 언덕과 다리 등의 경계 지역에는 외부로부터의 악귀를 물리치고 마을의 안녕을 기원하는 '사에노카미塞の神', 즉 도조신道祖神의 석상이 있는데 그 가운데 남녀이체男女二體의 부부 석상의 경우, 남매혼을 한 부부가 많은 것이 특징이다. 이것은 이자나기와 이자나미의 남매혼을 연상시키기도 하지만 고대 민간신앙과 관계가 깊은 남매혼의 또 하나의 양상이라 할 수 있다.

이렇듯 고대 전설과 민속신앙 속에서의 남매혼은 어느 정도 허용된 양상을 보이고 있지만 시대가 내려감에 따라 근친상간은 엄격한 금기의 대상이었다. 그런데 이런 근친상간의 강한 혐오감과는 상반되게 오히려 근세 대중예능에서의 남매혼은 극의 중요한 소재가 되었다.

19세기에 들어와 가부키歌舞伎의 대표적인 작가 모쿠아미黙阿弥의 『노보리고이 타키시로하타幟鯉瀧白旗』(1851)는 근친상간을 한 남매를 아버지가 살해하는 이야기이며, 그 뒤를 이은 『산닌키치사쿠루와노 하츠가이三人吉三廓初買』(1860)는 헤어져 살던 쌍둥이 남매의 근친상간 이야기

이다. 특히 그 당시 이란성 쌍둥이는 어머니 뱃속에 함께 있었다는 이유만으로도 남매상간으로 인식되어 기피의 대상이었으며 동물들이나 낳는 '축생복畜生腹'으로 멸시 당했다. 왜냐하면 이란성 쌍둥이는 동반자살을 한 남녀가 환생한 존재라고 해서 결국 그들은 부부가 되고 만다는 미신이 그 당시 사람들 속에 만연해 있었기 때문이다. 그래서 이란성 쌍둥이들은 뜻하지 않게 헤어져 사는 경우가 많았다. 단지 미신에 근거하는 근친상간의 위험성을 피하기 위해서 말이다.

어머니를 사랑한 아들

프로이드는 어머니에 대한 근친상간적 욕망을 '오디프스 컴플렉스'로 언급했다. 이것은 비극적인 운명에 의해 아버지를 죽이고 어머니와 결혼한 그리스 신화 '오이디푸스 왕'을 바탕으로 한 정신분석학적 개념이다. 즉 '오디프스 컴플렉스'는 어렸을 때 어머니의 젖을 만지기도 하고 함께 잠을 자기도 한 남자아이가 성에 눈을 뜨면서 어머니가 욕망의 대상이 되고 그로 인해 아버지를 견제의 대상으로 삼는 심리이다.

이처럼 어머니를 욕망의 대상으로 하는 이야기는 『겐지 이야기源氏物語』(11세기)에서도 살펴 볼 수 있다. 어렸을 때 생모를 잃은 겐지源氏는 아버지 기리쓰보桐壺 천황의 후궁 후지쓰보藤壺를 어머니처럼 따른다. 후지쓰보는 어머니를 쏙 빼닮은 여자였다. 겐지는 성장하면서 후지쓰보에 대해 연모의 정을 품게 된다. 후지쓰보도 왠지 겐지에게 마음이 끌렸지만 받아 드릴 수 없었다. 어느 날 겐지는 새어머니인 후지쓰보를 향한 고통스러운 욕정으로 힘들어 하던 중, 후지쓰보가 병을 앓아 사가로 나오게 된 것을 알고 그녀의 침소로 들어가 꿈같은 하룻밤의 밀회를 나눈다. 이야기에 있어 '성적인 사랑, 남녀의 애욕'을 묘사하고 있는 성애는 설화와는 달리 은밀하고 상징적으로 묘사되는데, 이 장면에서도 두 사람의 밀통은 겐지가 벗어 둔 겉옷을 집어 드는 유모의 모습으로 두 사람의 관계를 암시한다.

후지쓰보와 밀통 후 겐지가 그녀에 대해 "허물없이 마음을 완전히 열지는 않았으나 몸짓에 깊이가 있고 숨이 막힐 정도로 우아하여 다른 여자들과는 도저히 비교할 수 없을 정도였다"고 평한 표현에는 농후한 성애의 묘사가 내재되어 있다. 후지쓰보는 겐지와의 밀통으로 인해 심적 고통과 죄책감에 시달렸고 결국 겐지의 아들 레이제이冷泉 천황을 낳게 된다. 이 둘의 관계는 천황비와의 밀통인 동시에 가부장권 침해와 관련이 있는 모자간통의 금기침범이다. 거기에는 후지쓰보를 소유하고

픈 겐지의 에로티시즘이 존재한다.

　본인의 이러한 애정행각이 바람둥이라 가볍게 여겨지는 것은 아닐까, '은밀하게 나누었던 정사가 사람들의 입에 올라 소문이 나지는 않을까 걱정하는 겐지의 모습에는 밀통의 발각에 대한 두려움이 잠재되어 있다. 여기서 겐지가 언급한 '은밀하게 나누었던 정사'란 사랑을 나누어서는 안 될 대상과의 밀통을 의미한다. 이렇듯 겐지는 현대적 도덕관에서 보면 의붓어머니까지 범하는 색정에 광적인 방탕아라 할 수 있으나 겐지에게 있어서 후지쓰보는 애절한 사랑의 대상이었다.

　한편 겐지와 후지쓰보와의 모자상간이 금기침범이라는 의식 속에서 벌어진 정사라면, 모자간인 줄 모르고 벌어진 근친상간의 이야기도 있다. 물론 거기에는 출생의 비밀이 설정되어 있지단 말이다.

　무로마치室町 시대(1336~1573)의 작품인 『오토기조시御伽草子』에서는 헤이안 시대 대표적인 여류가인 이즈미 시키부和泉式部(978~?)가 등장, 자기가 버린 아들을 알아보지 못하고 상간하게 된 이야기가 실려있다. 때는 이치조一条 천황(재위:986~1011) 시대, 당시 13세였던 아름다운 궁녀 이즈미 시키부는 무사 다치바나 야스마사橘保昌와의 사이에서 아들을 낳는다. 하지만 왠지 모를 수치심에 이즈미 시키부는 아기를 호신용 단도와 함께 노래 한 수가 적혀있는 비단 배냇저고리에 쌓아 고조五条 다리 밑에 버린다. 이렇게 버려진 아이는 귀족의 양자가 되어 히에 산比叡山으로 보내져 법문을 익힌다. 이윽고 출가 후 도메이道命라는 법명을 얻은 아이의 학식과 법문은 널리 알려지게 되고, 장래 불법을 계승할 인물로서 아사리阿闍梨의 위치까지 오른다.

　어느 날 궁중 법사가 되어 법화경 설법을 하게 된 열여덟 살의 도메

이는 우연히 바람에 날린 발 사이로 법문을 경청하는 궁녀 이즈미 시키부를 보고 마음을 빼앗긴다. 이후 도메이는 다시 산으로 들어가 마음을 가다듬고 불도에 정진하려 하지만 커져만 가는 연정으로 인해 가슴앓이를 할 뿐이다. 결국 도메이는 궁녀 이즈미 시키부를 다시 만나고 싶은 마음에 산에서 내려와 밀감장수로 변장하여 대궐로 들어간다. 도메이는 스무 푼어치의 밀감을 팔면서 각각의 밀감에 "홀로 팔베개 하여 잠든 소맷자락, 눈물로 젖지 않은 새벽이 없구나" 등의 노래를 덧붙여 밀감을 건넨다. 이 노래의 의미를 알아차린 이즈미 시키부는 마음이 끌려 하녀에게 도메이의 숙소를 알아보라고 하고 그곳으로 찾아간다. 이렇게 자기의 염원대로 이즈미 시키부를 맞이한 도메이는 그녀와 뜨거운 사랑을 나눈다.

　이즈미 시키부는 잠자리에서도 도메이가 호신용 단도를 몸에 지니고 있는 것을 의아하게 생각한다. 그녀가 그 이유를 묻자, 도메이는 다리 밑에 버려졌을 때 친모가 배냇저고리에 넣어둔 단도라고 말한다. 이 말에 당황한 이즈미 시키부는 무언가 짐작 가는 듯 도메이에게 당시

버려졌을 때의 상황을 서둘러 캐묻는다. 그리고 노래 한 수가 적힌 배냇저고리의 이야기를 듣게 된 이즈미 시키부는 깜짝 놀라며 자기가 아이를 버린 후 항상 간직해 왔던 칼집을 꺼내어 도메이가 지닌 칼과 맞추어 본다. 심장이 멎을 듯, 칼과 칼집이 맞아 떨어지는 한 자루의 단도를 보며 이즈미 시키부는 "이 무슨 얄궂은 운명이란 말인가, 부모와 자식 간인 줄도 모르고 정을 통하다니"라며 괴로움과 죄의식에 속세를 등지고 출가한다.

이 이야기는 이즈미 시키부가 문학적인 재능을 뒤로하고 친자하고도 상간했다는 극한의 금기침범을 통해 그녀의 호색과 문란함을 강조하는 한편, 자신의 죄업구제를 위해 출가한다는 중세 발심담發心譚의 한 유형이다. 원래 이즈미 시키부와 도메이와의 사랑이야기는 『고콘초몬주古今著聞集』(1254), 『우지슈이 이야기』(13세기 초)에도 보이는 내용으로, 호색녀 이즈미 시키부에 대한 이미지는 후대로 내려올수록 자식하고도 상간하는 인물로 고착되어 에로스를 확대 재생산해내고 있는 것이다.

일반적으로 근친상간은 성적 욕구나 충동의 측면에서 금기를 침범하고자 하는 심리를 반영하고 있다. 하지만 거기에 국한되지 않고 이즈미 시키부와 도메이의 관계처럼 종종 문학 속에 등장인물들은 성의 대상이 되는 상대의 신원을 확인하지 못한 채 관계를 맺고, 그 후 자신들의 관계가 모자, 부녀, 혹은 남매라는 사실을 알고는 괴로움과 죄의식으로 비극적인 결말을 맞이한다는 이른바 원죄 의식이 내재되어 있다. 이와 같은 출생의 비밀과 근친상간은 근·현대의 문학과 영화, 드라마에 이르기까지 '잔인한 운명의 장난'으로 귀결 짓는 하나의 테마가 되기도 한다. 자신의 의지와는 상관없이 운명의 힘에 의해 관계를 맺는 저주

받은 사랑에는 비극의 에로스가 설정되어 있다.

한편 모자상간의 금기를 범하는 이야기 유형 가운데에는 역으로 의붓아들에 대한 계모의 집착과 굴절된 사랑, 그리고 좌절이 아들을 향한 계모의 학대담으로 전개되기도 한다. 그러한 계모의 굴절된 사랑이야기로는 『우쓰호 이야기』의 다다코소의 계모 이야기와 『곤자쿠 이야기집』의 구나라拘拏羅 태자 이야기 등이 있다. 그리고 17세기 홍행했던 셋쿄 조루리說経浄瑠璃 가운데 의붓아들에 대한 계모의 왜곡된 사랑이야기를 소재로 다룬 「아이고와카愛護若」나 「신도쿠마루信徳丸」는 현재에도 절찬 상영 중인 작품이다.

딸에 대한 아버지의 애욕

남자의 성적 욕망은 간혹 딸조차도 소유하고픈 굴절된 애욕으로 변질되기도 한다. 설령 피가 안 섞인 의붓딸인 경우라 하더라도 두 모녀를 함께 성적 대상으로 삼는 것은 엄연한 근친상간이다.

『겐지 이야기』에서 겐지와 다마카즈라玉鬘의 사이는 양아버지와 의붓딸의 근친상간 이미지를 강하게 나타낸다. 다마카즈라는 겐지의 연인이던 유가오夕顔의 딸이다. 우여곡절을 거쳐 다마카즈라를 양녀로 받아들인 겐지는 어느 날, 둘 만의 오붓한 시간을 가진다. 겐지는 이런 기회가 좀처럼 없는지라 자신의 연정을 털어놓고 점점 깊어가는 감정에 몸을 맡긴 채 옷을 살며시 벗으며 다마카즈라 옆에 눕는다. 옷을 벗는 소리가 옷자락을 스치는 소리로 들리게 할 만큼 겐지의 솜씨 또한 예사롭지 않다. 하지만 다마카즈라는 뜻밖의 이런 상황에 어찌할 바를 모르고 눈물만 흘릴 뿐이다. 이에 겐지는 그녀를 달래며 "억누르려 해도 억누를 수 없는 사랑의 불씨를 잠재우려 잠시 누였을 뿐이다. 이렇게 야속하게구니 더 이상 억지를 부릴 마음이 없다"며 참을 수 없는 욕망을 자제하지만 그 마음은 찢어질 듯하였다. 그러한 연모의 마음을 숨긴 채 겐지는 사람들에게 비난받을 만한 처신은 더 이상 하지 않겠노라 다짐하며 예전처럼 자신을 대해 달라고 부탁한다.

한편 조금은 거리가 있는 이복남매라는 이유로 조심스럽게 다마카즈라에게 연심을 품었던 유기리夕霧는 어느 날 아버지 겐지와 다마카즈라가 친밀하게 얘기 나누는 모습을 엿보게 된다. 그때 유기리 눈에 비친 것은 겐지 품에 안겨있는 다마카즈라의 모습이었다. 그 모습을 본 유기리는 "참으로 이상하다, 부모와 자식 간이라고는 하나 저렇게 아버지 품에 안겨 있을 나이가 아닌데"라는 의아한 느낌을 가진다. 이런 뜻하지 않은 광경은 유기리의 호기심을 더욱 자극시킨다. 겐지가 다마카즈라를 껴안으며 머리카락을 쓰다듬는 행동에 다마카즈라는 조금은 난색을 표하지만 아무런 저항 없이 겐지에 몸을 맡기고 있었다. 이런 광경을 본 유기리는 "태어날 때부터 옆에서 키우지 않았다고 해도 딸인데 저렇게 연심을 품을 수 있을까"라는 황당함과 함께 두 사람이 예사로운 사이가 아니라는 것을 짐작한다.

겐지에게 다마카즈라는 의붓딸이 아닌 한 여자로서 다가왔고 의붓아버지로서 다마카즈라에 대한 겐지의 연심은 단지 그녀를 애무하는 단계에 그쳤지만 겐지의 성애는 에로스적이었고 그들의 관계는 근친상간을 연상할 만큼 위험천만했다.

실제 역사에서 보면 도바鳥羽 천황(재위:1107~1123)의 중궁비인 후지와라 쇼시藤原璋子는 도바의 조부인 시라카와白河 법황의 양녀였다. 하지만 그녀가 중궁이 되기 전부터 양아버지 시라카와 법황이 쇼시를 여자로서 총애했다는 염문이 나돌았다. 그리고 쇼시는 중궁이 되고 나서도 양아버지와의 밀통이 계속되었다는 소문 하에 아들을 낳는다. 그 아들이 바로 후의 스토쿠崇德 천황이다. 『고지단古事談』(1212~1215)에는 도바 천황이 쇼시가 낳은 아들을 그녀의 양아버지인 시라카와 법황과 밀통해서 낳은 자식이라고 생각해서 자기 아들로 인정하지 않았다는 내용이 있다. 그 연유로 시라카와 법황이 죽은 후 아들 스토쿠 천황에게 양위한 도바 상황이 다시 정권을 잡으려 하자 두 사람의 관계가 악화되고, 이것은 후에 고시라카와後白河 천황과 스토쿠 상황으로 분열된 호겐保元 난(1156)이 일어나는 원인이 되기도 했다.

그 밖에 장모를 범한 근친상간으로는 『니혼키랴쿠日本紀略』에서 기술된 헤이제이平城 천황(재위:806~809)과 구스코藥子와의 밀통 이야기, 그리고 양아버지의 입장에서 처의 딸을 범한 근친상간으로는 『에이가 이야기栄華物語』에서 가잔花山 천황(재위:984~986)이 나카쓰카사中務와 성적관계를 맺은 후, 그의 딸하고도 관계를 갖어 두 모녀를 동시에 회임시키는 일화가 유명하다. 특히 가잔 천황은 호색가로 유명하여 그를 둘러싼 스캔들은 문학 작품 속에 많이 전해진다.

이처럼 문학 속에서는 실제로 역사 속에서 벌어진 야화들을 살며시 꺼내어 가공하고 혹은 가장해 에로티시즘의 긴장감과 호기심을 자극하고 있다. 일반적으로 근친상간을 모티브로 다루고 있는 작품들은 치정이나 난혼亂婚 등 도덕적, 사회적으로 금기시되는 소재를 다루고 있어 도덕적 혼란을 야기하는 경향도 있다. 그러나 심미적 구조 측면에서 보면 인간의 비극적 운명이나 터부를 깨뜨리고 싶은 근원적인 심리에는 에로스적 감각의 환영이 투영되어 있다고 할 수 있다.

일본 만화를 원작으로 한 영화 '올드보이'에서는 누나와의 근친상간뿐만 아니라 딸과의 근친상간이 서로 얽히며 전개된다. 평범하게 살고 있던 30대의 주인공은 어느 날 영문도 모른 채 납치당해 15년 동안 감금당한다. 자신이 왜 감금당해야만 했는지에 대한 궁금함과 광기 어린 분노로 가득 찬 주인공은 감금에서 풀려난 후, 자신을 감금시킨 자를 찾아내어 복수하기 위해 이곳저곳을 헤맨다. 그러던 어느 날 주인공은 우연히 한 여자를 만나게 되고 육체적 욕망으로 관계를 맺는다. 그 여자는 사실 오랫동안 헤어졌던 주인공의 딸이었다. 주인공은 헤어진 딸을 알아보지 못하고 연인으로 육체적 관계를 가졌다는 사실에 큰 자괴감을 느낀다. 이 모든 것이 사랑했던 누나를 잃은 친구의 계획된 복수였다. 과거 고등학교 시절, 그 친구는 누나와 금단의 사랑을 나눴는데 그 사실을 알게 된 주인공이 소문을 퍼뜨려 누나가 자살한 것이다. 그게 바로 감금당한 이유였고 아이러니하게도 자신이 조롱하고 비웃었던 그 친구와 다를 바 없이 주인공도 근친상간의 금기를 범하게 된 것이었다. 주인공은 자신의 딸에게만은 근친상간을 했다는 잔혹한 사실을 숨기기 위해 스스로 혀를 자르는 행위를 한다. 그것은 과거 자신이 한 치의 혀로 한 여자를 죽음으로 내몰았다는 죄책감과 그리고 친구가 그 누이와 근친상간을 한 것처럼 복수의 결과이긴 하지만 자신도 딸과 육체적 관계를 맺었다는 충격과 죄책감의 행동이었다. 이러한 행동은 어쩌면 근친상간의 금기침범이 도덕과 윤리의 파기뿐만 아니라 자기 파멸과 가족의 붕괴까지 유도하는 외경의 대상이라는 경각심을 불러일으키고 있는 것은 아닐까.

형제가 한 여자를 탐하다

한 여자를 둘러싸고 두 형제가 동시에 마음을 두는 이야기는 지금도 드라마에서 많이 본다. 물론 이것이 육체적 관계가 서로 얽히는 상황이라면 이야기는 더욱더 복잡해진다. 그 유명한 셰익스피어의 작품『햄릿』에서도 햄릿의 어머니는 왕위를 노리고 자신의 남편을 죽인 시동생과 재혼함으로써 햄릿의 증오와 원망을 산다. 일본 고전 문학에서도 형제가 한 여자를 탐하는 이야기는 종종 보인다.

『겐지 이야기』에서 가장 농후한 에로스적인 장면은 겐지와 오보로즈키요朧月夜와의 성애장면이라 할 수 있다. 동궁비로 정해진 오보로즈키요는 겐지의 이복형인 스자쿠 천황의 비가 될 여자였는데, 겐지가 먼저 손을 댄 것이다.

어느 봄날의 일이다. 벚꽃놀이가 끝난 후, 평소 연모했던 후지쓰보의 처소 주변을 맴돌던 겐지는 아름다운 달빛 아래 노래를 읊는 오보로즈키요의 목소리에 이끌려 다가가 그녀의 옷자락 소매를 잡는다. 그리고 놀란 나머지 아무런 저항도 못하는 오보로즈키요를 안아 올려 침실 안으로 들어가는 겐지의 거친 행동에는 긴장감마저 돈다. 겐지는 "아직 정사에 미숙한 것을 보면"이라는 성적인 표현을 통해 그녀의 정체에 대해 궁금해 하며 "유부녀였으면 좀 더 재미있었을 텐데"라는 성적 욕망에 대한 아쉬움을 나타낸다. 오보로즈키요 또한 겐지와의 정사 이후 깊은 고뇌에 잠겼지만 그녀의 몸은 겐지를 거부할 수 없었다. 그들의 밀회는 오보로즈키요가 천황비가 되고 나서도 계속되었다.

작품 속에서는 겐지와 오보로즈키요와의 관계에 대해 "주변의 시선이 두렵긴 했지만 은밀하고 아슬아슬한 밀회에 더 흥미를 갖고 불태우는 것이 겐지의 취향이었기 때문에 하루가 멀다고 돌래 숨어 드나들었다"라고 기술한다. 겐지는 아버지의 여자 후지쓰보뿐만 아니라 형의 여자 오보로즈키요까지도 범했던 것이다. 계모뿐만 아니라 이복형의 여자와의 근친상간이 그 시대 얼마만큼 금기시되었는지, 아니 시점을 달리해 얼마만큼 암묵적으로 허용되었는지 그 또한 불분명하지만 여기서 겐지가 침범한 것은 천황비를 범한 '왕권침범'이기도 하다. 마침내 오보로즈키요와의 관계가 발각됨에 따라 겐지는 스마須磨로 유배당한다. 이러한 '궁중 스캔들'은 주로 천황가의 형제들이 한 여자를 탐하거나 범하는 사건을 그 내용으로 담고 있는 경우가 많다. 물론 이러한 관계는 그 당시 엄하게 금기시된 성관계는 아니었지만, 한 여자를 형제들이 서로 범하는 것은 근친상간이라는 개념 아래 기피되었던 행동이었다는 것은 틀림이 없다.

또 하나의 예는 앞에서도 언급한 『도와즈가타리とはずがたり』(1306~1313)의 고후카쿠사인後深草院(재위:1246~1259)과 가메야마인亀山院 형제가 궁녀인 니조二条를 공유한 이야기를 들 수 있다. 가마쿠라 시대의 일기문학인 『도와즈가타리』는 실제 있었던 '궁중 스캔들'을 모티브로 천황가의 에로스를 적나라하게 기술한 궁중의 '섹스 폭로 수기'에 가까운 니조의 이야기이다. 화려한 궁정생활 속에서 고후카쿠사인을 모시며 겪었던 니조의 파란만장한 삶에는 남자들의 애욕이 가득 차 있었다. 그 가운데 가장 파격적인 장면은 고후카쿠사인의 묵인 하에 펼쳐진 니

조와 가메야마인과의 정사장면일 것이다.

어느 날 연회를 마치고 고후카쿠사인과 가메야마인 형제는 술에 취해 같은 방에서 쉬게 된다. 평소 니조에게 애욕을 가졌던 가메야마인은 형에게 니조를 방으로 불러달라고 제안하며, 그 대가로 자신의 딸을 주겠노라고 흥정한다. 자신의 여자를 서로 공유하는 것이 마치 형제간의 친밀감을 나타내듯 고후카쿠사인은 조카딸과의 밀회를 꿈꾸며 니조를 불러 잠든 척하고 동생 가메야마인에게 내어준다. 그리고 가메야마인은 니조를 병풍 뒤로 데리고 가서 정사를 나눈다. 단지 고후카쿠사인은 두 사람의 정사를 묵인할 뿐이다. 또 다른 애욕 때문에 자신의 아이를 가진 니조를 동생과 공유하는 고후카쿠사인과 자신의 딸을 형에게 주는 가메야마인의 근친상간 거래는 어처구니없는 굴절된 에로스를 생성시킨다. 니조의 일기에는 그 당시 상황에 대해 고후카쿠사인이 "잠에서 덜 깬 모습으로 다가왔다"라는 기술이 있는데, 이것은 고후카쿠사인이 두 사람의 정사 장면을 엿본 것에 대한 완곡된 표현은 아닐까라는 추측도 가능하다. 여색 밝히기로 유명한 고후카쿠사인은 자신의 여자를 다른 남자와 성적관계를 맺게 하고 그 장면을 엿보는 등, 퇴폐적이고 엽기적인 행각을 벌인 것은 일상다반사였기 때문이다. 그런데 늘 동생에게 열등감을 가지고 있었던 고후카쿠사인은 그날의 사건으로 인해 가메야마인이 니조를 끼고 놀며 옆에 두려고 하자 못마땅한 마음에 오히려 니조를 궁궐에서 퇴출시켜버린다. 남자의 질투는 오히려 여자보다 심하다고 했던가. 이러한 여자문제와 왕위계승문제가 얽혀서 두 형제의 사이는 더욱 악화되고 그 후 그들의 후손들까지 대립하게 됨으로써 황실이 두 조정으로 갈리는 남북조 시대(1330~ 1393)가 열리는 되는 계기가 된다.

에로스의 대중화

일본 고전문학 속에서 성의 금기침범은 허구라는 장치를 통해, 혹은 역사에 기록된 몇 줄 안 되는 사건의 일화를 가공시켜 인간 내면의 금기를 범하고자 하는 욕구를 해소, 충족시켜주고 있다. 따라서 작품 속에서 금기침범을 둘러싼 에로티시즘은 육체에 대한 호기심과 동경, 소유하고자 하는 욕망, 즉 '범하고, 음미하고자 하는 성적충동'이 그 중심을 이루고 있다. 특히 근친상간이라는 성의 금기침범은 신화, 모노가타리, 설화뿐만 아니라, 중세·근세의 셋쿄 조루리와 가부키의 대중 예능, 그리고 근·현대의 소설에 이르기까지 이야기의 소재로 다루어지고 있다. 물론 그 가운데에는 고전을 재구성해서 소설화한 이야기도 있다. 예를 들어 앞에서도 언급했듯이 남매의 애절한 사랑을 그린『고사기』의 소토오리히메 전설을 미시마 유키오三島由起夫는 숙모와 조카와의 근친상간 이야기로 다시 각색하여『가루노미코와 소토오리히메軽王子と衣通姫』(1947)라는 작품을 썼다.

한편 근친상간의 금기에 대한 도덕적 갈등이 비교적 적은 일본 소설들은 이 모티브를 금기 타파에 대한 인간의 원초적인 욕망과 심리를 공공연하게 부각시킴으로써 금기적 제재에서조차도 자유로워지고자 하는 예술 정신의 관점에서 바라보는 경향이 강하다. 이러한 일본적 에로티시즘에는 깨뜨림의 논리를 수반한 금기침범이 중요한 요소로 작용하고 있는데, 특히 근친상간의 금지된 에로스는 관능소설에서 그 계보를 잇고 있다고 할 수 있다. 그 가운데 관능소설의 대표적인 작가 다니자키 준이치로谷崎潤一郎의 『유메노 우키하시夢の浮橋』(1959)는 계모와 의붓아들간의 근친상간을 모티브로 한 작품으로『겐지 이야기』의 겐지와 후지쓰보의 밀통이야기의 현대판이라고 할 수 있다. 다니자키 준이치로는 그 당시『겐지 이야기』의 현대어역 작업을 할 정도로『겐지 이야기』에 심취해 있었다. 『겐지 이야기』를 읽은 후의 체험이 이 작품 모두冒頭의 첫 구절인 단가에 담겨져 있듯이 작품 명『유메노 우키하시』또한『겐지 이야기』마지막 권의 이름이다. 그럼 내용과 구성에 있어 겐지와 후지쓰보의 밀통이야기가 투영되어 있는 이 작품의 내용을 살펴보기로 하자.

주인공 다다스糾는 어렸을 때 모친을 잃고 9살 때부터 계모의 손에서 커 가는데, 계모의 모습은 생모와 거의 흡사했다. 계모의 살결, 살 냄새까지 말이다. 그래서 그런지 계모를 생모처럼 혼동하는 가운데 계모에 대한 애정이 깊어만 간다. 작품 속에서 어른이 된 다다스가 생모에 대한 그리움으로 아무런 거리낌 없이 계모의 젖가슴을 애무하듯 만지는 장면은 묘한 에로스를 표출한다. 다다스가 갓 스무 살이 되던 어느 날 계모는 임신을 하고 아들 다케武를 낳는데, 그 아이는 태어나자마자 산골 마을에 맡겨지게 된다. 아무런 연유도 없이. 그러던 와중, 다다스의 부친은 결핵으로 죽고 다다스는 남들처럼 가정을 이루어 계모와 함께 생활하는데 그 모자 사이에는 다다스의 부인도 느낄 만큼 이상한 기류가 흐른다. 그러던 어느 날 계모는 기이하게 전갈에 물려 죽는다. 마치 살인사건을 연상시키는 죽음이다. 그 후 다다스는 애정이 없었던 부인과 이혼하고 먼 산골에 맡겼던 배다른 동생인 다케를 찾아가는 것으로

소설은 막을 내린다. 이 마지막 장면을 통해 소설은 다케가 다다스의 아들임을 암시하는데, 여기서 다케의 존재는 겐지와 후지쓰보의 아들인 레이제이 천황令泉帝을 연상시키고 있다. 이렇듯 『겐지 이야기』의 에로스는 근·현대의 관능소설에도 많은 영향을 미쳤다.

그 외 근친상간을 소재로 담은 근대문학으로는 노벨문학상을 탄 일본의 대표적 작가 가와바타 야스나리川端康成의 『센바즈루千羽鶴』(1952)가 있다. 이 작품에서 주인공은 아버지가 죽은 후, 아버지의 연인과 그리고 그녀의 딸과도 성적 관계를 갖는 근친상간의 육체적 애욕을 적나라하게 보여주고 있다. 그리고 구니키다 돗포国木田独歩의 『운명론자運命論者』(1964)는 어렸을 때 생모로부터 버려진 주인공이 출생의 비밀도 모른 채 우연히 자기를 버린 생모의 딸, 즉 자신의 여동생과 결혼함으로써 뜻하지 않게 근친상간이 이루어지는 잔인한 운명의 이야기를 그리고 있다.

또한 근대 작가 시마자키 도손島崎藤村은 아내가 죽은 뒤, 자신의 친조카와 성관계를 맺고 아이까지 낳는 사건을 계기로 유학을 핑계 삼아 도피하는 삶을 살았는데, 그러한 자전적인 이야기를 소설 『신생新生』(1919)에 담고 있다. 이러한 자전적인 이야기는 그 이후 다카하시 무쓰호高橋睦朗가 수기형식으로 편집한 『금지된 성 – 근친상간 백인의 증언禁じられた性─近親相姦百人の証言』(1974)처럼 '충격고백' '금지된 고백' '숨겨진 고백' '애욕의 고백' 등과 같은 제목으로 독자의 흥미를 끄는 대중서로 자리 잡는다.

한편 일본에서는 1990년에 들어와서부터 현재에 이르기까지 금기에 대한 인간의 환상과 그것을 깨뜨리고 싶은 잠재된 욕망을 상업적으로

반영하여 근친상간, 주로 누나와 여동생을 성적 대상으로 하는 만화나 애니메이션이 대중문화로서 자리를 잡는다. 『설령 엄마가たとえば母が』 『죄에 젖은 두 사람罪に濡れたふたり』『연풍恋風』『나는 여동생에게 사랑을 느낀다僕は妹に恋をする』등등, 제목만 봐도 상당히 자극적인 책들이 출판된다. 또한 성인용 게임 등에서도 친누나나 친여동생을 연애의 대상으로 삼는 근친상간의 에로스가 흥미를 불러일으키며 유행하고 있다.

이것은 금기에 대한 환상과 호기심, 그리고 금기이기에 오히려 범하고 싶은 인간의 잠재된 욕망에 대한 일종의 해소 장치로 생성된 또 하나의 에로스 문화라 할 수 있다.

이처럼 금기침범에 대한 에로티시즘은 깨뜨리고 싶어 하는 인간의 욕망에 대한 자극제의 역할을 하고 있다. 문학이나 예능, 그리고 우리의 삶 속에서 금기를 소재로 하는 이야기는 깨뜨리고자 하는 인간의 욕구에 의해 흥미를 부여하지만, 그 참을 수 없는 욕망의 대가는 자기파멸, 비극적인 죽음이라는 두려움과 공포를 시사함으로써 오히려 인간의 도덕성을 고양시키기도 한다. 즉 모순적이지만, 깨뜨림의 논리 이면에는 지킴의 논리가 수반되어 우리들의 욕망에 대한 의식을 통제하고 있다고 할 수 있다.

참고문헌

조르주 바타유, 조한경 옮김(2011) 『에로티즘』민음사
조르주 바타유, 조한경 옮김(2010) 『에로티즘의 역사』민음사
増田繁夫(2009) 『平安貴族の結婚・愛情・性愛』青簡社
藤井貞和(2007) 『タブーと結婚』笠間書院
元田興市(2006) 『日本的エロティシズムの眺望』鳥影社
服藤早苗(2004) 『平安朝 女の生き方』 小学館
新谷尚紀(2003) 『日本人の禁忌』青春出版社
森朝男(2002) 『恋と禁忌の古代文芸史』若草書房
百川敬仁(2000) 『日本のエロティシズム』ちくま新書
今井久代(1995) 『物語研究会編(新 物語研究3) 物語〈女と男〉』有精堂

에로티시즘으로
읽는
일 본 문 화

김종덕

늙은 여인의
순정과 로맨스

〈이로고노미〉란

헤이안平安 시대의 와카和歌, 일기, 이야기物語, 수필, 설화 등에는 궁중이나 귀족들의 저택을 배경으로 남녀간의 연애를 다룬 이야기가 많다. 이러한 연애담이 헤이안 시대에 크게 유행한 배경에는 가나仮名 문자의 발명과 이에 따른 여류작가와 여성 독자들이 있었다는 것은 잘 알려진 사실이다. 결혼 적령기의 여성들은 통과의례로써 이야기를 읽고 주인공과 자신의 현실을 오버랩시키며 삶을 더욱 풍요롭게 만들었으리라. 특히 『겐지 이야기源氏物語』는 정편의 히카루겐지光源氏, 속편의 가오루薫 등이 펼치는 연애의 카탈로그로 엮여져 있다고 해도 과언이 아니다.

이러한 연애 이야기는 주로 여성 작자들이 여성을 주인공으로 여성 독자들을 위해 만들어내었다. 연애담의 소재는 남녀의 우아한 만남이나 이별, 여러 가지 사정으로 만나지 못하는 괴로움과 갈등을 다루고 있다. 이러한 이야기 중에 풍류인으로 연애의 달인인 '이로고노미色好み'

남자와 노녀老女의 사랑을 다룬 해학적 형태가 있다. 이러한 종류는 대체로 나이 많은 여자가 젊은 〈이로고노미〉 남자 뒤를 쫓아다니거나 연애가 실패하는 우스꽝스러운 꽁트로 독자들에게 무더운 여름날의 한 줄기 소나기와 같은 카타르시스를 안겨주는 단편이다.

헤이안 시대 문학에 등장하는 〈이로고노미〉는 남녀 구별 없이 사용되었는데, '이로色'는 여성의 미모를 뜻하고, '고노미好み'는 선택한다는 뜻이다. 용례가 처음 나오는 것은 『고금와카집古今和歌集』의 가나 서문이지만, 이 외에도 〈이로고노미〉 관련 용례는 『다케토리 이야기竹取物語』에 1례, 『이세 이야기伊勢物語』에 12례, 『야마토 이야기大和物語』에 6례, 『우쓰호 이야기うつほ物語』에 9례, 『오치쿠보 이야기落窪物語』에 3례, 『겐지 이야기』에 4례 등이 있다. 중국의 한자어에서 영웅호색 등으로 쓰이는 '色'은 미모의 여성을 뜻하는데, 흔히 〈이로고노미〉와 〈호색好色〉을 혼용하는 경우를 볼 수 있다. 당나라 백낙천의 『장한가長恨歌』 서두에는 '한나라 황제가 색美人을 좋아해서 경국傾国을 생각하게 된다' 고 하고, 「이부인李夫人」의 마지막 구절에는 '차라리 경성傾城의 미인을 만나지 않는 것이 좋았다'라며 호색을 경계하고 있다.

〈이로고노미〉의 조건을 알 수 있는 좋은 예로는 『우쓰호 이야기』에 등장하는 미나모토 나카요리源仲頼를 들 수 있다. 그는 구멍이 있는 악기는 모두 불 수 있고 실이 있는 악기는 모두 켤 수 있으며, 수많은 무용과 갖가지의 예능이 뛰어나고 용모도 대단히 수려하여 이 세상 최고의 〈이로고노미〉라고 하였다. 현존하는 이야기 문학에 등장하는 〈이로고노미〉는 대체로 습자와 음악에 능숙하고 와카를 잘 읊어야 했고 뛰어난 미모의 소유자이다. 이러한 와카와 예능에 대한 교양은 귀족 여성이 익혀야 했던 학문이었을 뿐만 아니라 〈이로고노미〉인 남성의 필수 교양이기도 했다. 스즈키 히데오鈴木日出男는 〈이로고노미〉를 '남자가 상대 여성의 영혼 깊숙이 작용하여, 그 마음을 이해할 수 있는 힘이다'라고 정의하고, 특히 『겐지 이야기』에서 겐지의 〈이로고노미〉가 발휘되는 것은 와카를 증답할 때 가장 위력이 크다는 것을 강조하고 있다. 즉 헤이안 시대의 〈이로고노미〉는 '이상적인 풍류인'이라는 의미였으나 시대를 내려가면서 점차 희화화되어 근세의 〈호색〉은 글자 그대로 '여색을 탐한다'는 의미로 사용된다.

여기서는 풍류의 〈이로고노미〉 이야기 중에서도 특히 호색적인 노녀의 연애담과 〈이로고노미〉의 역할을 살펴보고자 한다. 특히 상대의 유랴쿠 천황과 아카이코 이야기, 『이세 이야기』의 〈이로고노미〉인 남자와 노녀의 관계, 『겐지 이야기』에 등장하는 겐지와 겐노나이시노스케源典侍 등 호색적인 노녀의 연애담을 개별적인 인물론에 그치지 않고 고대전승과 작자의 작의作意라는 측면에서 살펴보고자 한다. 그리고 와카를 읊는 능력과 와카로 인해 복을 누리는 가덕설화歌德說話의 문제, 노녀의 성과 해학성, 무녀巫女적 여성의 역할에 대해서도 살펴보고자 한다.

노녀연애담의 전승

헤이안 시대의 사람들은 나이와 연애에 관해 어떠한 생각을 갖고 있었을까. 우선 장수를 기원하는 의례를 40세부터 시작하여 10년 단위로 행한 것에서 알 수 있듯이 당시의 사람들이 단명했다는 것은 분명하다. 그러나 특별히 질병과 상관없이 귀족과 서민이 다르고 남녀에 따른 차이도 있었다. 예를 들어 동시대의 여성이라도 아카조메에몬赤染衛門처럼 86세경까지 건강히 산 사람도 있고, 무라사키 시키부紫式部와 같이 40대 중반에 죽은 사람도 있었다. 그래서 헤이안 시대 귀족들은 오늘날에 비해 조혼의 풍습이 있었는데, 남성의 성인식元服은 대개 11~17세, 여성은 12~14세경에 성인식裳着을 치름과 동시에 결혼을 하는 경우가 많았다.

『이세 이야기』16단에는 우아한 풍류인 기노 아리쓰네紀有常가 만년에 생계가 어려워지면서 오랜 세월을 함께 한 아내가 점점 부부생활도 하지 않고 결국 비구니가 되어버렸다는 것을 기술하고 있다. 이어지는 아리쓰네 부부의 와카 증답에서 40년을 함께 살았다고 되어있는데, 이때 두 사람의 나이는 이미 50대 중반일 것으로 짐작된다. 문학 작품에는 부부가 헤어지는 요인으로 첫째 애정이 식었을 때, 둘째 나이가 들었을 때, 셋째 경제적으로 극빈해졌을 때의 경우가 많다. 즉 기노 아리쓰네 부부는 나이가 들어 남녀의 애정이 식는 전형적인 예를 지적한 셈이다.

『마쿠라노소시枕草子』43단 「어울리지 않는 것」에는 나이든 여자에 대한 작자 세이쇼나곤淸少納言의 의식이 잘 나타나 있다.

> 또 나이든 여자가 배가 산 만해져서 걸어다는 것. 또 그러한 여자가 젊은 남자를 데리고 사는 것은 아주 보기 흉한데, 남자가 다른 여자에게 간다고 하여 질투하는 것. 나이든 남자가 잠이 덜 깬 모습. 또 그렇게 나이 들어 수염을 기른 남자가 밤을 집어먹고 있는 모습. 이도 없는 늙은 여자가 매실을 먹고 시다고 하는 것. 신분이 낮은 여자가 붉은 하카마(정장의 아래옷)를 입고 있는 모습. 요즈음은 그런 사람들만 있는 듯하다.

세이쇼나곤은 나이든 여자가 임신을 하여 돌아다니는 것이나 젊은 남자와 살며 질투하는 것을 어울리지 않는 행동으로 생각했다. 그리고 나이가 들어 이가 빠진 여자가 매실을 먹으며 시다고 하는 것도 보기 흉한 것으로 좋지 않게 생각하고 있다. 특히 젊은 여자와 노녀를 대비하여 어울리지 않은 점을 적나라하게 지적하고 있다. 이 이외에도 157단에는 옛날에 좋았던 것이 소용없게 된 것 중에 대표적인 것으로 '이로고노미였던 사람이 나이 들어 쇠약한 것'을 지적하고 있다. 『마쿠라노소시』의 미의식을 정리해 보면 세이쇼나곤은 노녀에 대해 상당히 부정적인 이미지를 갖고 있었던 듯하다.

헤이안 시대 말 고시라카와後白河 법황이 편찬한 フ 요집 『료진히쇼梁塵秘抄』에는 "여자의 한창 때는 14~16세에서 23~24세가 좋을 때인가, 34~35세가 되면 단풍이 떨어진 것과 같다"라고 읊어, 한창 때의 여성과 한물간 여성의 나이를 적고 있다. 특히 여성의 결혼 적령기를 14~16세, 한물간 때를 34, 5세로 생각하는 것은 『겐지 이야기』를 비롯한 여러 작품에서 공통된 인식이다. 여성은 대체로 14세경에 결혼하고 20대 초반을 한창 때로 보고, 30세가 지나면 늙었다하여 부부생활도 점점 멀리하는 것으로 보았다. 즉 헤이안 시대 여성은 오늘날에 비해 훨씬 빨리 결혼하고 조로했던 것이다.

일본문학사에서 최초로 등장하는 노녀연애담은 『고사기古事記』에 나오는 유랴쿠雄略 천황과 히키타베引田部의 아카이코赤猪子 이야기이다. 줄거리는 유랴쿠 천황이 미와 강美和川에 놀러 갔다가 강가에서 빨래를 하고 있던 아름다운 소녀 아카이코를 보고 궁으로 부를 때까지 결혼하지 말고 기다리라고 한다. 그러나 천황은 이후 80년간이나 자신이 한

말을 까맣게 잊고 있었다. 어느 날 늙고 쇄락한 아카이코가 궁으로 찾아와 그 사실을 고했다. 다음은 유랴쿠 천황이 이미 결혼하기에는 너무나 나이가 들어버린 아카이코이지만, 그녀와 와카를 증답하는 대목이다.

> "히키다의 어린 밤나무 숲이여, 젊을 때 동침했더라면 좋았을 텐데. 이미 나이가 들어버렸구려."
> 이를 들은 아카이코가 흘린 눈물이 입고 있던 붉은 옷소매를 완전히 적셨다. 천황의 와카에 대한 답가로서 읊은 노래는
> "미무로 신사에 쌓는 구슬 울타리, 한 번도 신을 떠난 적이 없는 제가 누구를 의지하겠어요."

천황은 노녀 아카이코의 방문에 놀라고 후회하면서 이제라도 결혼하고자 했지만 이미 나이가 들어 가능한 일이 아니라며 와카를 통해 감정을 나눈다. 아카이코는 감동의 눈물을 흘리며 자신을 신사를 지키는 무녀에 비유하며 천황 이외의 누구와도 결혼할 상대가 없다고 한다. 그리고 이어지는 와카에서 아카이코는 이미 90세를 넘어 결혼할 수 있는 나이가 아니지만 젊은 구사카베日下部 황후를 부러워하며 질투하는 마음을 와카로 읊는다. 그리고 아카이코가 한 번도 미무로 신사를 떠난 적이 없다고 한 것은 무녀로서의 신분을 나타내고 있는 셈이다. 한편 유랴쿠 천황은 이와 같이 아카이코와 와카를 증답한 후, 많은 선물을 하사하고 돌려보냄으로써 왕권을 확립한〈이로고노미〉으로서의 애착과 면모를 엿보이고 있다.

『고사기』의 유랴쿠 천황은〈이로고노미〉로서 노녀의 사랑도 수용함으로써 이상적인 왕권을 확립한다는 논리인 것이다. 이러한 논리에 대

해 일찍이 오리구치 시노부折口信夫는 『이세 이야기』의 아리와라 나리히라在原業平나 『겐지 이야기』의 히카루겐지光源氏와 같은 인물을 고대의 왕권을 확립했던 영웅들과 같은 계통이라고 지적했다. 즉 오리구치는 고대에는 〈이로고노미〉라는 표현이 없었기 때문에 신화전설에 등장하는 스사노오須佐之男나 야마토타케루倭建, 유랴쿠 천황과 같은 영웅들의 〈이로고노미〉를 헤이안 시대의 용어를 빌어 정의한 것이다.

백발 노녀와 가덕설화

헤이안 시대 문학에서 호색적인 노녀로 묘사되는 인물은 고귀한 신분의 주인공보다는 주변 인물이거나 여관女官 계층이 대부분이다. 그리고 호색적인 노녀가 〈이로고노미〉인 젊은 남자에게 갖는 연애 감정은 우스꽝스럽고 해학적 결말을 수반하는 경우가 많았다. 헤이안 시대의 대표적인 노녀의 호색담으로 『이세 이야기』의 아리와라 나리히라在原業平와 백발つくも髪 노녀의 연애담을 들 수 있다.

옛날에 백발에다 99세의 노파가 남자를 사랑하는 마음에 사로잡혀 세 아들에게 거짓으로 꿈에 좋아하는 남자를 만났다는 이야기를 했다. 첫째와 둘째 아들은 어머니가 어이없다는 생각이 들어 상대도 해 주지 않았으나, 셋째 아들은 어떻게 해서든지 어머니를 풍류인 아리와라 나리히라와 만나게 해주어야겠다고 생각했다. 그래서 나리히라가 사냥을 간 곳까지 찾아가 어머니의 사정을 이야기하자, 나리히라는 하는 수 없이 찾아와 만나주었다. 그 뒤로 관계가 뜸해지자 노녀는 나리히라의 집으로 찾아가 집안을 엿보고 있었다. 다음은 이를 눈치 챈 나리히라가 노녀의 집으로 찾아가 다시 하룻밤을 함께 지낸다는 대목이다.

▌ 나리히라와 백발 노녀
『이세 이야기』
『竹取物語·伊勢物語』(学研 1980)

여자가 남자의 집으로 찾아가 틈새로 엿보자, 남자가 이를 슬쩍 보고는,
"백년에서 한 해가 모자라는 대단히 나이든 여자가 나를 사랑하는 듯
하다. 그 모습이 환상이 되어 보인다."
라고 읊고 여자의 집으로 가려는 것을 보고, 여자는 가시나무와 탱자
나무에 걸리는 것도 아랑곳 하지 않고 서둘러 집으로 돌아와 누워있었다.
남자는 여자가 했던 것처럼 살짝 숨어서 보고 있자, 여자는 한탄을 하며
자려고 하다가,
"이불에 누워 옷소매의 한쪽을 깔고 오늘 밤도 그리운 사람을 만나지
못하고 혼자서 자게 되는 것일까."
라고 읊는 것을 듣고, 남자는 불쌍하게 생각하여 그날 밤은 함께 잤다.
남녀관계란 자신이 사랑하는 여자를 그리워하고, 사랑하지 않는 여자를
그리워하지 않는 법인데, 이 남자는 사랑하는 여자에게도, 그렇게 사랑하
지 않는 여자에게도 차별을 보이지 않고 대하는 마음을 갖고 있었다.

남자는 노녀가 자신을 엿보고 있다는 사실을 눈치 채고 집으로 찾아가, 그녀가 읊은 와카를 듣고 하는 수 없이 다시 하룻밤을 함께 보낸다는 것이다. 이 이야기의 주제는 셋째 아들의 효도가 아니라 나리히라의 〈이로고노미〉에 있다. 보통의 남자들은 좋아하는 여자와 그렇지 않은 여자를 구별하는 법인데, 이상적인 풍류인 나리히라는 좋아하지 않는 노녀에게도 차별하지 않고 사랑을 준다는 것이다. 이는 『고사기』의 유랴쿠 천황과 아카이코의 관계를 연상시키면서 나리히라의 이상적인 〈이로고노미〉를 강조하는 이야기라 할 수 있다. 즉 노녀가 훌륭한 와카를 읊은 덕분으로 은혜를 입게 된다는 가덕설화와 노녀연애담이 합체된 것으로 볼 수 있다.

▌ 이로고노미의 엿보기
『竹取物語・伊勢物語』(学研 1980)

　　『야마토 이야기』는 야다이니野大弐가 쓰쿠시筑紫에 사는 히가키노고桧垣の御라고 하는 〈이로고노미〉인 여자를 찾아간다는 이야기이다. 히가키노고는 오랜 동안 규슈의 쓰쿠시에서 우아하게 살고 있었는데, 후지

와라 스미토모藤原純友의 난으로 몰락한다. 다음은 야다이니가 백발 노파가 된 히가키노고를 찾아가자 부끄러워하며 와카를 읊는 대목이다.

> (야다이니가) 불렀지만 부끄러워하여 다가오지 않고 이렇게 읊었다.
> "내 검은 머리카락이 나이가 들자 흰머리가 되고 시라카와에서 물을 긷는 신세가 되었어요."
> 라고 읊었기에 대단히 안타깝게 생각하여, 입고 있던 속옷을 한 벌 벗어 주었다.

히가키노고는 스스로 물을 길어 초라한 집으로 들어가고 있었는데, 야다이니가 부르자 여자는 영락한 자신을 보이기 싫어하여 남자에게 다가가지 않고 와카를 읊는다. 그녀가 읊은 와카는 야다이니를 감동시켜 입고 있던 옷을 벗어주게 한다는 가덕설화이다. 히가키노고는 전란으로 인해 집안이 몰락하고 나이가 들었지만, 〈이로고노미〉로서 와카를 읊고 자신의 미모와 신분에 대한 자부심을 잃지 않고 있었던 것이다.

『우쓰호 이야기』 구라비라키蔵開 중권에는 〈이로고노미〉인 후지와라 가네마사藤原兼雅와 우메쓰보梅壷 미망인의 연애담이 나온다. 가네마사는 처첩들의 와카를 보다가, '우메쓰보 미망인은 대단한 이로고노미였는데, 가네마사 스스로가 구혼하여 아내로 맞이한 사람이다. 그 여자의 나이는 가네마사보다 훨씬 위이고, 어머니라 할 정도로 나이 차이가 있었다'라고 왕년의 일들을 회상한다. 그때 가네마사는 이미 정처도 있었지만, 나이 많은 우메쓰보 미망인도 애인으로 삼을 정도의 〈이로고노미〉였다는 것이다.

이와 같이 『이세 이야기』나 『야마토 이야기』, 『우쓰호 이야기』 등의

〈이로고노미〉인 남자는 상대 여자가 백발의 노녀나 어머니라 할 정도의 나이차도 꺼려하지 않고 사랑을 준다는 이야기가 전승된다. 그리고 이러한 노녀연애담에는 노녀가 감동적인 와카를 읊음으로 인해 〈이로고노미〉인 남자가 경제적으로 지원을 하거나 애정을 나눈다는 가덕설화의 유형이 담겨 있다.

겐노나이시노스케의 해학적인 연애

『겐지 이야기』에는 다양한 주인공들이 등장하지만 여자 주인공은 대체로 십대나 이십대의 젊은 여성이 많고 나이가 들어도 삼십대 정도이다. 그런데 정편正編에서 노녀 겐노나이시노스케源典侍는 57, 8세나 되었음에도 불구하고 19세의 젊은 겐지에게 서슴없이 그애를 한다. 겐노나이시노스케는 나이가 많다는 점 이외는 훌륭한 귀족 집안 출신으로, 와카도 잘 읊고 비파를 연주하는 등 〈이로고노미〉로서 갖추어야 할 교양을 두루 갖춘 여성이었다. 겐지는 이러한 겐노나이시노스케의 소문을 듣고 그 인물과 성격에 대해 다음과 같이 생각하고 있다.

대단히 나이가 든 나이시노스케인데, 집안도 좋고 재능도 있고 품격을 갖추고 있어 다른 사람들이 인정해주는 사람이지만, 대단히 호색한 성격으로 그 방면으로는 분별력이 없는 여자가 있다는 이야기를 듣는다. 겐지는 왜 이렇게 나이가 들어서까지 남자를 밝히는가 하고 관심을 가지게 되어, 농담을 걸어보니 자신이 어울리지 않는다는 생각도 하지 못한다. 겐지는 기가 막힌다는 생각이 들었지만 이런 상대도 재미있겠다는 생각에 말을 걸어보았지만, 그것이 누군가의 귀에 들어가면 너무나 나이차가

난다고 할까봐 매정하게 대하고 계셨다. 그런데 여자는 이를 대단히 원망스럽게 생각하고 있다.

겐노나이시노스케는 겐지와 나이가 무려 마흔 살이나 차이가 나지만 전혀 이를 의식하지 않고 적극적으로 구애를 했다. 이에 겐지가 냉정하게 거리를 두자 겐노나이시노스케는 이를 원망하기까지 한다는 것이다. 겐노나이시노스케는 헤이안 궁중 시신덴紫宸殿의 북동쪽에 있는 운메이덴溫明殿에 근무하는 여관이다. 운메이덴은 천손이 강림할 때 가지고 왔다는 삼종의 신기 중의 하나인 신경神鏡을 안치해 두는 곳으로 제사와 관련된 곳이다. 겐노나이시노스케는 신경을 지키는 여관으로, 비파를 연주하고 쥘부채를 쥐고 있는 모습은 무녀적 성격을 상징하고 있다.
겐지와 겐노나이시노스케의 연애는 기리쓰보 천황의 스자쿠인朱雀院 행차를 앞두고, 후지쓰보藤壺가 겐지와의 밀통으로 레이제이冷泉를 출산하는 등 무거운 분위기 속에서 전개된다. 두 사람의 해학적인 연애는 이런 숨 막히는 긴장과 정치적인 분위기를 반전시키고 완화하는 역할을 한다. 어느 날 궁중에서 겐노나이시노스케는 천황의 머리를 빗기는 봉사가 끝난 후, 보통 때보다 더 아름답고 요염함 자태로 단장하고 있었다. 이를 본 겐지가 그대로 있을 수가 없어 옷자락을 끌어당기자 겐노나이시노스케는 향기로운 쥘부채로 얼굴을 가리고 흘겨보고 있었다. 겐지가 자신의 쥘부채와 겐노나이시노스케의 것을 바꾸어 보니, 붉은 종이에 금색으로 나무숲을 그린 끝자락에 '숲 아래 풀이 마르니'라는 와카의 한 구절이 쓰여 있었다. 이 구절의 원래 와카는『고금와카집』에 있는데, '오아라키 숲 아래 풀이 마르니 말도 좋아하지 않고 베는 사람도 없구나'라는 작자미상의 노래이다. 이는 겐노나이시노스케 스스로

나이가 들었음을 비유하여 읊은 와카로 볼 수 있다. 여기서 숲 아래 풀이 말랐다는 것은 단순히 자연을 묘사한 표현이 아니라, 여성의 신체 특정부분을 암유하고 있는 것으로 해석할 수 있다. 즉 풀이 말라서 말도 좋아하지 않고 베는 사람도 없다는 것은, 나이든 자신에게 찾아오는 남자가 없다는 것을 비유한 표현이다.

겐지는 부채에 적은 와카를 보고 다른 노래도 있을 텐데 하필이면 이런 구절을 적어놓는가라고 생각하며, '숲은 여름'이라는 와카의 구절을 인용하여 응대한다. 겐지가 인용한 구절의 원래 와카는, '두견새가 와서 우는 소리를 들으니 오아라키 숲은 여름의 잠자리지요'라는 노래이다. 즉 겐지는 당신이 나이가 들었다고 하지만 많은 남자들이 와서 자고 간다는 소문입니다, 라고 응대한 것이다. 그러나 겐노나이시노스케는 조금도 개의치 않고 겐지의 소맷자락을 끌어당기고 눈물까지 흘리며 이렇게 애절한 기분을 느낀 것은 처음이라며 연정을 호소했다. 겐지는 결국 나이 많은 겐노나이시노스케의 끈질긴 구애에 연민의 정을 느끼고 관계를 맺게 된다. 겐지와 겐노나이시노스케의 이 우스꽝스러운 연애담의 절정은, 두 사람의 관계를 알게 된 친구 도노추조頭中将가 동침하고 있는 방안으로 몰래 잠입하여 골려주는 대목이다.

도노추조는 어떻게 해서든지 겐지에게 들키지 않으려고, 아무 말도 하지 않고 무섭게 화난 표정으로 칼을 뽑아들자, 여자(겐노나이시노스케)는 '우리 도련님, 우리 도련님'이라고 하며, 앞으로 돌아 손을 싹싹 비벼 하마터면 웃음을 터뜨릴 뻔했다. 요염하게 젊은 모습으로 치장한 외관은 그렇다 하더라도 쉰일곱, 여덟 정도의 노녀가 속내를 드러내고 당황하여 큰 소리를 지르고 있는 모습, 그것도 스무 살 정도의 젊디젊은 귀공자들 사이에서 부들부들 떨고 있는 모습은 정말 한심한 노릇이다. (도노추조

가) 이렇게 다른 사람처럼 행동을 하며 정말 무서운 표정을 짓고 있었지만, (겐지는) 재빨리 알아채고, 자신인 것을 알고 일부러 이런 장난을 하는구나, 라고 생각하니 우스꽝스럽게 보였다.

도노추조는 한밤중에 겐지와 겐노나이시노스케가 자고 있는 방으로 들어가, 겐노나이시노스케의 정부인 것처럼 칼을 뽑아 위협을 한 것이다. 『겐지 이야기』에서 칼을 뽑는 장면은 「유가오夕顔」권에서 겐지가 모노노케를 퇴치하려 할 때와 이 장면 정도이다. 겐지는 처음에 겐노나이시노스케의 애인이라고 한 스리노카미修理大夫가 들어온 것으로 생각하여 재빨리 이 상황을 피해 빠져나가려고 했다. 그런데 겐노나이시노스케는 이전에도 이런 일이 있었는지 '우리 도련님, 우리 도련님'이라고 하며 도노추조 앞에 꿇어앉아 무조건 손을 싹싹 비비며 용서를 빌며 우스꽝스럽게 행동했다. 겐지가 도노추조인 것을 간파해 버리자, 도노추조는 더 이상 참을 수 없어 웃음을 터트린다. 겐지와 겐노나이시노스케는 지금까지 이상적인 풍류인으로 행동해 왔지만 여기서는 둘 다 우스꽝스럽고 희화화된 인물로 묘사된다. 즉 주변의 긴장된 분위기 속에

▌『겐지 이야기』의 수레싸움
『豪華[源氏絵]の世界 源氏物語』
(学習研究社 1988)

서 두 사람의 해학적인 행동을 그린 이야기는 독자들에게 청량감을 안겨주고 카타르시스를 느끼게 해준다.

이후 「아오이葵」권에서는 가모賀茂 신사의 축제 당일, 겐지는 무라사키노우에紫上와 함께 우차牛車를 타고 구경을 나왔다가 마장에서 주차할 곳을 찾고 있었는데, 우연히 겐노나이시노스케로부터 자리를 양보 받는다. 겐지는 자리를 양보하는 여자가 겐노나이시노스케라는 것을 알고 기분이 내키지 않았지만 형식적으로 와카를 증답한다. 이 때는 이미 60세가 넘은 겐노나이시노스케지만 22세의 겐지에게 세련된 쥘부채의 끝을 꺾어 와카를 적어 보낸다. 겐노나이시노스케가 '부질없는 짓이었어요. 다른 사람의 것이 되어버린 당신이지만 가모 신이 허락한 축제날인 오늘을 기다리고 있었어요'라고 읊자, 겐지는 '접시꽃을 머리에 꽂고 남자를 만나려고 하다니. 오늘은 누구와도 만날 수 있는 날이지요'라고 무뚝뚝하게 답한다. 이렇게 겐노나이시노스케는 겐지로부터 박정한 대접을 받고도 아랑곳하지 않고 계속해서 호색적인 태도를 취한다. 이러한 겐노나이시노스케의 행동은 아오이노우에와 로쿠조미야스도코로의 우차牛車 자리다툼으로 발생된 긴장된 이야기의 분위기를 일시적으로나마 완화시키는 역할을 한다. 즉 이 이야기는 로쿠조미야스도코로의 모노노케가 겐지의 정처인 아오이노우에를 죽이기 직전의 폭풍 전야와 같은 한 때를 메우고 있는 것이다.

이후 겐노나이시노스케는 「아사가오朝顔」권에서도 등장하여 겐지에게 구혼을 하지만 비웃음만 당한다. 이 때 겐노나이시노스케는 일흔 살 전후이고 겐지는 서른두 살이었다. 겐지는 겐노나이시노스케가 한창 때에 살았던 여어女御나 갱의更衣 등은 다 죽거나 출가하고 없는데, 겐노나이시노스케 만큼은 아직도 젊게 살고 있구나. 라며 탄식한다. 이러한 겐노나이시노스케의 인물조형은 그 직책에서 조정의 의례를 관장하는 무녀적인 성격도 있지만, 후지쓰보나 와카무라사키若紫, 로쿠조미야스도코로六条御息所, 오보로즈키요朧月夜, 아사가오와 같이 우아한 여성들과는 대조적으로 우스꽝스럽고 호색적인 행동을 하는 노녀라는 점이 이야기에 활력과 청량감을 준다고 할 수 있다.

　『겐지 이야기』에는 〈이로고노미〉라는 용례가 네번 나오지만, 주인공 겐지를 수식하는 경우는 한번도 없다. 그러나 겐지에게 〈이로고노미〉와 비슷한 의미의 '스키すき'라는 수식은 많이 등장하는데 주로 정편의 앞부분에서 26례나 나온다. 한편 겐지에게 스키와 정반대의 개념인 '마메まめ'가 40례나 쓰이고 있다는 것은 겐지가 호색과 동시에 성실한 인물로 조형되어 있다는 것을 알 수 있다. 이러한 주인공 겐지를 굳이 〈이로고노미〉라고 하지 않은 것은 실제 행동이 이상적인 풍류인으로서 남녀의 인간관계를 맺고 있었기 때문이라 할 수 있다. 겐지는 어린 시절 어머니와 사별하고, 어머니와 닮은 후지쓰보를 이상적인 여성으로 생각하여 그녀와 닮은 여성을 일생동안 추구한다. 즉『겐지 이야기』에서 겐지를 수식하는 '스키'의 원천은 이상형의 여성 후지쓰보에 있었고, 그로 인해 자신의 영화가 달성된다.

　〈이로고노미〉인 겐지를 유혹하는 노녀 겐노나이시노스케는 단순한 호색녀가 아니다. 삼종의 신기 중의 하나인 거울을 수호하는 역할을 하고, 손에 들고 있는 쥘부채와 함께 태양신을 맞이하는 무녀로서 등장한 것이다. 그리고 겐지가 이러한 무녀적인 겐노나이시노스케와 관계를 맺는다는 것은, 겐지를 고대왕권을 체득한 영웅들과 같은 위상으로 조형한 이야기라 할 수 있다.

　『고사기』의 아카이코,『이세 이야기』의 백발 노녀,『겐지 이야기』의 겐노나이시노스케는 각각 노녀임에도 불구하고 〈이로고노미〉인 남자에게 정열적인 연애의 감정을 표출한다. 그리고 이들은 와카를 매개로 대화함으로써 가덕설화의 혜택을 입는 인물로 묘사되고 있다. 노녀의 연애에서는 우아한 남녀 주인공들의 연애담과는 달리 우스꽝스러운 관계가 폭로됨으로써 인간관계를 상대화시키고 독자들에게 문학의 재미와 카타르시스를 제공한다. 아리와라 나리히라나 겐지와 같은 이상적인 풍류인이 어떠한 여성과도 연애를 할 수 있다는 것은 고대의 왕권을 확립했던 천황의 〈이로고노미〉와 같은 위상을 의미한다.

노녀의 호색과 〈이로고노미〉에 있어서도 와카와 음악, 습자 등의 교양은 필수적인 것이었다. 노녀가 젊은 남자를 사랑하고 동경하는 것이 우스꽝스럽고 희화화된 면이 있지만, 한편으로는 무녀적인 성격도 지니고 있기에 노녀와의 연애는 고대적인 왕권의 확립이라는 의미도 내포하고 있다. 또한 노녀연애담은 우아한 미의식을 상대화시키고, 무녀적인 여성의 우스꽝스럽고 해학적인 행동으로 독자들에게 카타르시스를 느끼게 한다. 즉 노녀연애담에는 해학과 왕권, 가덕설화라는 다중의 문화 코드가 담겨있다고 할 수 있다.

참고문헌

김종덕(2008)『겐지 이야기』지만지
小沢正夫 他校注(1999)『竹取物語 伊勢物語 大和物語 平中物語』「新編日本古典文学全集」小学館
阿部秋生 他校注(1999)『源氏物語』「新編日本古典文学全集」小学館
永井和子(1995)『源氏物語と老い』笠間叢書 284
奥村英司(1995)「老女と色好み」『国語国文学』鶴見大学紀要 鶴見大学
小嶋菜温子(1995)「老いの身体と罪・エロス」『源氏物語の批評』有精堂
鈴木日出男(1992)『源典侍と光源氏』『国語と国文学』東大国語国文学会
石川徹(1949)「末摘花と源典侍—鼻赤き姫君と老いらくの恋やまぬ女—」『国文学解釈と鑑賞』至文堂

에로티시즘으로
읽는
일본문화

▌나란히 누워있는 다마카즈라와 겐지
『源氏物語絵色紙帖』(교토국립박물관 소장)

표현과 유혹

김영심

유혹의 기술

이브의 유혹

태초에 에덴 동산에서 뱀이 이브를 유혹해 선악과를 따먹게 한 뒤로, 인간은 서로 유혹하고 유혹당하며 오늘에 이르렀다. 클레오파트라는 카이사르와 안토니우스를 유혹해 이집트의 여왕이 되었고, 카사노바는 타고난 유혹의 기술로 뭇여성들의 마음을 얻어 만인의 이상적인 연인이 되었다.

유혹. 여기서는 이성의 눈길을 끄는 행위, 이성의 가음을 훔치는 행위, 이성의 관심을 끌어내어 마음을 혼란스럽게 하는 행위로 폭넓게 생각하기로 하겠다. 그런데 유혹의 기본은 역시 상대의 마음을 사려는 것일 것이다. 상대를 사로잡기 위해 인류는 감각을 이용해 왔다. 이성의 시각, 청각, 후각, 촉각을 자극하여 자신에 대한 감정을 증폭시키는 방법으로 말이다. 여성의 하이힐과 브래지어, 향수는 남성의 시각과 후각을 자극하여 유혹하기 위해서 고안된 발명품이라 하지 않는가. 유혹을 위한 사물뿐만 아니라 기술 또한 인류와 더불어 공존하고 있다. 이러한 유혹이 결실을 맺어 결혼에 이르고 남녀는 밤을 함께 보내게 된다.

그렇다면 일본의 고대, 귀족과 궁궐에서는 이성의 마음을 사로잡기 위해 어떠한 감각과 기술을 부렸는지, 남편의 마음을 사로잡기 위해 부녀자들은 어떻게 꾸몄는지, 천황을 뜨겁게 모시기 위해 어떠한 방중술을 썼는지, 그 유혹의 문화사의 일면을 엿보기로 하자.

들녘에 울려 퍼진 사랑의 노래

일본의 고대 농촌에서 많은 남녀가 산이나 들에 모여 시가詩歌를 읊으며 춤을 추며 어울리는 축제가 있었다. 이를 우타가키歌垣라고 한다. 겉보기에는 축제였으나 궁극적인 목적은 구애에 있었다. 남자편과 여자편으로 나눠 남자가 먼저 마음에 드는 여자에게로 다가가 시가를 읊는다. 즉 사랑의 세레나데를 시로 한 수 읊는 것이다. 서로 마음이 통하면 짝이 되는 풍습이다.

우타가키는 일본 고유의 것이 아니라 중국의 귀주貴州나 운남雲南에도 있었고, 동아시아 남방에서도 보편적으로 이루어졌다고 전해진다. 일본 우타가키의 원형은 신화에서 찾아볼 수 있다. 남신인 이자나기와 여신인 이자나미가 기둥을 돌다 "어머! 너무도 멋진 분이시군요"하자 이를 받아 남신이 "아니! 이런 멋진 여신을"하며 응수한 것을 우타가키의 원조로 보고 있다. 여신이 먼저 말을 거는 것은 좋지 않다 하여 다시 돌다 남신이 먼저 말을 거는데 이를 계기로 인간세계에서 벌어지는 우타카키에서도 남자쪽에서 먼저 시가를 던지게 된다.

우타가키 장소로 알려진 곳은 오사카 지방의 우타가키 산歌垣山, 쓰쿠바의 쓰쿠바 산筑波山, 사가현의 기시마 산杵島山 등이 있는데 가장 오래되고 유명한 곳은 쓰쿠바 산이다. 지금의 이바라기현茨城県의 쓰쿠바 근처에 위치하는 산으로서 흔히 '서쪽은 후지, 동쪽은 쓰쿠바'라고 일컬어질 만큼 후지 산과 견주어지는 유명한 산이다. 봉우리가 두 개로 나뉘는데 서쪽 봉우리를 남체男體, 동쪽 봉우리를 여체女體라고 부른다. 쓰쿠바 산에 대한 전설은 『히타치 지방 풍토기常陸国風土記』에 다음과 같이 서술되어 있다.

> 어느 신이 후지 산을 찾아가 하룻밤 묵게 해 달라고 요청하자 거절당했다. 하는 수 없이 쓰쿠바 산에 가서 청하자 쾌히 받아들이며 환대해 주었다. 이에 감복한 신이 "나날이 드높아질 것이며, 나날이 사람이 찾아들어 축복할 것이며, 먹을 것 풍부하고, 날로 번창할 것이니 세세년년에 걸쳐 유락遊楽이 끊일 날 없을 지어다"라고 축복해 주었다.

이후부터 후지 산은 항상 눈으로 뒤덮여 오르기 힘든 산이 되었고 쓰쿠바 산은 사람들이 찾아가 가무와 연회를 즐기는 명산이 되었다는 이야기이다. 이러한 유래 설화를 증명이라도 하듯이 쓰쿠바 산은 언제나 사람의 발길이 끊이지 않고 점차 남녀의 만남, 유혹, 구혼, 구애의 장으로 발전했던 것이다. 경치 좋은 곳에 가서 마음에 드는 사람에게 자신의 연정을 표현하는 우타가키는 고대인들의 공인된 신명나는 유혹의 장이었다. 노래로 상대의 마음을 얻으려는, 매우 르맨틱한 방법이라고 할 수 있다.

마음 담아 흔들어 댄 소매

일본 최고의 시가집인 『만엽집万葉集』에 나오는 두 수의 시부터 감상해 보자.

> "자초 무성한 들녘 시메노에 가노라니
> 들녘지기가 볼까 무섭네, 그대 날 향해 소매 흔드는 것을"

> "자초처럼 아름다운 그대를 미워한다면
> 남의 아내가 되었다한들 어찌 소매를 흔들었겠소"

처음 시가를 지은 누카타노 오키미額田王는 일본 역사에 빛나는 7세기 무렵의 여성 가인歌人으로서 두 남자에게 동시에 사랑을 받은 것으로도 유명하다. 형제가 동시에 이 여인을 사랑했었기에 기록으로 남는 일본 최초의 삼각관계의 여주인공이기도 하다. 원래 누카타노 오기미는 오아마 황자大海人皇子(후의 덴무天武 천황)와 결혼하여 딸까지 낳는데, 그후 성격이 난폭한 형 덴치天智 천황의 총애를 입게 되어 오아마 황자와 헤어지게 된다.

위 노래는 헤어진 두 사람이 시메노標野라는 황실전용 수렵지로 약초를 캐러 갔을 때 우연히 만나 주고받은 시가이다. 전 남편이 들녘지기가 보고 있는 것도 아랑곳 않고 이쪽을 향해 소매를 흔드는 것을 보고, 지금은 덴치 천황의 부름을 받은 몸이라 누가 볼까 두렵다고 부른 시가이다. 이에 전 남편은 '풀처럼 향긋한 당신을 조금이라도 미워한다면 형의 여자가 된 당신을 어찌 연모할 수 있을까', 즉 '형의 여자이든 아니든 아름다운 당신을 연모하지 않고는 견딜 수 없다'고 답한다. 일본 최초로 불륜의 사랑을 노래한 시가로 보기도 한다.

주목할 점은 두 사람의 시가에 공통적으로 '소매를 흔든다'라는 표현이 나온다는 것이다. 소매를 흔드는 남자의 행동에 여자는 왜 난감해했을까? 왜냐하면 그 당시 소매를 흔드는 것은 애정을 표하고 구하는 유혹의 행위였기 때문이다.

옛날의 기모노는 소매가 길고 통이 넓었다. 때문에 흔들면 제법 멀리서도 펄럭이는 것이 보였다. 오늘날에도 반갑거나 헤어질 때 손을 흔드는 경우가 많은데 소매까지 펄럭여 보이며 감정을 적극적으로 표현한 것이 이 '소매 흔들기'인 것이다.

한편 현대 일본 여성의 기모노에 '후리소데振袖'라는 것이 있다. 젊은 여성이 입는 소매가 긴 정장용 기모노로서 주로 성인이 되는 스무 살 즈음부터 입기 시작한다. 화려하고 소매통이 길어 발랄하면서도 자유분방한 분위기를 낸다. 그래서 하루빨리 성인이 되어 후리소데를 입을 날을 손꼽아 기다리는 소녀들이 많았다. 현대에서는 고대에 있었던 것처럼 소매를 흔들어 애정을 표현하거나, 남성의 요구에 소매를 흔들어 오케이 사인을 보내는 문화는 없다. 하지만 걸을 때마다 바람에 나부끼는 소매는 남성들의 시선을 모으기에 충분하다. 남성들이 다른 기모노를 입은 여성보다 후리소데를 입은 여성에게 더욱 관심을 갖는 이유는 또 하나 있다. '후리소데=미혼여성'이라는 등식이 있기 때문이다. 후리소데를 입은 것만으로도 아직 미혼이라는 지극히 개인적 사실이 드러나는 것이다. 결혼을 하고 나면 후리소데를 입지 않고 소매가 짧고 옷자락에 가문家紋을 넣은 '도메소데留袖'라는 예복을 입는다. 기혼녀가 되면서 '후리소데=이성에 대한 자유분방'은 차단되고 마는 것이다. 유혹의 문화가 의복에도 반영된 재미있는 현상이라 하지 않을 수 없다.

꽃을 곁들인 편지

시대는 흘러 헤이안平安 시대. 꽃은 동서고금을 막론하고 인류가 이성을 유혹할 때 애용한 것 중의 하나일 것이다. 구하기 쉽고 받기 쉬운 것. 꽃의 위력은 고운 색으로 사람의 마음을 열게 하고, 그 향기로 사람의 정신을 황홀하게 만드는 데 있다. 상대의 마음을 기쁘게 하거나 사로잡고 싶을 때 꽃을 주는 것은 바로 이러한 힘을 빌리기 위함이었으리라.

헤이안 시대에 편지는 소통과 연애의 중요 수단이었다. 특히 연애편지의 경우에는 상대의 이미지에 맞는 편지지를 고르고, 그 안에 멋진 와카和歌를 곁들인 다음 자신의 연정을 알리는 마음을 써서 둘둘 말아 묶어 보냈다. 그런데 이 마지막 묶는 작업에 유혹의 장치를 곁들였으니 바로 매듭에 꽃가지나 나무, 풀을 얹어 보내 상대의 마음을 사려했던 것이다. 꽃가지나 풀, 나무면 다 좋은 것이 아니라 계절과 상대의 이미지에 맞는 것, 편지의 내용과 연관이 있는 것이어야 했다.

봄에는 벚꽃과 갖가지 풀, 가을에는 싸리와 단풍이 애용되었는데 편지를 받은 여자 쪽에서는 남자가 마음에 들면 성의껏 답장을 써서 보냈고 마음에 들지 않으면 답장을 하지 않거나 시든 것을 곁들여 보냈다. 자신이 걱정이 많고 우울하여 사랑할 마음의 여유가 없다는 것을 알릴 때, 시든 꽃만큼 적절한 것은 없을 것이다. 이러한 꽃가지를 곁들인 편지로 상대를 유혹하는 내용은 고전문학에서 많이 찾아볼 수 있다. 예를 들어 헤이안 시대에 자유분방하게 산 여성으로 유명한 이즈미 시키부和泉式部도 이러한 편지를 받았다.

▌ 이즈미 시키부
가노 단유狩野探幽 그림
(도쿄국립박물관 소장)

이즈미 시키부는 처음에 다치바나 미치사다橘道貞와 결혼하여 딸을 낳았는데, 이내 남편을 저버리고 다메타카 친왕為尊親王과 좋아하는 사이가 되었다. 신분이 낮은 집 딸이자 지방관리의 아내였던 여자와 천황의 아들인 왕자 사이의 열애는 세상의 화제가 되었고, 딸의 자유분방한 행동에 화가 난 부친은 아예 딸과 인연을 끊었다. 그런데 이즈미 시키부와 친왕과의 관계도 오래가지 못했다. 친왕이 스물여섯 살이라는 젊은 나이에 요절하고 말았기 때문이다. 그러자 이번에는 친왕의 친동생인 아쓰미치敦道 친왕의 구애를 받게 된다. 이미 정처가 있는 친왕이 이즈미 시키부를 자신의 저택으로 데리고 들어오려 하자 정처는 집을 나가는 지경에 이르고 만다. 이렇듯 세 남자와의 관계를 글로 써서 남긴 것이 그 이름도 유명한 『이즈미 시키부 일기和泉式部日記』이다.

그런데 이 사랑도 오래 가지 못했다. 아쓰미치 친왕도 스물 일곱 살

되던 해에 요절했기 때문이다. 그러자 이즈미 시키부는 그 집을 나와 궁녀가 되어 궁중으로 들어간다. 궁중에서 일을 하다 당대 최고 권력가인 후지와라 미치나가藤原道長(966~1027)의 집안일을 도맡아 하던 사람과 결혼한다. 이즈미 시키부는 그야말로 복잡한 남자관계로 인해 파란만장한 삶을 살았는데 네 명의 남자 중에서 가장 적극적이었던 것은 세 번째 남자였던 아쓰미치 친왕이었다. 어느 날 이즈미 시키부가 두 번째 남자인 다메타카 친왕과 사별하고 1주기를 맞이할 즈음, 아쓰미치 친왕은 그녀에게 와카를 적은 편지에 감귤나무꽃인 다치바나橘를 곁들여 보낸다. 다치바나를 곁들인 와카는 너무나 유명하여 와카집인 『고금와카집古今和歌集』에도 남아있다.

"5월을 기다리는 귤 꽃 향기 맡으니 옛 사람의 소매향기 생각나네"

여기서 말하는 옛사람이란 일 년 전에 죽은 다메타카 친왕으로서 그를 추도하는 여인을 위로하는 효과를 내고 있다. 아쓰미치 친왕이 굳이 이런 편지를 보낸 것은 위로를 하기 위해서만은 아니었다. 위로와 더불어 자신과의 교류도 생각해 보라는 일종의 세련된 유혹이었던 것이다. 이에 이즈미 시키부는 연애의 귀재답게, 다음과 같은 시로 화답한다.

"향기나는 것도 좋지만 직접 만나 듣고 싶네 그대 목소리 형님과 같은 소리인지 어떤지"

그녀는 유혹해 오는 남자 이상의 적극성을 보이고 있다. 이처럼 헤이안 귀족들은 꽃과 시라는 시각과 후각과 문재文才를 융합시킨 멋진 방법으로 이성을 유혹했던 것이다.

여성의 생명, 검은 머리카락

유혹이 성공하면 결혼에 이르게 되는데 헤이안 시대 결혼제도로는 초서혼招婿婚과 일부다처제를 들 수 있다. 초서혼이란 사위를 신부집으로 불러들이는 형태를 말한다. 일부다처제는 말할 것도 없이 한 남자가 여러 명의 처첩을 거느리는 것이다. 복수의 처첩 중에서 지위와 권위가 가장 높은 여자를 정처正妻라 했는데 정처는 남자의 집으로 들어가 집안일을 건사하게 된다. 정처와 첩 사이는 한 남자를 두고 벌여야 하는 경쟁 때문에 심리적으로 불편한 관계일 수밖에 없었다.

결혼생활은 남녀가 각각 따로 생활하며 남편이 쿠인 집을 드나드는 이른바 '가요이콘通い婚'이 일반적이었다. 당시에는 남성도, 친정의 재력이 있던 여성도 경제적으로 독립되어 있었기에 비교적 자유로운 결혼생활을 누릴 수 있었다. 즉 법적 절차나 신고 따위가 없이 오로지 두 사람의 합의에 기초하여 부부 관계를 유지했다. 결혼 관계는 남편이 여자 집을 지속적으로 방문함을 뜻한다. 따라서 관계가 단절되면, 즉 남편의 발길이 끊어지면 자연스레 이혼으로 이어졌다.

결혼이 성립되기까지의 과정을 보면, 우선 당시의 여성은 얼굴을 남에게 보이면 안 되었기에 남성은 담장 밖에서 집안의 여성을 들여다보거나 소문으로 의중의 여성을 점찍어 놓는다. 대상이 정해지면 남성은 여성에게 구애 편지를 보낸다. 바로 이때가 꽃이나 꽃가지를 곁들인 편지가 힘을 발휘하는 순간이다. 여성으로부터 승낙의 답장이 오면 하녀를 앞세워 길일吉日 밤에 여성의 방으로 들어간다. 잠자리를 할 때는 요 대신 서로의 옷을 깔고 눕는다. 다음 날 아침에 상대의 체온이 아직 남아있는 옷을 입고 자신의 집으로 돌아온 남자는 바로 여자에게 와카를 지어 보내는 것이다.

　헤이안 시대 남녀의 사랑은 모두 와카를 중심으로 전개된다. 와카로 유혹하고 와카로 그 유혹에 답하고 와카로 동침에 이르게 되고 사랑을 나눈 뒤에도 와카로 애정을 확인했던 것이다. 이런 식으로 하루도 거르지 않고 3일 밤 동안 여성의 집을 찾아가면 여성측에서는 피로연을 열어준다. 이때 준비해 놓은 떡을 남자에게 먹이는데, 이는 당시 가장 귀중한 곡식인 쌀을 여성측 집의 불로 조리하여 상대에게 먹임으로써 동족화시킨다는 의미를 지닌 의식이었다. 이때 남성이 떡을 먹으면 결혼이 성립되고, 먹지 않으면 결혼은 성립되지 않았다.

▎헤이안 여성들의
　검고 긴 머리카락
『源氏物語絵巻』
(도쿠가와미술관 소장)

　한편 일부다처제였기에 결혼 후에 여성은 하염없이 남성을 기다리는 존재가 될 수밖에 없었다. 다수의 처첩 중에서 자신에게 남편의 발길이 닿도록 아내는 치장에 심혈을 기울였다. 우선 모발관리. 헤이안 시대 여성들에게 길고 풍성하며 검은 머리카락은 자랑거리이자 미녀의 조건이기도 했다. 머리카락은 보통 자신의 신장보다 더 길었다. 그런데 머리카락은 길면 길수록 끝이 갈라지고 푸석거리기 십상이다. 그래서 여성들은 정향나무 기름을 솜에 적셔 머리카락에 묻혀 가며 윤기가 나게 했다.

머리가 지나치게 길었기에 머리를 빗는 것도, 감는 것도 큰 일거리였다. 자신의 머리를 직접 빗을 수 없어 아랫사람이 엉키지 않게 빗질을 해주었다. 감을 때에는 우선 쌀뜨물을 묻힌 빗으로 빗어가면서 머리카락에 붙은 먼지를 제거했다. 머리에서 나는 냄새를 없애기 위해 잠을 잘 때에는 특수한 베개를 베고 잤다. 사각형 베개 속에 작은 향로를 넣고 거기다 백단향을 피워 연기가 머리카락에 스며들게 하는 방식이었다.

현대인들은 상쾌한 일상을 유지하기 위해 목욕을 자주 하지만, 이 시대의 목욕과 세발는 연중행사였다. 이 연중행사는 그야말로 여인들의 가슴을 설레게 만드는 것이기도 했다. 『마쿠라노소시枕草子』의 「가슴 두근거리는 것」이라는 대목을 보자.

> 참새새끼를 기르는 것. 뛰어노는 어린 아이 앞을 지나가는 것. 고급 향을 태우며 혼자 누워 있는 것. 머리감고 화장하고 진하게 향내 배인 옷을 입는 것. 그런 때는 특별히 보는 사람이 없어도 가슴이 설렌다. 오기로 한 남자를 기다리는 밤은 빗소리나 바람소리에도 문득 가슴이 내려앉는다.

하얀 얼굴과 검은 이, 그리고 향기

머리를 감고 나면 다음은 화장. 헤이안 시대에는 눈썹과 치아, 분화장 기법이 특히 유행했다. 이 중에서 눈썹은 용모의 미추를 가장 많이 좌우하는 중요한 부분으로 여겨졌고 그래서 여자들은 어떻게 하면 제대로 눈썹을 그릴 지 항상 고심했다. 일단 본래의 눈썹을 깨끗하게 밀거나 뽑은 후 전용 먹으로 원위치보다 약간 위에다 눈썹을 검게 그렸다. 모양은 반달모양의 둥근 눈썹, 일자 눈썹, 일자의 끝부분만 아래로 처진 눈썹 등이 차례로 유행했다.

치아를 검게 물들이는 당시 풍습은 하얀 치아를 선호하는 현대인들에게는 다소 의아한 화장 풍습이라고 할 수 있겠다. 하지만 당시의 미적 감각으로는 검은 이가 훨씬 더 아름다운 것이었다. 철분 가루를 치아에 발라 충치예방과 미적 효과를 거두었으나 악취가 심했다. 기혼여성이 주로 하다 10세기 초에 이르면 성인식을 치른 아이들도 했으며, 무로마치室町 시대(1336~1573)에는 일반 서민 가정의 여성들에게 확대되었다. 또 전국戰國 시대에는 정략결혼 연령인 8~10세 전후의 장수 딸들이 성인의 표시로 이를 검게 물들였다. 분가루인 '오시로이'는 얼굴을 희고 아름답게 만들었다. 일본 속담에 '얼굴이 희면 일곱 가지 흉을 덮어준다'는 말이 있을 정도로 여성의 흰 얼굴에 남성들은 매료되었다. 그래서 이 시대의 여성들도 얼굴과 목덜미까지 분가루를 하얗게 칠하고 또 칠했다. 조명이라고는 달빛과 촛불이 전부이던 시대에 긴 머리와 치렁치렁한 기모노로 치장하고 하얗게 분칠한 얼굴에 살포시 웃을 때 비치는 까만 치아. 그리고 이마 위에 그려진 짧고 뭉뚝한 눈썹. 기본적으로 이 정도는 해주어야 일부다처제에서 남편의 발길을 잡을 수 있었던 것이다.

한편 방이 휘장으로 칸막이 쳐져 있어 출입이 용이하고 또 한 방에서 하녀들과 함께 자기도 했던 시대였던 만큼 남자가 어둠 속에 웅크리고 있는 긴 머리의 여인 중에서 자기 여자를 가려내는 것이 쉽지 않았다. 이때 자신을 알리는 것으로 사용된 것이 '향香'이다. 지금의 향수인 셈이다.

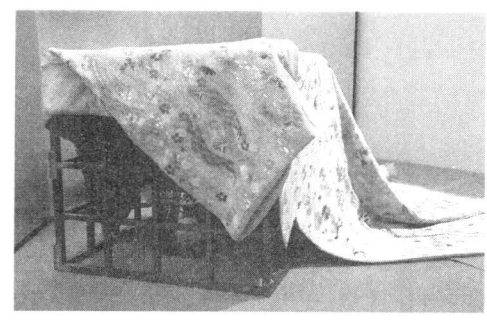

▌후세고를 이용한 훈향
(도쿠가와미술관 소장)

향은 불교와 깊은 관련이 있다. 그런데 헤이안 시대는 종교와 상관없이 일상생활이나 취미생활에서 '향'의 문화가 활짝 꽃피웠던 시대이다. 처음으로 일본에 향이 들어 온 것은 나라 시대였는데, 중국에서 건너온 연향煉香이었다. 연향은 향기가 많은 나무를 깎아 만든 부스러기나 가루에 숯 분말과 벌꿀, 조개껍질을 섞어 갠 것을 말한다. 헤이안 시대에는 여러 연향을 조합해서 피우는 이른바 다키모노薰物로 발전하여 귀족들 사이에서 유행했다. 귀족들은 향원료를 직접 조합하여 자신만의 향을 만들어냈다. 방 안에 그윽한 향내를 피워 둘 때는 그냥 향만 피웠고 옷에다 향기를 스며들게 할 때에는 후세고伏籠라는 배롱焙籠을 사용했다. 이 배롱은 헤이안 귀족들에게는 필수품이었는데 여성뿐만 아니라 남성도 옷치장을 위해 사용했다. 『겐지 이야기』의 히카루 겐지光源氏 역시 당대 최고의 호색한답게 여인의 집을 방문할 때에는 좋은 향을 옷에 스며들게 하는 등 열심히 치장했다.

목욕을 일 년에 한 두 번 밖에 하지 않았던 탓에 향은 여러 잡냄새를 덮는 좋은 수단이었다. 또 이러한 기능 이외에 향은 곧 그 사람을 알리는 도구이기도 했다. 자기만의 향을 만들어 사용하거나 자신을 드러내기 위해 특정의 향을 사용했기 때문이다. 향은 사용하는 사람의 감각과 품격을 드러내는 바로미터였던 것이다. 특히 여자에게 있어서 향은 남자를 자신에게 끌어당기는 좋은 유혹제였다. 여자는 어두컴컴한 방으로 찾아 들어온 남자가 정확히 자신과 접선할 수 있도록 고유의 향을 풍기고 있어야 했다. 밝은 조명이 없던 그 시절, 남자가 자신의 여자를 찾을 수 있었던 것은 눈이 아니라 코였던 것이다.

후궁의 성 지침서

이번에는 시선을 돌려 헤이안 궁궐로 가보자. 궁궐 안에서도 천황이 거처하던 곳인 '다이리內裏, 즉 후궁은 천황제가 존재하던 시기부터 있었으나 가장 번성한 시기는 헤이안 시대였다. 후궁은 한명의 천황을 둘러싸고 황후皇后, 중궁中宮, 비妃, 부인夫人, 뇨고女御, 고이更衣가 총애를 얻기 위해 노력하던 공간, 이른바 하렘harem이었다. 천황의 총애는 일신의 영예에 머무는 것이 아니라 가문의 운명과도 직결되는 문제였다. 그래서 천황의 성은을 입기 위해, 그리고 태자를 잉태하기위해 후궁의 여인들은 늘 긴장했고 시기와 질투심을 지닐 수 밖에 없었다. 어렵게 찾아온 천황과의 하룻밤, 천황을 뜨겁게 모시기 위해 여인들은『의심방医心方』이라는 책을 읽거나 뇨보들에게 성교육을 받았다.

『의심방』은 사신이나 유학생, 유학승들이 중국 수나라, 당나라에서 들여온 의학과 방내 자료들을 궁중의 의관이었던 단바 야스요리丹波康頼가 편찬하여 984년에 조정에 상납한 일본 최고最古의 의학서이다. 전30권 구성인데, 제28권「방내편房内篇」이 방중술을 다루고 있다.「방내편」은 방중房中에서의 양생법養生法을 정리한 것으로 30장 구성이다. 그 중 제12장「구법九法」과 제13장「삼십법三十法」은 그림과 함께 방중술의 심오한 체위와 동작을 설명하고 있는데 하나같이 동물의 동작에 비유하고 있다. '용번龍翻', '호도虎步', '원박猿博', '선부蟬附', '귀등龜騰', '봉상鳳翔', '토연호兎吮毫', '어접린魚接鱗', '학교경鶴交頸'이란 식이다. 먼저 '용번'은 청룡이 날아가는 형상으로 여성이 눕고 남성이 위에 위치하는 기본형을 말한다. '호도'란 호랑이 걸음의 형상으로 여성이 엎드려 앞을 낮추고 뒤를 높이면 남성이 뒤에서 다가가는 방법이다. '원박'이란 원숭이가 나뭇가지를 어깨에 맨 형상으로 누운 여성이 엉덩이를 들어올리고 다리를 뻗으면 남성이 그 다리를 어깨에 걸친 뒤 다가가는 방법이다. '선부'란 매미가 나뭇가지에 매달린 형상으로 엎드린 여성위에 남성이 올라타는 방법이다. '귀등'은 뒤집혀진 거북이가 하늘로 오르는 형상으로 누운 여성이 두 다리를 든 뒤 무릎을 가슴까지 당겨 안는 모습이다. '봉상'은 봉황이 날아오르는 형상으로 누운 여성이 두 다리를 든 후 90도로 꺾는 자세를 말한다. '토연호'는 토끼가 뒤로 돌아 자기 털을 빠는 형상으로 바로 누운 남성 위를 여자가 올라 앉되 남성 발쪽을 보며 돌아앉는 것을 말한다. '어접린'은 물고기가 비늘을 문지르는 형상으로 바로 누운 남성 위에 여성이 올라 와 살을 부비는 것을 말한다. 마지막으로 '학교경'은 학이 서로 목을 껴안는 형상으로 무릎을 꿇고 앉은 남성의 다리 위에 여성이 앉아서 목을 끌어안는 방법을 말한다.

이렇듯 갖은 비책을 써서 천황과의 에로틱한 밤을 보내는 것도 중요했으나 천황에 따라서는 육체적인 유혹보다는 문학적 교양과 재기가 넘치고 섬세한 미의식을 지닌 여성에게 더 끌리는 경우도 있었다. 반드시 그런 이유에서만은 아니지만 헤이안 시대 후궁을 전하는 역사서나 문학은 천황의 음란한 성생활보다는 문예와 음악에 대한 기록이 많다. 실제로 문학적 소양이 깊었던 안시安子, 『고금와카집』을 전부 암송했을 뿐 아니라 금琴을 잘 타기로 유명했던 호시芳子, 세이쇼나곤清少納言, 무라사키 시키부紫式部, 이즈미 시키부和泉式部, 그리고 발군의 문예적 능력을 갖춘 뇨보로부터 문학적 소양 교육을 받은 데시定子와 쇼시彰子처럼 문학은 후궁생활의 필수였다. 와카를 읊지 못하고 문학을 멀리한 여성은 천황의 관심을 끌 수 없었다. 바꿔 말해 천황의 마음을 사로잡기 위해 문학은 필수였던 것이다.

근대 유혹의 기술

일본 고대에서 이성을 유혹하는 데 힘을 발휘했던 문학적 요소는 근대에 들어서도 마찬가지였다. 일본에 '연애'나 '사랑'이라는 말은 근대에 서양에서 수입된 말이다. 기독교의 정신이 유입되면서 '러브Love'라는 개념도 처음으로 유통되었다. 그전에는 '시노부偲ぶ'나 '오모우思う', '고이시이恋しい'라는 말로써 애틋한 감정을 대신했다. 주로 지식인, 특히

서양문학을 많이 접하던 문학자들이 '러브'나 '연애'를 먼저 받아들였고, 그것을 몸소 실천하거나 다시 소설이나 시로 재표현함으로써 서민들에게까지 퍼지게 되었다.

실생활에서나 창작활동에 있어서 연애와 사랑을 몸소 실천한 대표적인 사람으로 기타무라 도코쿠北村透谷(1868~1894)를 들 수 있는 데 도코쿠는 근대의 연애관에 커다란 영향을 끼친 사람이다. 스무 살 때의 어느 날, 도코쿠는 이시사카 미나石坂ミナ라는 기독교 신자 여성과 사랑에 빠지게 된다. 도코쿠가 미나에 대해 강한 연애 감정을 가졌을 때 그는 연애편지를 쓰기 시작했다. 그는 1888년 1월 21일 겨울, 미나에게 다음과 같은 연애편지를 보낸다.

> 나를 사랑하는 엔젤은 흰눈과 같은 부드러운 손으로 나를 살며시 잡고
> 어떤 무엇과도 견줄 수 없는 예쁘고 아름다운 꽃 같은 얼굴로
> 나의 까칠한 뺨으로 다가와서
> 꿈에도 잊지 못할 키스를 해 주었소.
>
> 엔젤은 내게 다가와 나를 격려해 주기도 하고
> 생기를 불어 넣어 주기도 했으며
> 엔젤은 내게 다가와 신이 내게 말한 무언無言의 말씀을 말해주니
> 나는 신의 뜻에 따라 생명을 얻게 되었고,
> 마음을 청정히 하여 신의 명령을 받아들였다오.

비교적 시적인 연애편지라고 할 수 있는데, 지극히 서구적 취향으로 쓰고 있는 것을 알 수 있다. '엔젤'이나 '키스'와 같은 서구어가 많이 등장하고 있으며, 미나가 기독교 신자인 것을 찬양하기라도 하듯 종교적

메신저로 극찬하고 있다. '신이 보낸 나의 천사'라는 최고의 찬사는 유럽의 소설에 많이 나오는 상투적인 표현이다. 문장의 길이 또한, 구구절절 사랑의 표현을 끊임없이 이어간다. 편지지도 서양의 여자 그림이나 천사가 있는 것을 사용했다.

도코쿠 이외에도 시마자키 도손島崎藤村이나 다니자키 준이치로谷崎潤一郎, 다자이 오사무太宰治, 아리시마 다케오有島武郎와 같은 근대문학자들도 절절한 연애편지를 남겼다. 그들 또한 도코쿠처럼 서구적 미사여구로 상대의 마음을 사려 했으며 근대의 상징인 우체국을 통해 엽서나 서신을 보냈다. 앞서 살펴 본 헤이안 시대부터 전해지던 와카를 통한 짧고 은유적인 표현의 연애편지, 인편으로 꽃가지를 곁들여 보내지던 연애편지는 근대의 연애편지에도 그 명맥을 이어왔던 것이다.

그러나 현재, 문학을 이용한 우아하고 그윽하며 교양미 넘치는 유혹의 문화와 기술은 거의 자취를 감추고 있다. 여성은 성형, 화장, 향수로 가꾼 외모를 내세워 남성을 유혹하고, 남성은 명품, 이벤트와 같이 경제력을 내세운 수법으로 여성을 유혹한다. 여성의 외모와 남성의 경제력은 동서고금을 막론하고 이성을 유혹할 수 있는 가장 막강하면서도 보편적인 수단이다. 이러한 보편적 수단(기술) 이외에 이제까지 언급한, 문학을 이용한 그윽한 유혹의 문화는 일본(인)이 그 어느 나라보다도 문학을 사랑하고 문학을 풍부히 생산해 온 나라였음을 이야기해주는 듯하다.

참고문헌

잉겔로레 에버펠트 저, 강희진 옮김(2009) 『유혹의 역사: 이브, 그 이후의 기록』미래의 창
파트릭 르무안 저, 이세진 옮김(2005) 『유혹의 심리학』북폴리오
今関敏子(2002) 『＜色好み＞の系譜ー女たちのゆくえ』世界思想社
河添房江(1998) 『性と文化の源氏物語』筑摩書房
高田倭男(1995) 『服装の歴史』中央公論社
高群逸枝(1990) 『日本婚姻史』至文堂
国文学(1958) 『後宮のすべて』学燈社

에로티시즘으로 읽는
일본문화

김유천

겐지 이야기,
그 은근한 성애표현

『겐지 이야기』란

　헤이안平安 시대(794~1192)의 연애소설 『겐지 이야기源氏物語』는 11세기 초 여류작가 무라사키 시키부紫式部에 의해 쓰여진 작품으로 일본적 정서와 미의식이 담겨있는 일본 최고의 고전문학이라 일컬어진다. 『겐지 이야기』는 주인공 히카루겐지光源氏와 그 후손들의 사랑과 영화, 우수憂愁에 찬 인생 이야기를 70여년의 세월과 500명 가까운 인물들이 등장하는 방대한 스케일로 그려나간다. 전 54권으로 구성되어 있고, 내용상 정편과 속편으로 나뉜다. 정편은 탁월한 용모와 자질을 지닌 왕자 겐지가 갖가지 시련을 극복하고 최고 권력과 영화의 자리에 오르는 이야기이다. 부왕父王이 총애하는 비妃 후지쓰보藤壺와의 금단의 사랑을 중심으로 무라사키노우에紫上 등 수많은 여성과의 화려한 사랑의 세계가 펼쳐진다. 더불어 고뇌에 찬 겐지 만년의 이야기를 담는다. 정처正妻인 온나산노미야女三宮의 밀통, 무라사키노우에의 죽음 등을 통해 깊은 절망에 빠져드는 겐지의 모습이 조명된다. 속편은 겐지 사후의 이야기로 온나산노미야가 낳은 가오루薫가 주인공이다. 출가를 이상으로 삼는 가오루가 오이기미大君, 나카노기미中君, 우키후네浮舟 등의 여성들과 사랑을 나누며 고뇌하는 모습이 중심이다.

『겐지 이야기』에는 주인공 겐지를 중심으로 다채로운 사랑 이야기가 펼쳐진다. 정편만 보더라도 금단의 여인 후지쓰보를 비롯해서 냉정한 연상의 아내 아오이노우에葵上, 후지쓰보를 대신하는 이상적 반려자 무라사키노우에, 가련하고 순종적인 유가오夕顔, 완강한 유부녀 우쓰세미空蝉, 고풍스럽지만 못생긴 스에쓰무하나末摘花, 호색한 노녀老女 겐노나이시노스케源典侍, 질투 때문에 원령이 되어버린 로쿠조미야스도코로六条御息所, 정적政敵의 딸 오보로즈키요朧月夜, 인종忍從의 여인 아카시노키미明石君, 신神을 모시는 아사가오朝顔 등 개성 넘치는 여성들과 극적인 사랑의 드라마가 펼쳐진다. 일부다처제였던 당시 귀족사회를 배경으로 다양한 남녀의 사랑과 애욕 세계를 유감없이 보여주고 있는 것이다. 그런데 그에 비해서는 관능적인 성애性愛 장면들이 상세하게 묘사되는 일은 거의 없고, 상징적이고 극히 금욕적으로 그려지고 있는 것이 『겐지 이야기』의 특징이다.

헤이안 시대 이전의『고사기古事記』등, 신화 세계에서는 성기性器 표현을 비롯해서 남녀의 정교情交에 대한 직설적인 묘사가 보이며, 일본 와카和歌를 모아놓은 『만엽집万葉集』에도 성애 행위가 비유적으로 그려져 있다. 또한『겐지 이야기』와 동시대 설화작품인『곤자쿠 이야기집今昔物語集』에도 성을 둘러싼 노골적이고 적나라한 묘사들이 여기저기 보인다. 그러나 헤이안 귀족문화의 우아하고 세련된 미의식이 짙게 투영된 이 시기 와카나 와카의 서정을 담아낸 이야기 작품에서는 남녀의 사랑 세계가 섬세하고 심오하게 추구되면서도 결코 노골적인 성애 모습으로 그려지는 않았다. 남녀 간의 은밀한 행위는 아름답게 베일 속에 가려졌던 것이다. 이것은 이 시대 귀족사회의 미의식과 문화가 다분히 여성적이었던 점, 그리고 많은 문학작품들이 여성의 손에 의해 쓰였고 그 수용층 또한 귀족층 여성이 많았다는 사실과도 관련이 있을지 모른다.

『겐지 이야기』에서 노골적인 성애 묘사는 찾아보기 힘들지만, 여러 가지 표현 방법을 통해서 이 작품 특유의 에로티시즘의 세계가 펼쳐지고 있다. 이 글에서는 『겐지 이야기』의 성애, 그 에로티시즘의 세계를 형태와 내용이 아니라 묘사와 표현이라는 관점에서 살펴보고자 한다. 그러한 표현으로서 '머리카락髮'과 '의복衣'에 관련된 신체표현, '조개貝'과 '귤橘'에 빗댄 비유표현, 사이바라催馬樂 등의 가요歌謠 인용, 그리고 겐지를 둘러싼 여성성女性性 표현 등에 주목해보고 싶다. 『겐지 이야기』에 숨겨진 표현의 에로티시즘이 가지고 있는 논리와 방법의 사례를 살펴봄으로써 일본고전문학에 보이는 에로티시즘의 특징에 대해 생각해보는 계기가 되었으면 한다.

사랑과 성애의 추구

『겐지 이야기』는 기본적으로 주인공 겐지와 후지쓰보와의 금단의 사랑과 그로 인한 수많은 방황을 그리는 드라마라고 할 수 있다. 그리고 겐지가 모습을 감춘 뒤에는 세속적인 사랑을 부정하는 가오루가 아이러니한 사랑의 세계에 빠져드는 모순을 그려내고 있다. 또한 시각을 달리하면 남자의 사랑에 좌우되는 삶을 살 수 밖에 없는 여성들의 고뇌와 주체적인 삶을 모색하려는 몸부림을 보여주는 이야기라고도 볼 수 있을 것이다.

특히 겐지의 사랑 중 독자에게 강렬한 인상과 여운을 남기는 것으로 후지쓰보, 로쿠조미야스도코로, 무라사키노우에와의 사랑을 들 수 있다. 후지쓰보는 부왕이 가장 총애하는 금단의 여성이지만, 겐지는 죽은 어머니와 꼭 닮았다는 이야기를 듣고 그녀를 사랑하게 된다. 급기야 둘 사이에 아이까지 생기고 결국 이 아이는 왕위에 오른다. 후지쓰보와의 사랑은 냉정한 이성이나 어떠한 사회적 규제로도 제어할 수 없는 파멸적인 사랑의 열정, 그리고 기구한 운명을 보여준다. 한편 로쿠조미야스도코로는 겐지에 대한 집착과 고뇌 때문에 원령이 되어 겐지의 아내들을 괴롭히거나 죽이며 출가시키는 비극적인 여성이다. 사랑의 이면에 있는 어두운 정념과 집착이 절망적으로 드러나는 안타까운 사랑의 모습이다.

또한 겐지 평생의 반려자 무라사키노우에. 그녀는 후지쓰보를 대신하는 이상적인 여성이지만 말년에 정처의 자리에서 밀려나면서 고뇌에 찬 생을 마감한다. 겐지를 깊이 사랑하고 고뇌함으로써 더욱 더 그 이상성이 빛을 발한다. 그녀와 겐지 사이에는 아이가 없었다. 당시 일부다처제의 귀족사회에서 아내, 그리고 여자로서의 지위를 보장해주는 필수조건이 의도적으로 배제되고 순수한 사랑과 신뢰만으로 두 사람이 맺어져 있다는 아름다운 설정이다. 세속적 현실논리를 초월한 순수한 사랑이 문학적 허구를 통해 그려지고 있는 것이다.

▌ 무라사키노우에를
　달래는 겐지
『源氏物語絵色紙帖』
(교토국립박물관 소장)

　　한편『겐지 이야기』는 현실사회의 질서와 규제를 이탈하는 위험한
사랑 또한 거침없이 그려나간다. 예컨대 왕의 여자에 대한 침범, 근친
적인 사랑, 종교적 금기를 깨뜨리는 정념, 유부녀에 대한 유혹, 동성애
이야기가 여기저기에서 펼쳐진다. 왕권에 대한 침범은 말할 것도 없이
겐지와 후지쓰보의 관계를 말한다. 고대부터 왕의 여자와 밀통하는 것
은 왕권에 도전하는 중죄였다. 겐지가 범한 죄는 겐지의 인생과 운명에
죄의식을 형성하고, 그의 사랑과 영화 이야기를 생성해나가는 원동력
이 되고 있다. 문학적으로는 왕권을 범할 수밖에 없을 만큼 크나큰 사
랑의 무게를 주제로 삼았다고 할 수 있을 것이다. 근친간의 사랑을 둘
러싼 것으로는 겐지와 후지쓰보, 겐지와 양녀인 아키코노무秋好, 마찬가
지로 양녀인 다마카즈라玉鬘와의 관계를 들 수 있다. 후지쓰보와 겐지
의 경우는 서모庶母와 계자継子의 관계이며 엄밀한 의미에서 근친적인
사랑은 아니다. 또한 아키코노무와 다마카즈라는 각각 과거에 겐지의

애인이었던 로쿠조미야스도코로와 유가오의 딸들이며, 그들에 대한 겐지의 어두운 정념과 집착이 집요하게 그려진다. 그러나 그 금기가 실제로 깨지는 일은 없다. 이야기는 이를 통해 금기를 위협할 정도로 위태로운 정념을 부정할 수 없는 진실로 그려내는 것이다. 신에게 봉사하는 성스러운 여성에 대한 금단의 사랑 또한 찾아볼 수 있다. 이세 신궁伊勢神宮의 신관神官이 된 아키코노무와 가모 신사賀茂神社의 신관인 아사가오에 대한 겐지의 연정이다. 결국 이 터부 또한 위태로움을 보이면서도 깨지지 않지만, 때때로 세속 질서를 이탈하여 분출되는 겐지의 정념을 잘 보여주는 것이라 하겠다. 한편 유부녀의 금기에 해당되는 것은 겐지와 우쓰세미의 경우이다. 당시 율령律令은 유부녀와의 밀통을 중벌로 규정하고 있지만, 실제로 오래전부터 일본사회는 남녀 관계에 대해서 비교적 관용적이었다. 이를 반영하듯 유부녀에 대한 금기의식은 그다지 강하게 나타나지 않는다. 그들에게 있어 정조관념이나 윤리적인 죄의식은 희박하고 그보다는 거부당하는 겐지와 거부할 수밖에 없는 우쓰세미의 고뇌가 그려지고 있다. 동성애에 관해서는 겐지와 우쓰세미의 남동생 고기미小君와의 관계를 들 수 있다. 가냘픈 소년을 옆에 눕히고 그 몸을 애무하며 우쓰세미에 대한 정념을 드러내는 겐지의 모습에서 이 작품이 갖고 있는 남색男色의 요소를 발견할 수 있다. 이는 우쓰세미에 대한 연정을 대신하는 행위이며 겐지의 남성 또는 소년에 대한 성적 지향성 그 자체를 정면으로 다룬 것은 아니다.

이처럼 『겐지 이야기』는 정념과 애욕이 극단적으로 드러나는 사랑까지 과감하게 그려낸다. 그런 만큼 남자가 여자를 유혹하고 남녀가 사랑을 나누는 관능적인 장면 또한 많이 등장한다. 내용이나 장면으로 보아 매우 농후한 사랑과 애욕의 세계가 전개되고 있지만, 앞서 언급했듯이 성애 행위 그 자체는 결코 구체적으로 묘사되지 않거나 생략되고 만다. 겐지와 후지쓰보와의 밀통 장면, 어린 무라사키노우에와의 첫날밤 장면에서 볼 수 있듯이 남녀가 맺어지는 에로틱한 묘사는 생략된 채, 사랑을 호소하는 남자와 이에 반발하는 여자의 모습만이 상세하게 그려지는 것이다. 즉 구체적인 성애 행위를 그려내는 것은 독자의 몫이다. 독자의 상상력에 의해 에로틱한 세계가 펼쳐지는 것이 이 작품의 특징일지도 모른다. 그런데 『겐지 이야기』에서 성어 묘사는 상대 여성을 주시하고 그 신체에 접촉하는 남성의 시선을 통해 그려진다는 점이 특징적이다. 여성이 함부로 남성에게 자신의 모습을 드러내지 못했던 헤이안 시대에는 남성이 여성을 보는 것, 여성이 남성에게 자기 모습을 보이는 것은 남녀관계를 맺는 것과 같은 의미를 지니고 있었다. 남성의 시선을 통해 그려지는 여성 신체의 묘사 그 자체가 에로틱한 것이다. 이러한 묘사에는 그들 남녀 간의 개별적 관계에 따른 다채로운 에로티시즘의 양상이 펼쳐지게 된다. 이것이 바로 『겐지 이야기』가 추구한 에로티시즘의 기조일 것이다. 그렇다면 지금부터 다양하게 펼쳐지는 에로티시즘의 표현 세계를 들여다보기로 하자.

신체표현의 에로티시즘, 머리카락髮과 의복衣

여성의 관능미를 상징하는 길고 검은 머리카락. 『겐지 이야기』에서도 여성의 매혹적인 머리카락은 이를 바라보는 남성의 욕망을 담으며 남녀 간의 농후한 장면을 감각적으로 가장 잘 보여준다. 헤이안 시대 초반부터 여성의 머리모양은 머리카락을 길게 늘어뜨리는 '다레가미垂髮'가 일반적이었다. 보통 자신의 키를 넘는 길이에 부채를 핀 것과 같은 모양이 아름답다고 여겨졌으며 이것이 미인의 최대 조건이었다. 이러한 미인상은 당시의 여러 작품에서도 찾아볼 수 있는데『겐지 이야기』의 경우, 여느 작품들과는 다른 고유의 특징을 보여주고 있다. 등장인물 중 머리카락이 가장 아름답다는 스에쓰무하나가 놀라울 정도로 추녀였다는 설정이 그 전형적인 예이다. 또『겐지 이야기』의 여성 머리카락에 대한 묘사는 죽음이나 출산, 악령의 빙의현상 등 극히 비일상적인 장면이나 소녀 시기나 출가 등, 여성성의 전단계나 그것을 버린 뒤에 빈번하게 언급된다고 한다. 즉 미의 규범적인 기준에서 이탈한 특유의 에로티시즘이 보인다는 것이다.

검은 머리에 담겨진 에로티시즘을 가장 잘 보여주는 것으로 헤이안 시대의 정열적인 여류시인인 이즈미 시키부和泉式部의 와카를 들 수 있다. 홀로 외로이 검은 머리카락이 흐트러진 것도 모른 채 엎드려있으니 예전에 머리카락을 쓸어 올려 주었던 그 사람이 생각나 그리움에 견딜 수 없다는 내용이다. 여기서 흐트러진 머리카락을 쓸어 올린다는 표현은 뜨겁게 나누는 사랑의 행위를 직접적으로 암시하는 매우 관능적인 표현이다.『겐지 이야기』에서도 이러한 표현을 찾아볼 수가 있다.

겐지의 아들 유기리夕霧가 친구 가시와기柏木의 미망인 오치바노미야落葉の宮와 하룻밤을 같이 하고 그녀의 흐트러진 머리카락을 쓸어 올리며 얼굴을 들여다보는 장면이 여기에 해당된다. 이 머리카락의 관능적인 표현은 당시 독자들의 욕망을 자극하고 에로틱한 상상을 가져다주기에 충분했을 것이다. 이와 같이 머리카락을 둘러싼 묘사가 농후한

에로티시즘을 자아내는 또 하나의 예로 겐지와 후지쓰보의 밀통 장면을 들 수 있다. 후지쓰보에 대한 그리움을 참지 못한 겐지가 그녀의 침소에 침입한다. 처음에 겐지는 몰래 숨어서 후지쓰보를 엿보고 있었는데 그녀의 아름다운 머리카락을 보며 먼저 무라사키노우에를 떠올리게 된다. 겐지에게는 머리카락을 매개로 후지쓰보의 신체와 이미 남녀 사이가 된 무라사키노우에의 신체가 교착交錯하고 있으며 금기로 가득 찬 에로틱한 장면이 연출되는 것이다. 이는 겐지가 후지쓰보 앞에 모습을 나타내고 피하려는 그녀를 잡으려다 옷자락과 함께 '머리카락을 움켜잡았다'라는 표현에서 한층 더 고조된다. 여성 신체의 상징인 머리카락을 보고 움켜잡는다는 행위의 표현성, 그리고 거기에 다른 여성의 신체를 투영하는 표현 방법에 의해 이 장면은 매우 에로틱한 분위기를 만들어내고 있다. 더불어 금단의 사랑에 괴로워하는 겐지와 후지쓰보의 모습을 인상적으로 그려내고 있는 것이다.

　머리카락에 빗댄 에로티시즘의 또 다른 예로 양부와 양녀 관계인 겐지와 다마카즈라의 경우를 들어보자. 겐지는 죽은 옛 애인 유가오의 딸 다마카즈라를 양녀로 삼으면서 그녀의 매력에 사로잡혀 금단의 정념에 괴로워한다. 다마카즈라 또한 겐지의 노골적인 태도에 당황하며 고민한다. 다마카즈라에 대한 겐지의 굴절된 욕망은 그녀의 머리카락에 대한 표현에 선명하게 드러나 있다. 겐지의 노골적인 태도에 당혹해하며 고개를 숙인 다마카즈라의 머리카락을 겐지가 쓸어 올리며 마음을 고백하는 장면, 거문고를 베개 삼아 그녀와 나란히 누워있는 장면에서 그녀의 머리카락을 애무하며 그 차가운 감촉에 마음이 사로잡혀있다는 묘사, 겐지가 그녀를 가까이 끌어안자 머리카락이 한쪽으로 쏠리

▌ 나란히 누워있는
다마카즈라와 겐지
『源氏物語絵色紙帖』
(교토국립박물관 소장)

면서 얼굴을 가리듯 흘러내린다는 장면 등이다. 반복되는 다마카즈라
의 머리카락을 둘러싼 묘사는 겐지의 욕망과 정념을 선명하게 노출시
키고 있다. 그리고 후지쓰보의 경우와 마찬가지로 금단의 사랑이라는
두 사람의 관계가 더욱더 에로틱한 장면을 만들어내고 있는 것이다.
그런데 그녀의 얼굴에 흘러내리는 머리카락의 흐트러짐에는 다마카즈
라의 내면의 고뇌가 상징되어 있다고 볼 수 있다. 유기리가 쓸어 올린
오치바노미야의 머리카락이 그러하듯, 여성의 머리카락은 여자의 신체
로서 남자의 욕망을 담고 있는 한편, 그 형상은 남자의 일방적인 접근
에 괴로워하는 여자의 고뇌를 상징하고 있기도 한 것이다. 이것은 남자
의 욕망과 금기침범, 이와 더불어 여자의 고뇌 또한 함께 담고 있는
『겐지 이야기』의 에로티시즘의 다의성多義性을 잘 보여 준다.

한편 신체는 아니지만 몸을 감싸고 있는 의복과 관련된 표현을 통해 여성의 육체에 대한 욕망이 인상적으로 그려지는 경우도 있다. 의복 중에서도 관능적인 장면을 연출하는 것은 역시 피부에 직접 닿는 내의나 그에 가까운 것이다. 당시 내의로 여성들이 입었던 것은 '히토에單'라는 안감을 대지 않은 홑옷이다. 경우에 따라 속살이 비치기도 하는 히토에는 여성의 관능적인 몸을 대신하는 것이라 할 수 있다. 홑옷 하나만을 걸친 채 얇은 겉옷을 남기고 겐지를 피한 우쓰세미, 얇은 홑옷을 입고 낮잠을 자는 구모이노가리雲居雁의 자태, 몰래 엿본 온나이치노미야女一宮의 모습을 재현하듯 아내에게 속이 비치는 얇은 홑옷을 입히는 가오루 등은 그 전형적인 예이다. 그 밖에 치마나 바지 끈인 '시타히모下紐'를 푸는 행위는 남녀의 동침을 의미했고, 여성의 '옷소매神'를 잡는 것은 상대의 신체와 직접 접촉하는 것과 같은 의미를 지니고 있었다. 『겐지 이야기』에는 이러한 여성의 의복에 대한 남성의 시선과 행위를 통해 에로틱한 장면이 효과적으로 묘사되고 있는데 특히 위의 겐지와 우쓰세미, 가오루와 온나이치노미야의 예가 주목된다.

　　우쓰세미의 경우, 그녀가 입고 있던 홑옷보다는 남기고 간 얇은 겉옷 쪽이 문제가 된다. 겐지가 침소에 몰래 숨어들어오자 우쓰세미는 이를 알아차리고 얇은 겉옷을 매미허물처럼 벗어던지고는 자리를 피한다. 겐지는 그 곳에 남아있던 노키바노오기軒端荻와 뜻하지 않는 하룻밤을 보내고 우쓰세미가 남긴 겉옷을 가지고 허탈하게 돌아온다. 그 후 겐지는 잠을 잘 때도 그녀의 얇은 겉옷을 자신의 옷 아래 깔고 자고 그녀의 체취가 스며있는 그 옷을 항시 자기 몸 가까이 두면서 바라본다. 우쓰세미의 체취가 스며있는 겉옷에 대한 집착은 페티시즘적인 분위기를

농후하게 자아낸다. 우쓰세미로부터 거부당한 겐지의 공허한 애착이 오히려 에로틱한 분위기를 연출한다고 볼 수 있을 것이다. 앞서 언급한 후지쓰보와 다마카즈라와의 경우, 그 금기성이 에로틱한 장면을 만들어내는데 기능했듯이 여기에서도 손에 넣을 수 없는 신체에 대한 무력감이 특유의 에로틱한 장면을 연출한다. 그녀의 겉옷은 겐지의 공허한 욕망을 상징하는 동시에 겐지를 거부할 수밖에 없는 우쓰세미의 슬픈 신체성까지도 상징하고 있다. 역시 에로티시즘의 심층에 여자의 슬픈 애수가 침전되어 있는 것이다.

가오루와 온나이치노미야의 경우를 보자. 가오루는 어느 여름날 시녀들과 얼음을 가지고 노는 온나이치노미야의 모습을 몰래 엿보게 된다. 그녀는 가오루가 동경해 마지않는 이상의 여인으로, '흰색의 엷은 옷'을 입은 그녀의 미소 짓는 얼굴과 긴 머리카락의 아름다움에 가오루는 완전히 매료되고 만다. 다음날 가오루는 얇은 홑옷을 온나이치노미야의 여동생인 자신의 아내에게 직접 입히고 얼음까지 준비한다. 어제 본 온나이치노미야의 모습을 여동생의 신체를 통해 재현하려는 것이다. 가오루가 자기 아내에게 입힌 것은 속살이 비치는 얇은 홑옷이었는데, 여기에 가오루가 엿보았던 온나이치노미야의 육체에 대한 욕망이 상징되어 있다. 그러나 가오루에게 그녀는 결코 손에 넣을 수 없는 여성, 그러기에 침범할 수 없는 이상적 여성으로 자리 잡고 있었다. 그러한 억눌린 욕망이 오히려 이 장면의 에로틱한 분위기를 자아내고 있다고 할 수 있다. 더욱이 남녀의 애욕에 대해 남달리 금욕적인 인물로 설정된 가오루이기에 더한층 그의 모습은 비일상적인 욕망의 표출로서 독특한 관능의 세계를 보여주고 있는지도 모른다. 그러한 에로티시즘이 '얇은 홑옷'이라는 표현에 초점화되어 있는 것이다.

비유표현의 에로티시즘, 조개貝와 굴橋

남녀 간의 성애를 그리는 표현 중에는 직접적인 신체나 행위의 묘사가 아니라 어떤 사물에 의한 상징적인 비유를 통해 표현하는 경우도 있다. 그 한 예로 '조개'와 '굴'에 대하여 알아보자. 즈개는 흔히 여성의 성기로 비유되는데 헤이안 초기의 『도사 일기土佐日記』에서도 항해중인 배 안에서 목욕하는 여자들의 모습을 '멍게와 섞어 만든 홍합 초밥, 전복 초밥을 갑자기 옷자락을 정강이까지 걷어 올려 바다의 신에게 보여준다'라고 해학적으로 표현하고 있다. 멍게는 남성의 상징이고 홍합과 전복은 여성의 상징인데 홍합을 멍게와 섞는다는 표현이 무척 외설적이다. 그러나 이러한 예는 그리 많지 않다. 헤이안 시대에는 '가이아와

세貝合’라 하여 조가비 모양의 우열을 가리거나 그 짝을 맞추는 놀이가 성행했는데, 이처럼 예로부터 조개는 유희와 감상의 대상이었다. 또한 와카의 소재로서 짝사랑이나 진심이 없는 것의 비유, 슬픔과 괴로움을 잊게 해주는 것으로 읊어졌고 조개와 동음이의어인 ‘보람詮’이라는 뜻을 이중으로 담아 표현하기도 하였다. 일본의 고전문학에서 조개는 노골적인 성적 의미가 아니라 보다 고상한 고유의 이미지를 가지고 있었던 것이다.

그러한 가운데 『겐지 이야기』에서 조개를 여성의 상징으로 비유하고 있어 에로티시즘의 한 단면을 보여주는 것으로서 주목된다. 젊은 날의 겐지가 어느 날 중류귀족인 기노카미紀伊守의 저택을 찾았을 때 그에게 농담조로 여자의 접대를 재촉한다. 겐지가 “방 안에 치는 휘장 준비는 어떻게 됐는가? 그 쪽이 시원치 않으면 소홀한 접대이지 않은가”라고 말하자, 기노카미는 “어떤 것이 좋으신지 여쭙지 못해서”라고 응수한다. 여기에서는 동침의 대상인 여자를 암시하는 ‘조개’라는 표현이 직접 쓰이지는 않는다. 둘의 대화는 당시의 귀족들이 연회석상 등에서 즐겨 부르던 가요인 사이바라를 인용한 것이며, 여기에 바로 ‘조개’가 등장한다. 이는 「우리 집我家」이라는 사이바라로, “우리 집은 방 안에 휘장도 쳐져있으니 왕족 분들도 찾아오세요. 사위로 모시리다. 술안주는 어떤 것이 좋으신지요? 전복이나 소라. 그렇지! 성게가 좋겠죠. 성게가 좋겠죠”라는 내용이다. 사위를 맞이하는 향응에서 술안주로 나열되는 전복이나 소라, 성게 등이 바로 여자의 비유인 것이다. 겐지의 대사는 기노카미의 저택에 기거하는 그의 젊은 계모에 대한 겐지의 욕망을 담은 것으로, 바로 그 여자가 우쓰세미였던 것이다. 이 장면의 표현이 겐지가 우쓰세미의 침소에 침입하는 복선이 되기도 한다.

조개를 여성에 비유하는 노골적인 표현은 헤이안 시대 작품에는 거의 보이지 않으며 사이바라라는 가요 인용을 통해 가능했던 것이다. 이는 어두운 성에 대한 욕망을 드러낸 표현이라기보다는 사이바라를 통해 성애를 웃음으로 밝게 표현하여 그 효과를 노린 것이라 하겠다. 이는 앞서 살펴본 에로티시즘의 양상과는 다른 차원의 것으로 웃음이나 골계라는『겐지 이야기』의 에로티시즘 세계의 또 다른 단면을 보여주는 것이라 할 수 있다. 귀족들이 즐겨 부르던 사이바라 등의 가요에는 남녀의 성애에 대한 노골적인 표현들이 많다. 그러한 가요의 비속성卑俗性, 유희성遊戲性을 매개로『겐지 이야기』의 에로티시즘이 나타나는 경우가 적지 않은데 이에 관해서는 뒤에서 보다 자세히 살펴보기로 하자.

한편 남녀 성애의 비유표현으로 '귤'은 다마카즈라와 관련된 장면에 나온다. 겐지가 다마카즈라에 대한 마음을 드러내고 그녀가 이에 당혹해하는 장면이다. 여기서 겐지는 자신의 연심을 와카에 담아 고백하고 있는데, 그는 '함 뚜껑 위에 놓여있는 과일 중 귤이 있는 것을 보고 이를 손으로 만지작거리면서' 와카를 읊는다. 그리고 다마카즈라의 모습이 겐지의 시선을 통해 '고개를 숙이고 있는 모습은 정말 매력이 넘치고 손 모양은 통통하여 탐스러우며 몸매나 살결이 곱고 사랑스럽게 보여'라고 매우 관능적으로 묘사된다. 이 장면에서 겐지가 귤을 만지작거린다는 표현은 상대를 소유하고 싶은 남자의 강한 욕망을 담고 있다.

귤은 음력 오월 여름의 전형적인 경물景物로 특히 그 꽃향기가 와카의 소재가 되어 두견새와 함께 읊어졌다. 또『고근와카집』에 수록된

"5월을 기다리는 귤 꽃향기 맡으니 옛 사람의 소매 향기 생각나네"라는 와카처럼 회고의 정을 불러일으키는 상징으로 여겨졌다. 즉 귤 자체에 성적인 의미는 없다. 에로틱한 느낌을 자아내는 것은 바로 귤을 만지작거리는 행위, 그 모습이 마치 다마카즈라의 육체를 애무하는 모습을 연상시키는 그 관능성 때문이다. 귤을 만지작거리는 겐지의 행위와 그녀의 관능적인 육체를 주시하는 겐지의 시선이 서로 얽히면서 겐지의 정념을 인상적으로 그려내고 있다. 이 귤에 관련된 관능적 묘사는 이 장면에서만 구사된 일회적인 비유이며, 그것은 다마카즈라의 신체표현과도 관련이 깊은 것이었다. 이와 같이 성애에 관련된 비유는 앞서 살펴본 직접적인 신체표현과는 또 다른 에로티시즘의 특징이다.

가요의 인용

『겐지 이야기』에서는 성애에 관한 노골적인 표현에 사이바라, 가구라우타神樂歌 등의 가요가 매우 효과적으로 활용되고 있다. 사이바라란 본래 민요였던 것을 아악풍雅樂風으로 편곡한 것으로 귀족들의 사적인 연회석상에서 가장 많이 불린 가요였다. 『겐지 이야기』에서도 가요 가운데 사이바라의 인용이 가장 많고, 권명卷名으로 쓰이기도 한다. 한편 가구라우타란 궁중에서 신에게 제사지낼 때 연주하는 무악舞樂 가쿠라神樂의 노래를 말한다. 가요가 갖는 특성으로 비속성, 골계성, 토속성, 지방성이 지적되는데, 그로 인해 가요는 사이바라를 중심으로 여러 장면에서 다양한 효과를 발휘하고 있다. 그 중 성애에 관련된 전형적인 예로 겐노나이시노스케의 경우를 들 수 있다.

겐노나이시노스케는 궁중의 내시소内侍所, 즉 일본왕실의 보물인 신경神鏡을 안치하던 곳의 여관女官이다. 그녀는 신분도 높고 신망도 두텁지만 57, 8세의 나이에도 불구하고 매우 호색적인 여자로 등장한다. 그러한 그녀가 18세의 젊은 겐지에게 연심을 품고 이에 겐지가 말려들면서 해프닝이 벌어지게 된다. 겐지가 겐노나이시노스케를 처음 만났을 때 그녀의 부채에 쓰인 "숲 속 그늘의 풀이 늙어서"라는 말을 둘러싸고 에로틱한 응수가 이어진다. 이 말은 『고금와카집』에 수록된 "오아라키大荒木 숲 속 그늘의 풀이 늙어서 말도 먹지 않고 베어 가는 사람도 없네"라는 와카의 한 구절이다. 아무도 상대해주지 않는 노년의 처지, 그리고 찾아주는 남자가 없는 처량한 신세를 한탄하는 노골적인 뜻이 담겨져 있다. 이를 계기로 둘은 다음과 같은 와카를 주고받는다.

(겐노나이시노스케)
"그대가 오신다면 그대 애마愛馬에게 풀을 베어 대접하리다. 한창 때를 지난 늙은 풀잎이지만"

(겐지)
"조릿대 숲을 헤쳐 그대를 만나러 온다면 남들이 뭐라 할 게 분명하오. 언제나 많은 말들이 찾아오는 숲 속 나무 그늘 같은 그대이니"

'젊은 말'인 겐지를 유혹하는 '늙은 풀' 겐노나이시노스케, 구실을 대며 필사적으로 이를 벗어나려는 겐지, 그 모습이 웃음을 자아낸다. 그리고 그 웃음에는 '늙은 풀잎'으로 비유되는 호색한 노녀의 신체가 떠오른다. 이 장면은 가구라우타「소노코마其駒」의 "숲 속 나무에 묶어놓은 젊은 말을 데리고 오너라, …그 말이 나에게 풀을 달라 하네, 풀을 뜯어 주리라, 물을 주고 풀을 뜯어 주리라"라는 가사가 바탕으로, 원래 여자를 찾아가는 남자의 노래이다. 고대 가요가 담고 있는 보다 시원적始原的인 성애의 세계를 배경으로 '늙은 풀'과 '젊은 말'이라는 노골적인 비유가 구사됨으로써 에로틱한 장면이 만들어지고 있는 것이다.

이어 사이바라를 인용한 성애와 웃음의 장면이 계속 펼쳐진다. 어느 여름날 저녁에 내시소 근처를 지나던 겐지는 겐노나이시노스케가 비파를 연주하며 "참외 농사꾼의 아내가 될까"라며 사이바라 「야마시로山城」를 흥얼거리는 것을 듣게 된다. 이에 겐지가 사이바라 「아즈마야東屋」의 한 구절을 부르자 겐노나이시노스케는 같은 곡의 후반부 "문을 열고 들어오세요"라는 구절을 덧붙인다. 이어서 「아즈마야」의 내용을 담아 와카를 주고받는다.

(겐노나이시노스케)
"나를 찾아와 처마의 빗물에 몸을 적실 이도 없으리, 허름한 시골집에 처량하게 빗물만 뿌리네"

(겐지)
"유부녀는 정말 골치 아프오, 시골집 처마에 익숙해지듯 그대를 가까이하지는 않으리다"

앞서 본 장면과 마찬가지로 유혹하는 호색한 노녀와 거부하는 젊은 귀공자 사이에 벌어지는 촌극이다. 여기서 「야마시로」는 "야마시로의 고마狛 고을에 사는 참외 농사꾼이 나를 아내로 삼고 싶다고 하네, 어찌할까, … 이 혼사가 정해질까, 참외가 익을 때까지"라는 가사이다. 겐노나이시노스케는 냉담한 겐지를 단념하려는 마음을 「야마시로」를 인용해서 '차라리 참외 농사꾼같은 비천한 남자의 아내가 되어버릴까'라고 과장해서 표현한 것이다. 한편 「아즈마야」는 "(남자)시골집 지붕 처마 밑에서 빗물에 몸이 젖고 말았네, 제발 문을 열어다오", "(여자)걸쇠든 자물쇠든 그런 게 있다면 문을 잠그겠죠, 빨리 문을 열고 들어오세요, 저를 유부녀라 생각하는지요?"라는 남녀의 대화체 형식의 가요이다. 여자의 집을 찾아온 남자가 빗물에 젖으니 집안으로 들여보내달라고 하자 여자는 문을 잠글 자물쇠도 없으니 열고 어서 들어오세요, 저는 유부녀가 아니니까요, 라고 대답했다는 내용이다. 겐노나이시노스케는 겐지가 읊조린 「아즈마야」속 남자의 대사에 촉발되어 겐지를 단념하려는 '참외 농사꾼의 아내'에서 다시 남자를 노골적으로 유혹하는 「아즈마야」의 여자로 돌아와 호색한 그녀의 진면모를 보여주는 것이다.

물론 이 둘이 주고받는 와카는 「아즈마야」와는 반대로 찾아오는 이 없는 외로운 여자의 호소와 이를 거부하는 남자의 상황을 읊고 있다. 사이바라의 노골적이고 농후한 성애 표현을 바탕으로 와카는 이를 비틀고 세련되게 활용하면서 그 효과를 높이고 있는 것이다. 이처럼 이 장면은 두 사이바라를 통해 유혹하는 겐노나이시노스케와 거부하는 겐지의 모습을 에로틱한 웃음에 담아 생생하게 그려내고 있다. 호색한 노녀의 넘쳐나는 성애와 이에 쩔쩔매는 귀공자를 그려내기 위해서는 사이바라의 도움이 필요했던 것이다. 한편 두 사이바라에서 보이는 '유부녀'라는 표현은 독자들에게 유부녀에 대한 위험한 욕망과 환상을 안겨주기도 하면서 에로틱한 분위기를 연출한다.

또 겐지와 겐노나이시노스케가 만나는 현장을 덮친 도노추조가 겐지를 놀래주려고 칼을 빼들고 난리를 치는 장면이 있다. 겐지에 대한 대

항심에서 겐노나이시노스케와 가까운 사이가 되었던 도노추조는 바람 피우는 겐노나이시노스케와 간부姦夫 겐지를 혼내준다며 연기演技를 하는 것이다. 이 소동에서 겐지와 도노추조가 각각 손에 넣은 상대편의 옷소매와 띠를 나중에 서로 교환하면서 뺏고 빼앗긴 띠를 소재로 와카를 주고받는다. 이 장면에서도 사이바라 「이시카와石川」가 인용되고 있다. 「이시카와」는 여자가 어떤 남자에게 띠를 빼앗긴 것을 후회한다는 가사로, 본의 아니게 몸을 빼앗긴 사실을 고백하는 노골적인 내용이다. 이 장면에서 띠를 빼앗긴 것은 도노추조이고, 띠는 겐노나이시노스케를 비유한다. 사이바라에서 몸을 빼앗긴 여자는 여기에서는 여자를 빼앗긴 남자로 변형되어 있는 셈이다. 겐지와 도노추조의 해프닝을 다룬 이 장면 자체는 에로틱한 것은 아니지만, 인용되는 사이바라의 노골적인 성의 세계가 성애와 골계라는 『겐지 이야기』의 에로티시즘의 한 특성을 잘 보여주고 있는 것이다. 이와 같이 가구라우타나 사이바라 등의 가요는 남녀의 성애 세계를 대범하게 담아내고 있으며, 『겐지 이야기』는 이를 적극 활용함으로써 독특한 에로티시즘의 세계를 그려내고 있다. 그것은 겐노나이시노스케라는 호색한 노녀와의 비일상적인 사랑을 그려내는 데 매우 유효하게 기능한다.

겐지의 여성성, 여자로 보고 싶은 겐지

『겐지 이야기』에서는 성에 대한 시선이 남녀의 경계를 넘어서는 일면이 그려지기도 한다. 그 전형적인 것이 겐지를 '여자로 보고 싶다'는 표현이다. 겐지의 매력을 여성에 빗대어 찬미하는 것이다. 여기에는 겐지의 신체에 내재하는 에로티시즘이라는 문제가 엿보인다. 이 표현은 겐지를 바라보는 남자들의 시선을 통해 언급된다. 겐지의 신체에 여자를 환시한다는 것은 그만큼 남성이 가진 여성에 대한 욕망을 극대화시킨 하나의 표현 방식이라 볼 수 있으며, 한편으로는 동성애적인 분위기가 감지되는 표현이기도 하다.

「하하키기帚木」권의 '비오는 밤의 여성품평회' 장면에는 겐지와 자리를 함께한 젊은 귀공자들이 옷끈도 풀려져 조금은 흐트러진 모습으로 비스듬히 기대어 누워있는 겐지를 '여자로 보고 싶다'고 한다. 또 무라사키노우에의 아버지 효부쿄노미야兵部卿宮가 호색한 마음으로 겐지를 '여자로 만나보고 싶다'고 생각하는 장면이 보인다. 한편 겐지의 종자從者들의 시선을 통해서도 불길할 정도로 아름다운 겐지의 모습이 그려지고 있다. 겐지와 함께 낙향한 그들은 겐지의 아름다운 모습을 보고는 도읍에 두고 온 아내나 애인에 대한 그리움도 달랠 수 있었다. 여기에 '여자로 보고 싶다'는 직접적인 표현은 없지만, 그들은 겐지에게서 아름다운 여자의 자태를 보고 있는 것이다.

또한 아내 아오이노우에를 잃고 상심으로 가득 찬 겐지를 보고 도노추조가 만일 자신이 여자이고 겐지를 두고 세상을 뜬다면 자신의 영혼은 분명 이승에 머물러있을 것이라며 겐지의 모습에 매혹되는 장면이 있다. 도노추조가 스스로를 여자에 빗대어 겐지의 매력에 대해 언급한 것인데, 이것도 겐지를 '여자로 보고 싶다'는 표현의 변형이라 할 수 있다.

이와 같은 표현은 남자들로 하여금 여자의 아름다움과 자칫 성적인 욕망까지도 불러일으킬 수 있는 겐지의 신체적인 매력, 그 에로틱한 존재성을 보여주는 것이라 하겠다. 남자를 '여자로 보고 싶다'는 표현 자체는 성적인 관계를 환시하면서도 상대가 동성인 까닭에 이를 단념한다는 문맥이며, 이는 남자의 동성애를 그리지 않기 위한 표현의 장치로서 기능한다고 지적되고 있다. 겐지가 지닌 '여성적인 신체성'이라든가 '양성성両性性'이라 불리는 특성에 대해 남성과 여성의 경계를 넘나드는 겐지의 이상성, 초월성의 비유로 해석하기도 하고, 겐지의 반사회성이나 '죄'의 표상으로 읽어내기도 한다. 겐지를 '여자로 보고 싶다'는 신체에 대한 언급은 이 작품의 주제와 관련된 에로티시즘 표현의 한 단면을 보여주는 것이라 하겠다.

한편 겐지가 다른 남자를 '여자로 보고 싶다'는 표현이 나오기도 한다. 겐지는 멋스럽고 요염한 자태의 효부쿄노미야에 대해 만일 '여자로서 만난다면' 참 매력적일 것이라고 은밀하게 생각한다. 이는 겐지가 후지쓰보의 오빠이자 무라사키노우에의 아버지인 효부쿄노미야 너머로 후지쓰보와 무라사키노우에의 매혹적인 육체를 환시하는 것이다. 남자를 '여자로 보고 싶다'는 표현이 암시하는 동성애적인 분위기 이면에는 그 남자와 관련된 여자를 향한 욕망 또한 숨겨져 있다고 할 수 있다. 이는 겐지가 우쓰세미의 동생 고기미에 대해 보인 동성애적인 행위에 우쓰세미에 대한 정념이 담겨져 있던 사실과도 통하는 것이라 하겠다.

겐지의 신체에 여성성을 환시하고 에로틱함을 담아낸 표현은 주인공 겐지의 이상성을 말해주는 비유로, 그의 인물조형이나 작품의 주제와 밀접하게 관련된 것이다. 동시에 동성애적인 문맥이나 당시 남성귀족 사회의 성적인 욕망과 관련된 에로티시즘을 보여주는 것이라 하겠다.

『겐지 이야기』의 사랑과 성애에는 당시 헤이안 귀족사회의 뜨거운 욕망이 갖가지 문학적인 의미를 담으며 녹아들어 있다. 이러한 에로티시즘의 세계는 독자가 상상력을 동원해 다채로운 표현의 세계를 재미있게 풀어나갈 때, 그 모습을 확연하게 드러내는 것이다.

참고문헌

김종덕(2008) 『겐지 이야기』 지만지
김유천(2005) 「사랑과 운명, 그리고 구원의 서사시-무라사키시키부의 『겐지 이야기』」 『세계의 고전을 읽는다 1-동양 문학편』 휴머니스트
김유천(2004) 「平安文学に見られる性」 『日本学研究』 14집 단국대학교 일본연구소
中西智子(2007) 「真木柱巻の玉鬘と官能性の表現ー『源氏物語』における風俗歌および古歌の引用をめぐってー」 『国文学研究』 152集 早稲田大学国文学会
小嶋菜温子(2004) 『源氏物語の性と生誕ー王朝文化史論』 有斐閣
秋山虔 編(2000) 『王朝語辞典』 東京大学出版会
河添房江(1998) 『性と文化の源氏物語』 筑摩書房
小町谷照彦(1996) 「催馬楽」 『源氏物語ハンドブック』 新書館
吉井美弥子(1994) 「物語の「髪」へのまなざし」 『源氏物語と源氏以前 研究と資料』 武蔵野書院
植田恭代(1992) 「歌謡をどのように取り入れているか」 『源氏物語講座』 第6巻 勉誠社

에로티시즘으로
읽는
일 본 문 화

한정미

설화문학의
성표현

설화집, 성표현의 자유를 얻다

일본 고대에서 중세에 걸쳐 성립된 설화집의 표현상 특색의 하나로 〈성性〉을 들 수 있다. 예를 들면, 『니혼료이키日本靈異記』의 유랴쿠雄略 천황과 황후의 성교를 사슴이 목격하는 이야기, 『고지단古事談』의 쇼토쿠稱德 천황과 도쿄道鏡를 둘러싼 이야기, 『우지슈이 이야기宇治拾遺物語』의 이즈미 시키부和泉式部와 도묘道命의 부정不淨설법의 이야기 등, 작품의 앞부분에 성에 관계된 이야기가 위치하는 것에서도 이러한 특징을 살펴볼 수 있다. 『겐지 이야기源氏物語』로 대변되는 일련의 쓰쿠리 모노가타리作り物語는 성에 번민하는 군상群像을 집요하게 묘사해내면서도 결국은 성묘사 자체는 터부시했음에 비해, 설화집은 그 금기에 구애받지 않았다. 성표현의 획득은 설화집의 쓰쿠리 모노가타리와 같은 특색, 내지는 표현의 위상 차이를 나타내는 큰 지표라고 해도 좋을 것이다.

본 글에서는 작품 간에 성을 다루는 방식은 다르지만 주로 『곤자쿠 이야기집→昔物語集』 등, 설화집에 나타난 노골적인 성욕표현, 익살스럽고 엽기적인 성표현, 불법과 세속 사이의 성표현에 대하여 주목해 보고자 한다. 즉, 고대인의 성표현을 설화문학에서 파헤쳐감으로써 궁극적으로는 일본 성문화의 단서를 찾고자 하는 것이다.

노골적인 성욕표현

『곤자쿠 이야기집』에는 남녀의 성애 행위에 대하여 '욕정이 생기고'라는 노골적이고 정형화된 표현으로 점철되어 있다. 예를 들면, '갑자기 욕정이 생기고 애욕의 정이 왕성히 일어나', '마구 마구 욕정이 생겨 어떻게든 건드려보려고 하자' '황후에 대하여 깊은 욕정이 생겼다. (중략) 가슴 속은 불을 태우는 것 같고' '갑자기 욕정이 생겨 모든 것을 잊어버렸다' 등, 이는 가히 남녀의 성애를 둘러싼 표현의 키워드라 할 수 있을 것이다. 그러나 『곤자쿠 이야기집』에 나타난 성욕에 대한 묘사는 남녀 사이에 현저한 차이를 나타낸다. 남성의 성욕은 여성과의 성교, 동자승인 지고稚児와의 성교, 몽정, 자위 등 다양한 형태를 통하여 표현되는 데에 비하여 여성의 욕구는 단일적으로 남성에게 향해진 이성욕異性欲, heterosexual desire으로밖에 표현되지 않는다. 이하 구체적으로 살펴보기로 하자. 『곤자쿠 이야기집』의 「부인이 죽고 난 후에 남편을 만나는 이야기」에는 한 남자에 대한 여성의 애욕이 잘 나타나 있다.

도성의 한 사무라이가 임지任地에 갔다. 그런데 오랫동안 함께 살아온 부인을 버리고 좀 더 경제력이 있는 다른 여자와 함께 간 것이었다. 본처는 남편을 그리워한 나머지 병에 걸려 죽는다. 남자가 도성에 돌아와 본처가 있는 황폐한 집으로 가자, 부인은 원망하는 기색도 보이지 않았다. 두 사람은 서로 껴안고 잤는데, 눈을 뜨자 남자는 자신이 뼈와 가죽만 남아있는 시체와 껴안고 잔 것을 깨닫는다.

｜ 남녀의 동침
『春日権現験記』
(궁내청 산노마루상장관 소장)

이 이야기에서 주의를 끄는 것은 부인이 '오랫동안의 생각에 참을 수 없어서 필시 남편과 성교를 한 것일 것이다'라는 표현으로, 여기에는 죽기까지 사모할 정도로 오로지 특정 남성만을 구하는 여성의 애욕이 그려져 있다. 즉, 『곤자쿠 이야기집』에는 남성이 체험하는 다양한 성행위는 여성에게는 허용되지 않고 항상 남성에 의거하지 않으면 안 되는 구조로 이루어져 있음을 엿볼 수 있다고 할 수 있다.

이에 비하여 남성의 성욕은 생리적이고 본질적이며 억제 불가능한 것으로 표현된다. 예를 들어 「낮잠 자는 승려의 성기를 본 뱀이 정액을 받아먹고 죽는 이야기」는 이의 좋은 예이다.

미이 사三井寺에서 낮잠을 자던 젊은 승려가 잠자는 동안에 아름다운 여자가 자신의 옆에 와서 누워 성교하는 꿈을 꾼다. 잠에서 깨어 옆을 보니 5척 정도의 뱀이 있는 것이었다. 깜짝 놀라 일어나보니 뱀은 입을 벌리고 죽어 있었다. 두려워하며 자신의 앞을 보니 사정射精을 하여 아래가 축축해진 것이었다. 승려는 아름다운 여성과 성교를 하였다고 생각하였으나 실제로는 이 뱀과 성교를 한 것을 깨닫는다. 그런데 뱀이 벌린 입을 보니 정액이 나와 있었다. 자신이 잠들었을 때에 남근이 발기한 것을 뱀이 보고 와서 삼킨 것이었으나 그것을 여자와 성교한 것이라고 생각한 것이었고 뱀은 사정할 때에 참을 수 없어서 죽은 것이었다.

이 이야기에서 남자가 여자의 꿈을 보고 발기하는 것, 몽정, 오럴섹스 등 남자의 여러 성행위가 그려져 있으며 그것이 절이라는 신성한 장소에서 행해졌음을 알 수 있다.

그런가 하면 남성의 성욕은 다음 이야기와 같이 자위로도 충족되는 것으로 그려져 있다.

동쪽 지방으로 여행 중이던 어떤 남자가 '갑자기 음욕이 거세게 일어나 정신착란이 일어날 정도로 여자의 음부가 생각나서 도무지 참을 수 없는 정도'여서 지나가는 길에 울타리 안에서 순무를 뽑아 구멍을 파서 그 구멍에 성기를 넣고 사정을 하였다. 그리고는 그 순무를 울타리 안에 던져넣고 지나갔다. 그 후에 밭주인이 푸성귀를 뽑으러 나왔는데 14세의 딸도 나와 구멍 뚫린 순무를 먹었다. 그 결과 임신하여 남자 아이를 낳는데 몇 년 후에 상경하는 길에 다시 순무 밭을 지난 남자는 자신이 사정한 순무의 행방을 알고 그 딸을 아내로 삼는다.

이 이야기에서 남자는 '여자의 음부가 생각나서 견딜 수 없어서' 자위함으로써 그 욕구를 충족시킨 것을 알 수 있는데 남녀가 성교를 하지 않아도 몸 안에 정액이 들어가면 아이가 태어나는 법이라는 편자編者의 코멘트가 달려 있어서 당시의 성에 대한 관념을 엿볼 수 있다. 또한 위 인용문에는 남성의 성충동 심리가 선명하고 강렬하게 묘사되어, 행동으로 나가는 계기로서의 성충동, 즉 성행위로 도으하기 직전까지의 정서가 직접적으로 그려져 있는 예라 할 수 있다.

남성의 성욕의 표현 형태는 여성뿐만 아니라 같은 남성에게 향해질 때도 있다. 다음의 이야기는 그 대표적인 예이다.

> 히에 산比叡山에 가난한 학승이 열예닐곱의 용모가 아름다운 동자를 만난다. 동자는 '너무나 아름다워서 승려가 완전히 마음을 빼앗기게' 된다. 옆방의 승려들도 너도나도 이 동자를 칭찬하는데 이윽고 이 동자가 여자일 것이라고 의심하기 시작하고, 결국 이 학승은 '마침내 마음을 터놓고 관계를 맺게' 된다. 그리고 얼마 지나서 이 동자는 임신하고 금돌을 낳는다. 학승은 이 돌을 쪼개어 팔아 풍족하게 사는데 동자는 비사문천왕毘沙門天王의 영험이었다고 일컬어진다.

이 이야기에는 승려와 동자의 동성애가 그려져 있는데, 여기에서 승려, 아사리阿闍梨, 법사 등에게 있어서 여자보다 남자가 찾기 쉬운 성행위의 대상이었음을 짐작케 한다. 주의를 끄는 것은 남자라고 믿었던 동자와 성관계를 가짐으로써 이 승려는 결국 다른 승려로부터 칭찬의 대상이 될 뿐만 아니라 물질적으로도 보상을 받는다는 점에서 승려의

지고와 사랑을 나누는 승려
『芦引絵』
(이쓰오逸翁미술관 소장)

동성애가 문제시되기는커녕 동자 쪽이 여성보다는 승려 사회에서 훨씬 편리하고 정당한 성의 대상이었다는 점을 엿볼 수 있다.

익살스러운 성표현

성이라고 하면 대개 비밀스럽고 저속한 행위를 연상하기 쉽지만 설화문학 속의 성은 웃음을 자아내는 익살적인 소재가 되기도 한다.

> 그러는 동안 남자의 음경이 몹시 가려워졌다. 그래서 손으로 더듬어보니 털만 있고 음경이 없다. 깜짝 놀라면서도 의아하게 생각하여 계속 더듬었으나 마치 머리카락을 더듬는 것 같고 전혀 흔적도 없다. (중략) 송이버섯을 모아 싼 것 같은 음경이 아홉 개 들어있었다.

위의 이야기는 『우지슈이 이야기』에도 있는 동일 설화로 그 내용은 다음과 같다. 다키구치 미치노리滝□道範란 자가 돈 심부름 중에 군주郡

ㅍ 집에 묵었는데, 그의 아내의 예쁜 용모에 반해서 군주 부인의 방에 몰래 들어가 동침을 한다. 그런데 막상 그녀를 품으려고 하니 자기의 성기가 사라지고 없었다. 놀라고 당황한 그는 다음 날 영문을 모른 채 길을 나서고 뒤에서 부르는 자가 있어 돌아보니 어제 묵었던 군주 집의 하인이 보자기를 건네주었다. 열어보니 '송이버섯'을 싸서 모아둔 것 같은 남근이 아홉 개 있었다. 바로 미치노리와 그 부하 일행의 성기였던 것이다. 남자에게 있어서 최대의 잠재적 공포인 남근상실이라는 트라우마를 유머를 섞어 잘 만든 이야기로, 『우지슈이 이야기』는 『곤자쿠 이야기집』의 인용과 같이 노골적인 '음경▽ヲ' 표현을 피하고 모두 '물건物'으로 희석시켰음을 알 수 있다.

위의 이야기에도 남성의 성기가 송이버섯으로 묘사되어 있지만, 이 밖에 「주나곤 모로토키中納言師時가 법사의 옥경玉茎을 더듬게 한 이야기」에도 같은 표현이 나온다.

　　　주나곤을 찾아온 법사에게 주나곤이 어떻게 하여 번뇌를 벗어날 수 있는지를 묻자, 법사가 옷 앞자락을 열어젖혀 보여 주었다. 그러자 법사의 성기는 보이지 않고 음모만 남아 있었다. 하지만 밑에 달려있는 음낭이 이상하게 여겨져서 주나곤은 하인 두세 명을 불러 그의 다리를 벌려 붙들게 하고 사타구니를 위아래로 더듬게 하였다. 법사가 시치미를 떼며 이제 그만하라고 했지만 주나곤은 심술궂게 계속 문지르게 하였다. 그러자 털 속에서 커다란 송이버섯이 흔들흔들 모습을 나타내더니 배에 털레 털레 부딪쳤다. 이를 보고 주나곤을 비롯하여 모인 사람들이 모두 큰 소리로 웃었고 법사 자신도 손뼉을 치면서 뒹굴며 웃었다.

어느 시대에도 성을 둘러싼 웃음의 공간은 있었다. 일상의 좌담에서 성은 웃음을 섞어 계속적으로 이야기된 소재였다. 그러나 그것을 생생하고 유머러스하게 표현한 문학은 많지 않다. 철저히 비속卑俗적인 제재로 만들면서도 익살적인 이야기의 획득, 그것이 『우지슈이 이야기』의 세계인 것이다.

하지만 이것도 『고콘초몬주古今著聞集』에 와서는 노골적인 음담 양상을 띤다. 그 대부분은 '즉흥적인 말주변興言利口' 부분에 배치되어 전반부의 기지가 풍부한 교언巧言과 극명한 대조를 이루는데, 쓰쿠바筑波 음부つび・이세伊勢 남근まら 이야기를 비롯하여 밀통 법사・수행승・비구니 등의 외설스런 이야기가 이어진다.

질투심이 강한 부인에게 맞서서 애송이 관리가 칼을 빼어들고 남근을 잘라 내는 시늉을 하며 품속에 지닌 거북의 머리를 부인 앞에 던지자, 부인이 가랑이 부근에 검은 천을 두르고 상복을 입는 이야기와 같이 임기응변으로 주고받는 예도 있지만, 『우지슈이 이야기』에 비하면 큰 웃음소리가 들리는 것은 적다. 예를 들면, 평생 계율을 범하지 않은 비구니가 임종에 염불을 외지 않고 "남근이 온다, 남근이 온다"라고 말하며 죽는 이야기 등에서는 심한 집착 상태를 엿볼 수 있어서 단순히 웃어넘기기 어렵다.

그러나 결국 성 이야기, 음란한 이야기가 '즉흥적인 말주변'으로 이야기되는 것, 성과 웃음이 결부된 것에는 『우지슈이 이야기』도 『고콘초몬주』도 기본적인 차이가 없다. 즉물적이고 건강한 성을 둘러싼 담소의 세계를 글자로 재현한 것이 중세 설화집이며 이것이 좌담의 웃음거리로 향유되는 것인데, 거기에는 어떠한 것에도 얽매이지 않는 담대한 생의 구가가 나타나 있는 것이다.

이에 비하여 『곤자쿠 이야기집』은 권28에서 웃음을 주제로 하면서도 성에 관한 담화를 거의 이야기하려고 하지 않는다. 고작 다음과 같이 공무公務로 남근을 빼내어 웃기는 작의적인 이야기정도이다.

시신덴紫宸殿의 동쪽 가장자리에 앉아 음경을 그대로 드러냈다.

『곤자쿠 이야기집』에서 성은 웃음으로 해소되는 차원의 것이 아니라, 성애性愛의 망집에 사로잡힌 사람의 숙업 등으로 그려져 있어서 보다 무겁고 깊은 문제로 다뤄졌음을 알 수 있다.

엽기적인 성표현

『곤자쿠 이야기집』제29권 40화에는 뱀과 남근에 얽힌 엽기적인 이야기가 나온다.

내가 잠들어버려 있는 동안에 남근이 발기한 것을 뱀이 보고 가까이 와서 삼켜 버린 것을 여자와 성교한 것이라고 생각한 것이었다. 그리고 사정했을 때에 뱀이 괴로움을 참지 못하고 죽은 것이다.

위는 낮잠을 잔 승려가 꿈속에서 여자와 성교하였으나 잠에서 깨자 남근을 입에 문 뱀이 정액을 먹고 죽어 있었다는 이야기이다. 승려에게는 이미 처자가 있었지만 낮잠을 자는 사이에 승려를 덮친 성욕. 하지만 '깊이 성교하여 정사한' 상대는 뱀이었다. 뱀과 성의 관련은 일찍부터 이야기되어온 것으로, 예를 들어 유랑한 끝에 용녀와 맺어져 결국 국왕이 되는 샤쿠슈釈種의 이야기에서 뱀은 성의 쾌락의 표상으로 그려져 있다.

> 두 사람이 누워 여느 때처럼 남녀가 성교할 때에 황후의 머리에서 뱀의 머리 9개를 손가락으로 꺼내 혀로 핥아 올라가자 번쩍이는 것이 있어서

또한 뱀이 여자의 음부를 좋아한다는 이야기는 뱀과 관계한 여자를 의사가 치료한 이야기나 뱀이 여자의 음부를 보고 욕정을 일으켜 구멍에서 나오다 칼을 맞고 죽은 이야기 등에서 엿볼 수 있는데, '질투는 죄가 깊은 것이다. 내세에 반드시 뱀으로 환생할 것이다'와 같이 원한 깊은 인간이 뱀으로 환생하는 예 역시 너무 많아서 일일이 셀 수가 없다.

특히 도조 사道成寺 유래담으로 유명한, 여자가 젊은 승려를 쫓아다니다가 뱀으로 변신하는 이야기는 성과 뱀의 깊은 관련을 나타내는 좋은 예라 할 수 있다.

젊은 승려가 구마노熊野 참배 길에 아름다운 과부 집에서 하루 머물

┃ 승려를 뒤쫓다 뱀으로
　변신하는 여성
『道成寺縁起絵巻』(14세기)
(도조 사道成寺 소장)

다가 그녀의 육체적 공세를 피하여 참배를 무사히 마치지만, 돌아오는 길에 원한에 사무쳐 죽어 뱀이 된 그녀에게 쫓기다가 함께 죽는다는 이야기이다. 여기에는 성애의 망집에 사로잡힌 여자의 숙업이 나타나 있어서 승려의 남근을 물고 죽는 뱀과도 심층적으로 밀접하게 관련된 것을 알 수 있다. 동시에 이 뱀은 승려 자신의 사음邪淫의 표상이기도 하다고 할 수 있다.

불법佛法과 세속 사이의 성표현

다음의 이야기에는 성에 사로잡힌 인간의 비극적인 말로가 나타나 있다.

> 때마침 여름이어서 황후는 홑옷만 입고 계셨는데 바람이 불어 휘장이 열린 틈에 고승이 그녀의 모습을 얼핏 보았다. 지금까지 본 적이 없는 아름다운 여인의 모습을 본 고승은 순식간에 정신이 혼미해져 그녀에게 깊은 애욕의 마음을 일으켰다. 그렇지만 어찌할 방도가 없어 고민해 빠진 그는 마치 가슴에 불이 붙은 듯하여 한시도 그녀를 잊지 못하더니 마침내 평상심을 잃고 미쳐서 틈을 보아 휘장 안으로 들어가 누워있는 황후의 허리를 안았다. 황후는 놀라 허둥거리며 땀투성이가 되어 두려워하였지 만 그녀의 힘으로는 어찌할 도리가 없었다. 고승은 있는 힘껏 끌어안으려 했다. 시녀들이 이 모습을 보고 큰 소리로 떠들었다.

위는 소메도노 황후染殿后를 엿보아 반한 고승의 이야기이다. 고승은 결국 현세에서 이루지 못한 사랑을 탄식하여 곡기를 끊고 결국 도깨비로 전생轉生하여 자신의 뜻을 이룬다. 죽어서까지 자신의 욕정을 관철하려고 한 영원히 구제될 수 없는 성의 망집인 감청紺靑 도깨비의 무시무시한 형상의 배후에는 인간도와 축생도가 오버랩된 모습이 있다.

이즈미 지방和泉国 이즈미 고을和泉郡 지누血渟의 산사에 흙으로 만든 길상천녀상吉祥天女像이 있었다. 쇼무聖武 천황 때 시나노 지방信濃国의 우바새優婆塞가 그 산사에 와서 살았다. 우바새는 이 천녀 상을 곁눈으로 보고 애욕을 느껴 연모하는 마음이 깊어져, 매일 여섯 번의 불공 때마다 '천녀와 같은 미녀를 저에게 주십시오'하고 기원했다. 이 우바새가 어느 날 밤 천녀 상과 관계하는 꿈을 꾸고 다음 날 천녀 상을 보니 허리 부분에 정액이 묻어 더러워져 있었다.

▎ 길상천녀
(야쿠시 사藥師寺 소장)

위는 길상천녀상吉祥天女像에 반해버린 승려의 이야기로, 길상천녀가 수행자의 육체적 욕망을 해결해주었다는 점에서 뱀에게 사정한 승려의 이야기와 대극적임을 알 수 있다. 즉 소메도노 황후를 엿보아 반한 고승의 이야기에서는 성에 사로잡힌 인간을 축생도畜生道에 떨어지는 것으로 간주하면서도, 길상천녀 상에 반해버린 승려가 꿈에 길상천녀와 관계를 맺는 이야기에서는 부처에 의한 영험담으로 나타내어 불법과 세속 사이에서 성을 냉철히 응시하고 있음을 알 수 있는데, 그 근저에는 인간의 '애욕의 마음'에 대한 깊은 통찰이 있음을 말해주는 것이라 하겠다.

참고문헌

문명재(2006) 『『今昔物語集』의 세계』제이앤씨
문명재(2006) 「『今昔物語集』의 性에 대한 고찰」일본연구29 한국외대일본연구소
小峯和明 (2003) 『今昔物語集を学ぶ人のために』世界思想社
中田祝夫 校注・訳(2001) 『日本霊異記』新編日本古典文学全集10 小学館
馬淵和夫・国東文麿・稲垣泰一 校注・訳(2001) 『今昔物語集』新編日本古典文学全集 35~38 小学館
服藤早苗(1995) 『平安朝の女と男　貴族と庶民の性と愛』中公新書
横田隆志(1993) 「『今昔物語集』における情愛・性」『国文論叢』27
小峯和明(1985) 「愛欲の心と性愛表現」『今昔物語集の形成と構造』笠間書院

에로티시즘으로
읽는
일본문화

강지현

외설적 웃음,
그 세계와 취향

베스트셀러 작가가 되기까지

18·9세기, 에도시대의 대중소설가로서 짓펜샤 잇쿠十返舍一九가 있다. 잇쿠가 대중 소설의 최다 집필 작가이자 대표적 베스트셀러작가가 될 수 있었던 중요한 창작 기법 내지 취향 중 하나로 '외설적 웃음'을 들 수 있다. 약 35년이라는 집필기간 동안 혼자서 5백 80작품 이상 출판이라는 경이로운 업적을 이룰 수 있었던 데는 그만의 문학적 개성이 있었기 때문이리라. 그 문학적 개성이 바로 '외설적 웃음'이라고 생각되는 것이다. 장르를 불문하고 구사되었던 그의 외설스러운 묘사가 불러일으키는 유쾌·통쾌한 웃음을 따라가 보자.

그림소설책 속 황당, 발랄, 대담한 성희롱

희작문학의 공통점으로는 먼저 웃음을 자아내기 위하여 갖가지 표현기교를 동원한다는 것을 들 수 있다. 그리고 이 에도희작의 하위 장르 중 하나로서 삽화와 문장이 혼연일체가 된 그림소설책草双紙 그룹이 있다. 각 페이지마다 그림과 문장이 함께 어우러지는 이른바 성인용 그림책이다. 18세기 후반 소설계에 혜성처럼 등장할 때는 성인들의 시사정보 오락을 목적하여 20페이지에서 30페이지짜리 단편이었던 것이 차츰 90페이지 분량의 중편으로 늘어나고, 19세기 중반에는 시리즈물의 형태를 갖추면서 장편소설화 한다.

1820년 짓펜샤 잇쿠가 쓰고 가쓰카와 슌센勝川春扇이 그린 『미남 대할인판매色男大安売』 또한 매 장마다 지문과 대사, 삽화가 어우러지는 이른바 에도시대 만화책이라고 할 수 있다. 그리고 총 50페이지인 이 작품에는 반드시 라고 해도 좋을 만큼 거의 모든 페이지에 외설스러운 문구가 반찬처럼 곁들여진다. 주인공 엔지로의 탄생을 묘사한 첫 페이지부터가 그러하다. 이불에 기대어 누워있는 마누라 옆에서 막 태어난 사내아이를 씻기고 있는 부친과 산파할멈이 삽화로 그려진 가운데, 그들이 주고받는 농담이 예사롭지 못하다.

> 부친: "나는 아이를 만드는데 명인이라네. 아이를 원해도 만들지 못하는
> 　　　사람이 세상에 얼마든지 있는 법이지. 그런 곳이 있다면, 나에게
> 　　　부탁하라고 그렇게 말해주게나. 나와 관계하는 즉시 쌍둥이든 세
> 　　　쌍둥이든 원하는 대로 만들어 바칠 테니까."
> 산파: "아이구, 좋은 아이입니다요. 아무래도 나리는 능숙하시네요. 밤일

치고는 뜻밖에 재주가 좋으십니다. 제 입으로 말하기는 우습지만 서도, 저도 젊었을 때는 재주 부리는 곳이 턱없이 명기라고 남들이 말했습죠. 이제 이렇게 나이가 먹어서는 재주 부리는 곳도 기력이 없습니다요."

부친: "야~ 과연, 자네도 젊었을 때는 그랬겠지. 지금도 자네 엉덩이 모양이 어쩐지 아직 봐 줄만 한 게 그다지 나쁘지 않구먼. 뭣하면 자네, 앞으로 75일간 묵으러 오지 않겠나?"

여기서 말하는 '75일'이란 분만 후 회복기까지의 성교를 금하는 기간이다. 아니, 마누라 옆에서 뻔뻔스럽게도 이런 음란한 이야기를 나누다니, 하고 어이상실 하지마시라. 자식의 무사 탄생을 기뻐하는 부친과 산파가 경사스런 분위기에 고무되어 술자리 안주마냥 주고받는 그저 야한 농담에 불과하니까. 부친이 할멈을 진심으로 유혹하고 있는 문구가 아님을, 마누라가 지켜보는 가운데 주고받는 삽화의 분위기가 말해준다. 그리고 이와 같은 대담한 음담패설은 이 작품의 한 가지 특징이기도 한 것이다.

한편 일본 제일의 꽃미남으로 성장한 엔지로는 흠모하는 여성들의 수많은 러브레터에 답장을 하기 위해 인쇄공을 거느려야 할 정도였다. 산더미처럼 쌓여가는 연애편지를 둘 곳이 없는지라 모았다가 폐지 장수에게 팔아치우니, 그 종이 값만으로도 용돈은 충분했고 정사를 하는 여자들까지 서열 랭킹표番付를 만들어서 어느 날 어느 시는 아무개 누구, 이런 식으로 날을 정해서 만날 정도로 도무지 쉴 틈이 없게 된다. 심지어 연애편지를 사러온 폐지장수까지 "저기 주인장, 이렇게 정사가 많아지면 손길이 미치지 못할 테니까, 제가 사이에 들어가서 조금 도와드릴 깝쇼? 저는 풍채는 좀 별로지만 이래 뵈도 뜻밖의 좋은 구석이 있습니다요. 제 모친은 해삼을 좋아해서 연중 해삼만 먹고 저를 낳았는데, 그래서 저는 그 해삼 덕을 보고 있습죠" 라고, 당시 정력제로 여겨졌던 해삼을 이용한 성적 농담을 거리낌 없이 지껄인다. 그 뿐만 아니라 스토리 중반부 엔지로의 혼례준비 장면에는 "집주인 나리께서는 젊은 여자를 좋아하셔서 우리 같은 할망구는 상대도 안하신다니까. 만약 상대하셨다면(즉 희롱하셨다면) 집세와 구멍세, 서로 차감계산 할 텐데" 하고 넉살 좋은 수다를 늘어놓는 뒷골목 아주머니들도 등장한다. 남녀 나이 불문하고 자연스럽게 내뱉는 거침없는 성적 농담이 장면에 활기와 웃음을 불어넣는 동력이 되고 있는 것이다.

▌ 절굿공이 싸움
『미남대할인판매』
(일본국립국회도서관 소장)

엔지로는 너무 과하게 정사를 하다 보니 그렇게 오래 지속되지 않는다. 우선 목숨을 부지하고 볼 일이라고 갖가지 궁리를 한 결과, 스무 명 서른 명의 여자들을 한 조로 해서 오사카大阪 식 추첨을 한 다음, 그 첫 번째 제비뽑기에 당첨된 여자와 하룻밤씩 즐기기로 했다. 그러자 그 당일에는 수많은 여자들이 앞 다투어 일 번 제비에 당첨되고자 안달했는데, 〈중략〉 계 추첨에서 뽑히게 해주는 주술용으로 국자를 품속에 숨겨서 가져오는데, 이 계 추첨에 당첨되면 얻는 것이 절굿공이이므로, 그래서 모두 주술용 국자 대신에 절굿공이를 품속에 가져왔고, 싸움이 되자 그 절굿공이로 서로 친 것이었다.

정사의 상대를 추첨에 의해서 정한다고 하니까 극적하는 '절굿공이'를 얻고자 부적으로 갖고 온 실제 절굿공이로 싸움을 한다는 웃지 못할 사태가 벌어지고 만 것이다. 이 한껏 외설스러운 의미를 내포하는 본문에 맞추어 그림에 그려지는 소도구가 자연히 외설스러워 보이는 우스꽝스럽기 짝이 없는 삽화이다.

그런데 일본 제일의 꽃미남인 엔지로를 주인공으로 하는 본 줄거리에서 벗어나 반대 급부적으로 추남추녀가 등장하는 장면이 있다. 추남 누케사쿠에게 반한 바람둥이 추녀과부가 있었다. 대타를 내세워 혼례식을 치룬 첫날밤, 미녀 신부의 대타로 몰래 잠자리에 들어온 과부는

자만심이 강해서 잠자리에 들기만 하면 어떻게든 누케사쿠를 허리가 다쳐 못 일어나게(즉 정사 솜씨로 기겁하게) 해 줄 작정으로 임했는데, 누케사쿠는 내심 아직 긴 소매의 아가씨(숫처녀)라고 예상했던 것과 다른 뜻밖의 상황에 너무 놀라서, 도무지 이해할 수 없다고 병풍을 밀어제치고 각등 불빛으로 바람둥이 과부의 얼굴을 보고는 두 번 놀란다. 부아가 치민 나머지, 주저주저하고 있는 과부를 냅다 붙잡아 알몸뚱이로 만들고, 즉흥 촌극茶番狂言의 경품으로 받은 큰 송이버섯을 등짐 지우고는, 빗자루를 휘어잡아 내쫓는다.

속옷치마 한 장 차림으로 쫓겨나는 과부 등에는 즉흥촌극의 경품으로 받았다고 하는 거대한 송이버섯이 짊어지워져 있다. 실은 당시 종이로 만든 송이버섯이 부적으로 판매되고 있었다는 기록이 있다. 작자

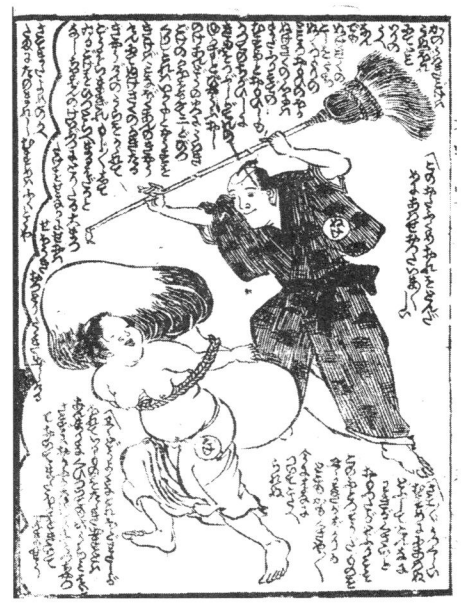

▌송이버섯 짊어진 과부
『미남대할인판매』
(일본국립국회도서관 소장)

잇쿠는 그러한 풍습에 힌트를 얻어 외설적 웃음을 한층 강조하기 위해 송이버섯을 과장해서 노골적·직설적으로 그린 것이 아닐까.

　엔지로에게 반한 딸들이 다투니, 15일씩 상대해달라는 부탁을 받은 엔지로는 자매를 둘 다 아내로 맞이한다. 한편 화대를 받아야 하는 유녀가 오히려 엔지로를 돈을 주고 사고 싶어 할 정도로 안달하니, 유곽에 틀어박혀 지내게 된 엔지로. 이를 참다못한 장인이 절연을 선언하고 이로부터 엔지로의 수난의 역사는 시작된다. 이제는 나이도 어지간히 들어 미남 용모도 차츰 시들어가니 이렇다 할 연애도 못하게 된 것이다.

　그래서 종이로 만든 큰머리 탈을 뒤집어쓰고 지나가는 부인의 소매를 잡아끌며 상대가 되어 달라고 애걸해 보지만 거지로 오인 받는다. 그 부인의 종복이 내뱉기를 "뻔뻔한 거지새끼다. 우리 마님의 연정을 받을 수 있다면 내가 훨씬 전에 받았겠지만 아직 받지 못했거늘." 이러한 엔지로를 보고 "저 사람은 연정(정사)을 받고 싶다고 하는데, 가여운지고. 내가 30년만 젊었어도 받게 해 줄 텐데. 아무래도 바싹 말라버렸기(늙어버렸기) 때문에 어쩔 수가 없으이"하고 굽은 허리에 지팡이를 짚은 노파가 동정할 정도로 몰락한 엔지로. 급기야 자신을 사달라고 '연애 대바겐세일'이라고 쓴 광고전단지를 뿌리기에 이른다. 직접 목판에 새겨서 찍어낸 그 문구는 '연애 대할인 판매! 가령 아무리 못생긴 분도 완전 곰보여도 상관없고, 또한 주름투성이 할더니여도 원하시는 대로, 필요하실 때 부르심을 받겠사옵니다. 언제라도 싫다고 하지 않겠사옵니다.' 작금의 출장매춘 광고전단지를 떠올리게 한다. 불쌍한 신세가 된 엔지로에게 절친이 구원의 손길을 내민다.

"내가 출입하는 어느 대갓집에 은퇴하신 분이 별저에 계시는데, 자네가 미남이라는 소문을 전해 듣고 돈은 얼마든지 상곤없다, 단 한 번만이라도 자네와 단둘이서 자보고 싶다는 소원을 말했다네. 은퇴한 사람이라고 하면 어쩐지 늙은이 같네만, 사정이 좀 있어서 젊어서 은퇴한 사람으로, 올해 나이 겨우 서른이 될까 말까한 간페이勘平 닮은 사람인데 그 사람이 은밀히 나에게 간절히 부탁했다네. 그런데 여기에 사정이 있네. 그 은퇴한 분은 연극의 여장 배우를 좋아하시기 때문에, 가능하다면 자네를 여자역 배우女形로 꾸며서 무대에서처럼 가발을 쓰고 의상은 물론 제반 사항을 여장시켜서 즐기고 싶다고 바라시네. 돈은 얼마든지 자네가 원하기 나름. 이 얼마나 재미있는 이야기인가?"

이 이야기에 솔깃해진 엔지로는 주문받은 대로 얼굴에 덕지덕지 하얗게 분칠을 하고 여장 가발을 쓰고 돈 주고 빌린 무대의상을 차려입고 완전히 영감네 취향대로 준비를 마치고 만나러 간다. 그런데 유유히 나오시는 '은거님'이라고 하는 이는, 나이 서른 살 정도에 검은 피부, 붉은 기를 띤 얼굴, 새카만 수염에 뒤룩뒤룩 살찐 덩치 큰 사내였다. 엔지로는 섬뜩해서 '이거 예상 밖의 은거님. 아직 젊다고 들었기에, 그럼 바람둥이여서 억지로 칩거당한 여자 은거님인가 생각했는데, 저런 털보 거한, 내 미모를 연모하여 불러들이다니, 그럼 나를 남색 상대로 삼으려는 건가. 이거 뜻밖의 변을 당했네. 특히 저 은거의 코 생김새, 콧방울이 뾰족한 게 필히 앞날이 짐작되니 자꾸 까다롭게 굴어서 어떻게든 거절하고 도망가야지' 라고 마음속으로 생각하는 줄도 모르고 은거는 엔지로의 모습을 보고 기쁜 듯 싱글벙글하시며 "이리로 이리로~" 라고 말씀하신다.

그 말을 들으면 들을수록 엔지로는 생간이라도 뺏기는 듯한 기분이 들 정도로 소름이 끼쳤지만, 곰곰이 생각해보니, '이 은거는 어떻든지 간에 여기에 고용된 시녀들 모두 열여섯 일곱에서 여덟아홉 살까지의 최상품. 아무쪼록 은거에게 들볶이는 것은 고달프겠지만 참고 마음에 들도록 하여, 이 시녀들을 모두 죽여줄까(내 것으로 만들어 줄까)'라고 속으로 획책하고, 무엇이든 은거 마음에 들도록 꾹 참고 근무하였다.

한편 동서고금을 통해 남성끼리의 동성애가 고전 문예의 보편적 미학 중 하나였음은 널리 알려진 사실이다. 그럼 에도희작인 본 작품의 남색 소재는 어떻게 표현되고 있을까. 전통적이면서도 19세기 초반의 가장 보편적인 남색 상대는, 역시 가부키의 여장 배우인 예쁘장한 십대 소년들이었다. 가부키의 여장배우를 동경하는 남색 취향은 본 작품에서도 변함없다. 그런데 추구하는 나이가 다르다.

이 은거 천성적으로 여색을 싫어하고 남색을 매우 좋아하시는데 그럼에도 불구하고 젊고 예쁜 남자는 싫어하셨다. 여하튼 서른 넘어 마흔 정도까지의 남자를 보면 안기듯이 기대시고, 모두가 마누라 자식이 있는 시중드는 자들임에도 불구하고 이들을 붙잡고 연극의 여장 배우로 분장시켜 못살게 구셨다. 주인의 명령이니 하는 수 없이 그 뜻에 따르지만 아무리 그렇다 하더라도 곤란한 일인지라 모두가 의논하여 용모가 빼어난 여자들을 고용하여 옆에 놔두고 이들에게 마음을 옮기시도록 여러모로 여자들에게도 일러 은거님의 마음이 동하게끔 하였다. 그러나 어떻게해도 은거는 여자에게는 눈길 한 번 주지 않고 옆에서 시중드는 아저씨들을 난처하게 하므로 마침내 비로소 이 엔지로라는 자를 권하여 은거에게 붙여준 것이었다.

즉 서른 살 전후의 덩치 좋은 이 은거가 추구하는 남색상대 나이는 삼십대 남자라는 점. 그리하여 엔지로가 적격이라는 이 골계스런 에피소드가 탄생한 셈이다. 양성애자가 아닌 진정한 동성애자를 바탕에 둔 취향이 아닐까 추측해 본다. 처음 얼마 동안은 참고 또 참으며 근무하던 엔지로도 이제 어떻게든 끊고 싶어졌는데 은거네 시녀 중에 '오촌'이라는 바람기 있는 여자와 시시덕거리다 이내 뜻이 통하자 조바심이 난 엔지로는 '상대가 생긴 이상 여기는 한시도 발을 멈출 곳이 못된다고, 지금까지 구박당한 엉덩이에 돛을 달고' 야반도주를 감행한다.

그러나 고난은 꼬리에 꼬리를 물고 이어진다. 도중에 상대 여자가 바뀌는 바람에 투옥되었다가 풀려난 엔지로. 이번에는 소나기가 퍼붓는 어느 날, 우산 같이 쓰기로 여자를 유혹하는 작전에 나선다. 이렇다 할 여자가 오지 않더니 드디어 흰 피부에 꼿꼿한 자세, 처녀티를 벗은 이십대 후반의 멋진 여자가 비에 젖은 채 달려왔다. 엔지로는 "아이구,

난감하시겠소. 이 우산 속으로 들어오시오"라고 말을 걸었다. 그러자 "그것 참 고맙습니다"라고 생긋 웃으며 엔지로의 얼굴을 보는 눈가에 애교가 있는 게 아무래도 참을 수 없을 만큼 좋은 상품. 엔지로는 벌써 손에 넣은 기분으로, '요것 가능하겠다'고 길을 걸어가면서 슬슬 수작을 걸어본다. 한편 이 장면 삽화에 맨발로 그려진 여자는 '희한하네. 내가 외출하는 날에는 비가 오네. 원래 나는 젖는 게 잘 듣는(정사에 능한) 여자니까 그래서 비가 내리는 걸지 몰라' 하고 혼잣말을 한다. 이른바 '잡담無駄口'이라고 하는 희작문학의 전형적 레토릭을 구사한, 따라서 본 스토리와는 상관없는 외설적 농담이 잇쿠의 작품에는 이렇게 종종 곁들여지곤 한다.

우산을 씌워준 대가로 술을 사겠다고 하는 여자의 권유로 들어간 요리찻집에서 둘은 맘껏 먹고 마신다. 이러한 찻집水茶屋에 대해서 『에도학사전』등을 참조하면, 에도시가지에 있는 찻집은 상당히 훌륭한 바깥객실別座敷을 설치하고 있는 곳도 있어서 모임에 이용되었고 주문에 따라 요리배달을 시켜주고 술안주를 대접하는 영업형태를 취하는 곳이 많았다고 한다. 또한 이와 같은 안채객실奧座敷의 존재가 점차 찻집매춘의 온상이 되기도 하였다는 것이다. 이와 같은 요리찻집의 안채객실에서 먹고 마시며 정사까지 획책하는 엔지로와 여자는 당시의 풍조를 잘 보여주고 있다.

엔지로의 이 유혹 작전은 성공한듯 싶었는데, 마지막에 여자가 먹고 튀는 바람에 음식 값을 갚느라 빈털터리 알몸신세가 된다. 그리고 지난날을 반성하고 분수에 맞게 부엌때기 여자를 맞이한 그는 부부가 힘을 합쳐 열심히 일하여 잘 살게 된다는 해피엔딩이다. '차차 나이가 들어

백발노인이 되었으나 두 사람 다 튼튼해서 감기 한번 걸린 적이 없다. 올해도 건강하게 경사스러운 나이를 먹으려고 초롱으로 떡을 쳐 오는 봄을 축하하니, 이 또한 경사 났네, 경사 났어, 경사 났어!'로 대단원의 막은 내린다.

실은 이 대단원의 마지막 장면에도 외설적 웃음이 중요한 취향으로 자리 잡고 있다. 삽화를 보면 떡 찧는 절굿공이 대신에 초롱을 치켜든 할아버지와 떡 찧기를 바지런하게 돕고 있는 할머니가 그려져 있다. 아니 초롱으로 어떻게 떡을 찧나? 이 화면에 일본어 속담, 즉 '초롱으로 떡을 치다'가 담겨 있다. 뜻하는 대로 되지 않음을 나타내는 속담인데, 좁은 뜻으로는 노인의 뜻대로 되지 않는 정사를 빗대는 속담이기도 하다. 초롱으로 떡을 친다는 속담 자체를 표면적 의미 그대로 표상화함으로써 외설적 웃음을 자아내는 삽화인 것이다. 즉 마지막의 이 삽화는 단순히 음란한 웃음을 의도했다기보다 자손번영을 기원하는 의미를 담고 있는 경사스런 결말로 이해할 수 있겠다.

화류소설, 성 유희의 문학

에도희작의 하위 양식 중 하나인 화류소설洒落本은 19세기를 전후하는 30여 년간, 6백 작품 이상이 집필되면서 하나의 장르를 이룬, 전 세계적으로도 특이한 경우라고 할 수 있다. 유곽을 무대로 하여, 손님과 유녀遊女의 풍속을, '손님일행의 만남→유곽까지의 여행→유녀와의 술자리→동침→이별' 이라는 전형적 구성 하에 회화체로 사건을 전개해 간다.

그렇다면 유곽을 무대로 하는 작품이 한 장르를 이룰 만큼 성행할 수 있었던 문화적 배경 하에 향유되었던, 이러한 장르의 성격상 등장하기 마련인 성적 표현의 특징에 대해서 살펴보자. 시키테이 삼바式亭三馬도 자신의 화류소설『이타코가락潮来婦志』(1806) 후기에서 '우리 희작자는 풍아雅한 가운데 비속俗함이 있고 비속한 가운데 풍아가 있다. 고로 오직 외설을 으뜸으로 하여 해학의 책을 쓰고 사람들을 포복절도케 해야한다'고 단언했듯이, 다른 희작 작품보다 성적묘사가 많으리라 예상된다. 그러나 결론부터 말하자면, 예상과는 달리 전형적인 화류소설의 외설적 장면 묘사는 허무하기까지하다.

> 손님: "벌써 날이 밝겠구면. 좀 자야지."
> 유녀: "아무렴 자게 놔둘까봐서요." 하고 꼬집기도 하고 때리기도 하다
>   가 꽉 껴안고 잠시 침묵.
> 어느새 들리는 새벽을 알리는 센소지 사찰 종소리 댕댕.

실망스럽지만 이것이 끝이다. 성 유희의 장면은 직접적으로 묘사되지 않는다. 1802년에 잇쿠가 쓴『구멍 학문竅学問』에서 위 예문을 들었으나, 다른 화류소설들도 정도의 차이는 다소 있을지언정 대동소이하다. 이렇게 밖에 표현할 수 없었던 사회적 배경에는 에도 막부의 음란 퇴폐서적 출판 금지령을 의식했기 때문이라고 생각된다. 검열 제도가 확립되어 있었던 당시에는 검열을 빠져나가기 위한 한 방법으로, 비록 유곽을 무대로 하지만 화류소설보다는 골계소설에 가까우며, 유녀에게 속지 않도록 그녀들의 행태를 알려줌으로써 주의를 환기시키는데 집필 목적이 있음을 서문과 후기에서 강조하는 것도 같은 맥락이다. 그리고

이러한 속박에서 벗어나 자유롭게 집필할 수 있었던 것이 후술하는 염본艶本류인 것이다. 물론 비합법적 지하출판이었다.

화류소설에 있어서 외설적 장면의 묘사법, 두 번째 유형을 보자. 1802년에 잇쿠가 쓴 화류소설 중에 『구경 연어알素見數子』의 다음 예문을 보면 화류소설에 묘사되는 결정적 장면이 어떻게 처리되는지 잘 알 수 있다. 나이든 손님旦那株인 고메五明에게 단골유녀인 요코구모橫雲는 독수공방 당하는 손님에 비하면 당신은 내가 반한 만큼 이득을 보시니까 그 반한 값 30돈을 달라고 금품을 조른다. 유녀의 속셈을 잘 아는 고메는 처음에는 웃으며 거절하지만 유녀의 미인계에 넘어가, 자네는 장사도 참 잘 하는구먼 이라고 하면서도 점점 함정에 빠져간다.

> 고메: "글쎄 그 반한 값을 뭐 열 돈정도 줄까" 하며 유녀의 등에 손을 대고 혼미해진다.
> 요코구모: "열 돈정도면 필요 없사옵니다. 정말이지 손해를 보면서 반해드리는 것이오니 이제 필요 없사옵니다. 아님 당신께 진심이 있으시오면 아무쪼록 30돈 빌려 주시와요." 손님의 베개 밑에 손을 넣고 얼굴과 얼굴을 겹쳐서 부둥켜안자 고메는 또 혼미해진다.
> 고메: "아아~ 그럼 20돈 20돈!"
> 요코구모: "어머 그것보담 허리끈을 푸시와요."
> 손님의 허리끈을 둘둘 풀어 이불 밖으로 내팽개치고 자신도 가슴을 풀어헤쳐 몸과 몸이 껴안기니 손님은 이미 제정신이 아니다.
> 요코구모: "저기요 아무래도 30돈이 없으면 안되겠사와요."
> 고메: "오오 오오~ 그럼 30돈 30돈!"
> 요코구모: "30돈으론 아직 부족한걸요."
> 뼈가 으스러질 만큼 꽉 껴안기자 애절한 목소리로 고메가 말한다.

고메: "그럼 40돈이든 50돈이든 좋을 대로 좋을 대로!"

　여기서 이 장면은 막을 내린다. 더 이상의 노골적인 표현은 없다. 유녀의 갖가지 농간을 보여준다는 화류소설의 본연의 창작 목적을 달성하면서도 작자 잇쿠는 여색에 끌려 점점 물렁해져가는 손님의 심리를 골계스럽게 잘 묘사하고 있다고 할 수 있겠다. 미인계에 이성을 잃어가는 모습은 가령 골계소설 『동해도 도보여행기東海道膝栗毛』초편의 야지로베가 담배주머니를 싸게 사려다가 담뱃가게아가씨의 여색에 홀려 정가보다도 오히려 비싸게 사고 마는 이야기 흐름과 같은 맥락이라고 하겠다. 골계소설의 무대는 동해도 길가의 한 가게, 화류소설의 무대는 요시와라 유곽의 한 가게라는 차이점을 살려, 각각의 장르 특색에 맞는 양념-외설의 강약-을 치고 있을 뿐이다.

　한편 화류소설에 기대하는 독자 심리를 충족시키는 작품이 전혀 없는 것은 아니다. 1804년에 잇쿠가 쓴 『교훈 씨름꾼책教訓相撲取草』은 제목부터가 동침 장면을 씨름에 빗대는 것에 창작 의도가 있음을 짐작케 한다. 『화류소설집성洒落本集成』 해제에서는 '상당히 비속하고 외잡한 문장과 취향, 이 취향은 이윽고 2대엔바二世馬인 쓰키나리月成 등에 의해 염본에 답습된다'며 염본의 선구적 작품이라는 평가까지 있을 정도인 이 작품의 내용은 어떨까.

　다양한 계층의 유녀와 유객 커플이 등장하는데 그 중 '최상급 유녀와 영감님 손님의 씨름' 장면을 예로 들어보자.

　　유녀봉공 기간이 끝나가는 시점에 하게 된 씨름인지라, 매우 능숙하여 뭐든 상대를 얕잡아보고 일어서자마자 선을 넘어서 첫머리부터 꽉 달라붙는 식이다. 상대하는 영감님 손님. 마음만 급하고 벌써 전력질주의 씨름. 일어서는데 시간이 걸려 유녀가 간신히 기운을 북돋아도 축축 쳐져 결말이 나지 않는다. 하지만 유녀 쪽에서 일부러 져주는 걸 보니 아무래도 찻집으로부터 부탁받은 씨름인 것 같다.

　이런 식으로 커플의 동침 장면을 씨름에 빗대어 직간접적으로 묘사한다. 공공연하게 출판하기에는 부적합한 내용이라고 작자와 출판사가자가 진단했기 때문이리라. 제목에 일부러 '교훈'이라고 덧붙이고 일반적으로 화류소설의 책 크기는 소본小本으로 지금의 문고본 정도의 작은 사이즈였던 것을, 골계소설滑稽本의 책 크기인 중본中本 크기로 조금 큰 사이즈로 간행함으로써, 화류소설이 아닌 골계소설인 것처럼 보이게 하는 눈속임을 꾀한다.

　그러나 이 두 가지 속임수, 즉 책제목과 책형태만으로는 불안했던 것일까. 본문이 끝난 뒤 작자 잇쿠는 발문에서 본문 내용에 대한 해명을 한다.

　　여기 혼자 하는 씨름이 있다. 알몸 섬에 노숙 천, 야아 영차영차 어영차 하고 혼자 던지거나 던져지거나 하며 다른 사람네 집 문간에 서서 한 푼씩 받으며 걷는 거지 씨름. 이는 모두 일전의 씨름을 지나치게 한 사람들의 말로. 어쨌든 유녀와의 씨름이 도를 넘으면 재산의 허리를 다치고(재산을 날리고) 금은의 위력이 없어져 가산을 탕진하여 노숙자 신세가 되어도, 역시 씨름을 좋아하는지라 상대가 없으면 어쩔 수 없다고 혼자 씨름을 하며 문간에 서는 인과응보.

　이렇듯 외설적인 표현을 내포하면서도 유곽나들이가 재산탕진의 지름길임을 훈계하는 내용을 마지막에 덧붙이고 있는 것이다. 1802년에 잇쿠가 쓴 화류소설 한 작품을 더 보기로 하자. 촌뜨기半可通 손님인 세타이青黛가 독수공방을 당한 방에 "엣츄 샅바를 두고 왔다!"고, 유곽으로부터의 아침 귀갓길에 외치는 이 한마디가 작품의 끝마무리 익살이 되는 『녀석의 달걀埜良玉子』마지막 부분을 보자. 이 외마디비명으로 본문 스토리가 끝난 직후, '평해서 말하기를'이라고 작자의 감상문이 첨부된다.

> 평해서 말하기를, 샅바를 잃어버린 자는 창피를 창피라고 생각해서 두 번 다시 가지 않고, 넋을 잃어버린 유객은 이것을 되찾으려고 다시 가지만, 유녀 배꼽 밑의 야광옥에 흐물흐물해져 진나라 왕이 십오성을 지키는 검의 혼까지 유곽사환에게 빼앗기리라. 그러다가 넋이 코끝으로 이사 가는 바람에 집주인인 심장은 본연의 집세를 놓치고 중요한 어이가 상실할 것을 염려한다. 세입자의 보증인은 간담이 서늘해져 고구마를 먹고 방귀를 뀌고 엉덩이가 근질근질한 넋은 마침내 무릎을 끌어들여 다리를 있는 힘껏 달려 나가야 하리라. 한 치의 벌레에도 닷 푼의 혼, 오 척의 몸은 혼도 2척 5치, 수건으로 씻고 닦으면 닦은 만큼 빛나리라, 근성 구슬이라도 그 어떤 구슬이라도.

넋 · 혼 · 구슬에 해당하는 단어를 갖가지 동음이의어로 사용하면서 언어유희에 성적표현을 혼합한 빗대기로 웃음을 주는 동시에, 색욕을 삼가야 한다고 훈계하는 내용으로 작품을 마무리 짓고 있는 것이다. 이러한 훈계 내용 즉 교훈성은 화류소설 집필에 대한 외설적 내용을 표현하는데 대한 정당성 · 공공성을 부여하기 위한 노력의 산물인 셈이다. 그러나 내용에 대한 자유가 보장되었던 18세기와 달리 정부에 의한

출판개혁과 금서 지정이 거듭되는 19세기에 접어들던서, 이렇게 자기 검열을 해야 하는 화류소설은 질적 양적으로 자연스럽게 쇠퇴의 길에 접어들게 된다.

그럼 동시대의 우리나라에서는 어땠을까. 호색적인 표현은 골계성과 연관되기 쉬운지라 성과 관련된 우스운 이야기가 전 세계에 공통적으로 존재하리라는 것은 누구나 짐작할 수 있다. 또한 대놓고 성적 테마를 화제로 삼는 것을 삼가야 했던 조선시대에도 실은 『춘향전』과 같은 판소리계소설에서는 공공연하게 쓰이고 구연되고 있었던 것이다. 춘향과 이 도령의 첫날밤 정사는 판본에 따라 다양한 유형이 있으나 예를 들어 『한국고전문학대계』에 실린 경판17장본에서는 다음과 같이 묘사된다.

> 우리 둘이 만났으니 만날 봉逢자 비점批点이요. 우리 둘이 마주 섰으니 좋을 호好자 비점이요. 백년 가약하였으니 즐길 낙樂자 비점이요. 야반무인夜半無人 사람 없으니 벗을 탈脫자 비점이요. 한 비개 둘이 베니 누울 와臥자 비점이요. 두 몸이 한 몸 되니 안을 포抱자 관주貫珠요. 두 입이 마주 닿으니 법중 여呂자 관주요. 네 아래 굽어보고 내 아래 굽어보니 웃음 소笑자 관주로다. 남내문이 개구멍이요, 인경이 매방울이요. 선혜청宣惠廳이 오푼이요, 호조戸曹가 푼이요. 하늘이 돈짝 같고 땅이 맴돈다.

경직된 유교 사회에서 외설스러운 말장난을 시도하는 쾌감이 판소리 『춘향전』의 대중적 인기획득에 기여한 바 크지 않을까 하고 상상해 본다. 일본 에도시대의 염본처럼 애당초 음담패설을 집필 목적으로 하여 일부 양반층에서만 향유되었던 15세기말 서거정이 쓴 『태평한화골계전太平閑話滑稽伝』과 강희맹이 쓴 『촌담해이村談解頤』, 16세기초 송세림이 쓴『어면순譽眠楯』등과 같은 한문소화집笑話集을 제외하면, 외설에 의한 웃음을 가장 효과적이면서도 노골적으로 언어유희 속에 활용한 장르는 판소리계소설이었던 셈이다.

염본, 에로소설

정사 장면 묘사에 중점을 둔 비공식출판물로 회화인 춘화春画, 춘화에 그림소설책草双紙의 형태 즉 대사와 간단한 지문을 넣은 춘화본春画本, 그림보다는 문장에 중점을 두어 대여섯 페이지의 본문에 삽화 한 장 비율로 스토리가 전개되는 염본艶本 등이 있다. 이러한 종류의 출판물들은 보편적 수요가 있었으나 풍기문란의 이유로 표면적으로는 합법화되지 못한 특수 상품이었다. 그러나 출판에 따른 위험을 감수하면서도 에도시대에 꾸준히 창작된 것은, 희작문학과 풍속화인 우키요에의 발달에 따른 자연스러운 현상이었다. 즉 희작자와 우키요에 화가가 위 출판물들의 제작자이기도 하였기 때문이다. 바꿔 말하면 출판사 및 작자, 화공이 위험을 감수할 만큼의 경제적 이익이 보장되었음을 뜻한다.

그리고 염본 작자들은 문장 즉 스토리를 구축하기 위하여 선행하는 인기 작품을 원전으로 해서 개작하는 방법을 택하기도 하였다. 가령 가나가키 로분魯文은 중국의 삼국지나 금병매의 개작인『그림책 통속삼국지絵本通俗三国志』『신편 금병매新編金瓶梅』나, 연애소설『가짜 무라사키 시골 겐지偐紫田舎源氏』, 전기소설『난소 사토미 팔견전南総里見八犬伝』등의 유명한 장편소설을 텍스트로 삼아 단편 염본으로 개작하였다.

■『동해도 도보여행기』
권두그림
(二又淳 소장)

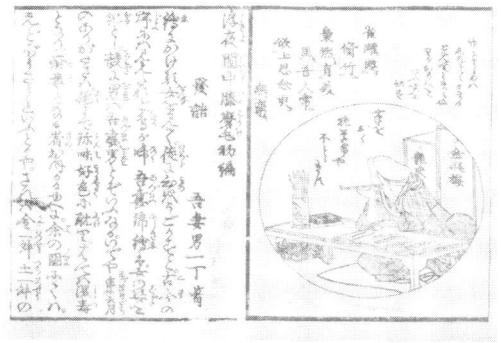

■『풍속 규중 무릎털』
권두그림
(국제일본문화연구센터 소장)

에도시대를 통틀어 최고의 베스트셀러라고 할 수 있는『동해도 도보
여행기』또한 염본의 좋은 세계가 되어 주었다. 골계소설『동해도 도보
여행기』는 1802년부터 간행되기 시작하는데 시리즈가 완결되기도 전
인 1807년 1월, 염본『정담 도보여행기道中千話栗毛』의 초편(상하2권)이
사키카타 구모스케前肩雲輔라는 익명의 필자에 의해 간행된다. 주인공의
이름 또한 원작 골계소설과 동일한 야지로베弥二郎兵衛와 기타하치北八이
다. 원작 본문을 그대로 표절하면서도 원작에서는 생략되는 정사 장면

이 생략되지 않는다는 점이 가장 큰 차이점이다.

이어서 1812년부터 1851년까지 『풍속 규중 무릎털浮世閨中膝磨毛』이 간행된다. 작가는 3대 잇쿠九返舍一八, 2대 잇쿠糸井鳳助, 그리고 바이테 긴가梅亭金鵞 세 명이다. 원작 소설 『동해도 도보여행기』는 21년, 근세문학의 최장편 소설인 『난소 사토미 팔견전』은 28년이라는 간행기간을 이 염본이 뛰어넘고 있는 셈이다. 이러한 장편 염본의 비밀출판이 장기간 가능했던 이유는 원작자 잇쿠의 사후에도 변함없는 원작의 인기, 염본에 대한 수요층의 확대, 염본으로서의 매력이 구매의욕을 불러일으켰기 때문이라고 추측할 수 있겠다.

한편 『풍속 규중 무릎 털』중에서도 초편과 2편은 장편소설원작을 충실히 패러디하고자 한 점이 가장 특징적이다. 원작골계소설 초편이 나온 지 10년이 지난 시점인 1812년에 즉 아직 원작자인 잇쿠 생존 중에 초편1권과 2편2권 형태로 『풍속 규중 무릎 털』이 간행되었다. 이 권수 또한 원작 그대로이며 표지의 장정부터 권두그림, 서문, 목차, 본문, 삽화에 이르기까지 철두철미하게 원작을 패러디한다. 발췌 요약하고 있지 않으므로 내용 또한 자연히 길어질 수밖에 없었던 것이다.

이 염본의 초편과 2편 작자는 '에도남자 잇쵸吾妻男一丁'라는 익명을 사용하지만 실은 후에 삼대 잇쿠를 물려받는 규헨샤 이치하치九返舍一八 라고 일컬어진다. 원작 골계소설 권두그림에 그려진 작자 잇쿠의 초상화를 이 염본 초편에서는 남근으로 형상화해버리는 한 가지만 보더라도 그 패러디정신을 가히 짐작할 수 있다. 다시 말하지만 스승 잇쿠의 생존 중이다. 제자가 스승의 얼굴을 이렇게 표현할 수 있는 자유로운 관계, 희작자도 희작자 나름으로 잇쿠라면 이 그림을 보고 기꺼이 박장

대소했을 그 순간이 상상되어 필자로 하여금 미소 짓게 한다.

염본 연구의 대가 하야시 요시카즈林美一는 원작을 모방하면서도 재치 있게 환골탈태시켜 저절로 '염본 도보여행기'로서의 독창성을 창출하는 동시에 풍속 자료로서도 가치가 있는 이 초편과 2편이야말로 『풍속 규중 무릎 털』중에서도 가장 뛰어나다고 평가하고 있다.

그러나 3편부터는 이대 잇쿠, 5편부터는 바이테 긴가가 바톤을 이어받으면서 하야시가 호평했던 창의성은 사라지게 된다. 염본으로서의 성적 표현에 중심을 두고 동침 장면을 극명하게 묘사하는 외에는, 지문과 풍속묘사, 에피소드를 패러디 없이 원작 그대로 옮겨 적게 되기 때문이다. 그래도 40년을 걸쳐 완결을 볼 수 있었던 데는, 야한 내용을 추구하는 염본 수요층의 건재가 뒷받침해주었음을 시사한다.

참고문헌

강지현(2012) 『일본대중문예의 시원, 에도희작과 짓펜샤 잇쿠』소명출판
강지현(2010) 『근세일본의 대중소설가, 짓펜샤잇쿠 작품선집』소명출판
김규태편(1991) 『한국고전문학대계, 소설집1』명문당
高木元(2009) 「魯文の艶本」『国文学研究資料館紀要 文学研究篇』35
林美一(1987) 『江戸艶本を読む』新潮社
林美一(1986) 『艶本紀行 東海道五十三次』河出文庫
林美一(1962) 『東海道艶本考』有光書房
西山松之助외(1984) 『江戸学事典』弘文堂

에로티시즘으로
읽 는
일 본 문 화

▌ 시라보시
　(葛飾北斎 그림)

성과 젠더

이미숙

삼각관계와 에로티시즘, 그리고 젠더

삼각관계의 끝은 어디인가

2003년 화제를 모은 영화가 한 편 있었다. 19세기 후반 조선시대를 무대로 양반가 남녀의 삼각관계를 다룬 ≪스캔들－조선남녀상열지사≫라는 영화이다. 바람둥이 양반 조원(배용준 분)을 두고 조씨 부인(이미숙 분)과 숙부인 정씨(전도연 분) 세 사람의 애증이 얽히고설키다가, 조씨 부인의 질투에 의해 끝내 조원과 숙부인은 죽음을 맞고 조씨 부인 본인은 중국으로 도망을 치면서 비극적으로 끝을 맺은 작품이다.

이 영화는 조선시대 양반가 여성인 조씨 부인의 화려한 의상과 코케트리coquetterie(요염 및 미태媚態)의 묘사, 그리고 숙부인의 단아함 속에 감춰진 미를 조원의 시선을 통해 잡아내면서 에로티시즘을 극대화한 영화로 주목받았다. 붉은색과 보라색 등 원색의 옷과 장신구로 치장한 조씨 부인의 정열적인 이미지, 푸른색 옷과 비취와 옥 등의 장신구 등 청색으로 치장한 숙부인의 청아한 이미지는 서로 대립하면서 불과 물의 이미지 안에 내재된 에로티시즘을 엿보게 한다. 특히, 숙부인이 겨울 강으로 걸어 들어가 빠져 죽은 뒤 얼음물 위로 떠오른 붉은 색 목도리는 기존의 숙부인의 이미지를 전복시키면서 삼각관계의 비극을 더욱 더 강렬하게 시사하였다. 즉 삼각관계, 치명적인 결말, 에로티시즘이 이 영화의 키워드라 할 수 있다.

그런데 ≪스캔들-조선남녀상열지사≫의 원작은 1782년 쇼데를로 드 라클로Choderlos De Laclos가 프랑스에서 발표한 『위험한 관계』이다. 프랑스 혁명 전, 문란한 프랑스 사교계를 배경으로 한 이 소설은 175편의 서간문으로 구성된 작품이다. 조원에 해당되는 발몽 자작, 조씨 부인에 해당되는 메르테유 후작 부인, 숙부인 정씨에 해당되는 투르벨 법원장 부인 세 사람의 삼각관계를 중심으로 그 비극적인 결말을 다루었다. 이 소설은 발표된 이후 ≪스캔들-조선남녀상열지사≫ 이전에도 ≪위험한 관계≫, ≪사랑보다 아름다운 유혹≫, 그리고 2012년에는 장동건, 장쯔이, 장백지가 주연을 맡은 한중 합작영화로 만들어지는 등 몇 차례에 걸쳐 영화로 만들어졌다.

남녀의 사랑 이야기를 그리는 데 삼각관계의 구도는 이처럼 근대 이후에만 반복적으로 형상화된 것은 물론 아니다. 일대일이라는 안정적인 남녀관계를 벗어나 몇 겹으로 얽힌 복잡다단한 남녀 간의 애증을 그리는 데 삼각관계는 예로부터 효과적인 애정구도였다.

현존하는 일본에서 가장 오래된 시가집으로 8세기에 나온 『만엽집万葉集』권1에는 다음과 같은 시가 있다.

> 가구는 우네비를 사랑해
> 미미나시와 서로 싸움했다네

이는 예부터 내려온 관습인 듯
그 옛날에도 그렇게 싸웠기에
오늘날에도 아내를 두고 싸움하는 듯

　5·7/5·7/5·7/5·7/7·7의 음수율을 지닌 장가長歌 형식인 이 시는 홋날 덴치天智 천황(재위:668~671)으로 즉위하게 되는 나카노오에 황자中大兄皇子가 오늘날 나라奈良 지방인 야마토大和 지방의 세 산에 얽힌 전설을 배경으로 하여 읊은 것이다. 가구 산香具山, 우네비 산畝傍山, 미미나시 산耳梨山이라는 야마토의 세 산에 한 여자를 사이에 둔 두 남자의 쟁탈전이라는 삼각관계의 전설이 있다는 기록은 8세기 초 『하리마 지방 풍토기播磨国風土記』라는 책에 보인다. 위 시에서도 알 수 있듯이 우네비 산이 여자, 가구 산과 미미나시 산이 우네비 산을 두고 싸움을 벌이는 남자로 의인화되어 있다. 이 전설은 세 산 주변에 할거하고 있던

┃ 야마토 삼산의 정경
『만요슈』(주간 아사히 대백과 세계의 문학 22, 아사히 신문사, 1999)

호족 세력들의 다툼을 남녀의 삼각관계로 비유해 만들어졌다고 한다.

  그런데 이 시에 형상화된 삼각관계의 구도는, 읊은 이인 나카노오에 황자와 훗날 덴무天武 천황(재위:673~686)으로 즉위하는 그의 친동생인 오아마 황자大海人皇子, 그리고 그들이 사랑한 누카타노 오키미額田王를 둘러싼 사랑 이야기와 맞물려 고대 일본의 삼각관계의 원형으로 알려져 있다. 야마토 세 산의 시에서 우네비 산에 해당하는 누카타노 오키미는 『만엽집』에 11수에 이르는 시가 실려 있는 여성 가인으로, 오아마 황자의 사랑을 받아 둘 사이에 딸 하나를 두었다. 하지만 그 뒤 오아마 황자의 형인 나카노오에 황자가 절세 미인인 누카타노 오키미를 사랑하게 되어 삼각관계를 이루게 되었다. 이들의 뒤얽힌 사랑은 역사적으로 확실한 근거는 없다. 하지만 죠메이舒明 천황(재위: 629~641)의 둘째, 셋째 황자인 나카노오에, 오아마 두 황자가 정치적으로도 대립하는 관계였기에 다카라즈카宝塚 가극단에 의해 〈붉은 빛 감도는 보라색 꽃茜さす紫の花〉이라는 가극이 만들어져 상연되고 소설과 만화 등이 잇따라 나올 정도로 오늘날까지 고대 일본의 삼각관계의 원형으로 알려져 있다. 이후 오아마 황자는 형인 나카노오에 황자가 덴치 천황으로 즉위한 뒤 황태제皇太弟로 임명되었다가 권력에서 밀려났지만, 형의 사후 672년 임신의 난壬申の乱을 일으켜 조카이며 다음 황위 계승자인 오토모大友 황자를 자살로 몰아넣고 자신이 황위에 오르게 된다. 누카타노 오키미를 두고 벌어진 나카노오에 황자와 오아마 황자 세 사람의 삼각관계 또한 그 끝은 권력다툼과 얽히며 치명적인 결말을 맺었다.

삼각관계와 에로티시즘

삼각관계는 관계의 불안정성 때문에 인간관계의 미묘한 심리가 복잡하게 어우러져 있어 상대방을 향한 정신적, 육체적인 욕망 또한 가장 극대화되는 사랑의 구도이다. 특히 이미 관계를 형성하고 있는 두 사람 사이에 새롭게 끼어들어 구애하는 쪽의 시선은 두 사람의 구애 한가운데에서 갈등을 일으키고 있는 중심인물을 완전히 소유하지 못한 데 대한 집착 때문에 더욱더 강한 욕망을 띨 수밖에 없게 된다. 이는 이미 안정되어 있는 일대일 관계에 끼어든다는 위반에 대한 욕망이기도 하다. 마찬가지로 안정적인 일대일 관계를 이루고 있다고 여겨왔지만 상대방을 잃을 위기에 처한 쪽 또한 다시금 상대방에 다한 소유욕에 불타게 된다. 이렇듯 엇갈리는 욕망은 삼각관계라는 사랑의 구도 속에서 에로티시즘으로 표현된다.

에로티시즘은 성애와 정욕을 불러일으키는 성질로서 예술작품 등에서는 그 같은 경향을 드러내는 표현을 가리키기도 한다. 애욕적·성욕적인데다 호색적·색정적이기는 하지만 성행위 그 자체가 에로티시즘으로 곧바로 연결되지는 않는다. 에로티시즘은 성적인 이미지를 의식적 또는 무의식적으로 환기하는 것이며, 머릿속에서 공상하거나 이미지로 암시함으로써 드러나게 된다. 따라서 섹슈얼리티가 생물학적인 개념이라면 에로티시즘은 심리학적인 개념이라 할 수 있다. 에로티시즘을 은밀한 성 담론이 아닌 철학적 사유의 대상으로 삼은 이는 프랑스의 사상가이자 소설가인 조르주 바타이유Georges Bataille(1897~1962)였다. 그는 에로티시즘을 육체의 에로티시즘, 심정의 에로티시즘, 신성의 에로티시즘이라는 세 형태로 나누었다. 그에 따르면, 에로티시즘은 인간의 내적 삶의 한 측면이며, 인간의 에로티시즘은 존재 자체를 문제 삼는 인간의 의식 내부의 어떤 것이다. 에로티시즘에서 언제나 문제되는 것은 안정된 형태의 와해, 다시 말해 현재의 우리, 뚜렷한 개인들의 불연속적 질서 그리고 그것을 떠받쳐주는 일정한 사회적 삶의 형태들의 와해라고 한다. 그리하여 바타이유는 에로티시즘의 키워드로서 '금기'와 '위반'을 제시하였다.

금기라는 경계를 뛰어넘고자 하는 위반에 대한 욕망으로 에로티시즘을 바라볼 때, 삼각관계는 에로티시즘을 자아내는 최적의 구도라고 할 수 있다. 중심인물을 소유하고 싶은 욕망, 일대일로 안정적으로 형성된 관계 속에 끼어들고 싶다는 욕망이 극대화된 구애자의 시선 속에서 삼각관계는 에로티시즘을 유발하는 구도가 된다. 이렇듯 삼각관계는 인간에게 내재된 복잡다단한 욕망의 결을 적나라하게 드러내기 때문에, 그 끝은 치명적인 결말로 막을 내리는 경우가 많다.

그런데 이성애異性愛에 기반을 둔 삼각관계의 결말은 중심인물이 남성이냐 여성이냐에 따라 미묘한 간극을 보인다. 중심인물이 남성인 경우 두 여성 중 한 명은 극심한 질투에 휩싸이게 되고 그 질투는 밖으로 발현되며, 일본 고전텍스트에서는 모노노케物の怪 또는 원령이라는 모습으로 나타난다. 하지만 여성이 중심인물이 되는 경우 두 남성은 격렬한 사랑싸움을 하게 되며, 여성은 그 사랑싸움의 불길을 피해 자살을 시도하거나 출가를 하는 등 세상을 버리고 두 남성에게서 모습을 감춘다. 중심인물이 남성이냐 여성이냐, 또는 중심인물을 소유하고자 다투는 주체가 남성이냐 여성이냐에 따라 결말이 차이난다는 것은 삼각관계에서도 젠더가 중요한 관건이 되고 있다는 것을 말해준다. 어떠한

관계구도 아래에서도 치명적인 타격을 입는 쪽은 대개 여성이기 때문이다. 남성끼리의 싸움에서 타격을 입는 쪽은 당연히 권력관계에서 아래에 있는 경우이다. 따라서 에로티시즘을 유발하는 삼각관계는 〈여성-남성-여성〉의 구도라기보다는 〈남성-여성-남성〉의 구도에 국한된다고 할 수 있다. 영국의 사회학자 사이먼 하디Simon Hardy가 지적한 바와 같이, 에로티시즘은 인간의 성적 감정과 욕망이 재현되고 경험되는 상징적 의미체계이며 역사적으로 볼 때 에로티시즘은 젠더관계를 상징적으로 재현하는 가장 중요한 방식이라고 할 수 있다

　이 같은 삼각관계는 시간과 공간에 제한을 받지 않고 인간의 애정사를 형상화할 때 빠지지 않는 구도인 만큼 일본 고전텍스트에도 다양한 양상으로 그려져 있다. 이 글에서는 고대 일본인의 사랑의 유형이 가장 풍부하게 담겨 있는 『겐지 이야기源氏物語』등의 고전텍스트 속에 형상화된 삼각관계에 주목해, 출가와 죽음, 자살 시도, 또는 원령으로 나타나 복수하는 등 치명적인 결말로 끝을 맺는 삼각관계라는 파행적인 애정관계에 에로티시즘이 어떻게 그려져 있는지 살펴보고자 한다. 나아가, 이성애에 기반을 두고 있는 삼각관계라 하더라도 〈남성-여성-남성〉의 구도와 〈여성-남성-여성〉의 구도에서 달리 나타나는 결말을 통해, 삼각관계에 내재된 젠더관계에도 주목하고자 한다.

첫사랑에 집착하는 남성

　주인공 히카루겐지光源氏의 삶과 그와 관계를 맺는 여성들의 이야기를 그리고 있는 『겐지 이야기』 정편에서 히카루겐지의 부인 중 가장

늦게 등장하는 여성은 온나산노미야女三の宮이다. 온나산노미야는 히카루겐지의 이복형인 스자쿠인朱雀院의 셋째 황녀였다. 출가를 앞둔 스자쿠인이 사랑하는 딸을 맡길 만한 사람으로 고심 끝에 고른 사람이 히카루겐지였다. 히카루겐지의 친구이자 정적인 도노추조頭中将의 아들인 가시와기柏木와 같은 젊은 청년들도 있었지만, 태상천황에 준하는 지위에 있으며 이상적인 인물로 칭송되는 히카루겐지는 스자쿠인이 보기에 가장 믿음직한 존재였다. 결혼할 때 히카루겐지는 마흔 살, 온나산노미야는 열너댓 살쯤의 나이였다.

그때 히카루겐지는 정처격인 무라사키노우에紫の上와 사계절 저택인 로쿠조인六条院의 봄 저택에서 살고 있었다. 온나산노미야가 시집온 곳 또한 봄 저택이었다. 히카루겐지와 온나산노미야의 결혼은 히카루겐지의 평생의 반려였던 정편 여주인공인 무라사키노우에를 고통 속에 빠트렸고, 이를 계기로 로쿠조인을 중심으로 영위되어왔던 히카루겐지의 영화 또한 빛을 잃기 시작하였다. 무라사키노우에는 병을 앓다 세상을 뜨게 되며 히카루겐지가 병구완에 정신이 없는 틈에 온나산노미야가 그녀를 오래 전부터 흠모해왔던 가시와기와 밀통을 하게 되었던 것이다.

온나산노미야는 몸집이 자그마한데다 어여쁘고 황녀로서의 기품을 갖춘 여성이었다. 하지만 그녀와 결혼한 뒤 히카루겐지는 크게 실망하였다. 히카루겐지가 온나산노미야와 결혼하게 된 표면적인 이유는 출가하는 형의 부탁을 거절하지 못해서였지만, 진짜 이유는 온나산노미야가 그의 첫사랑인 의붓어머니 후지쓰보 중궁藤壷中宮의 조카이며 무라사키노우에의 사촌이었기 때문이다. 그가 무라사키노우에에게 처음 흥미를 느낀 것 또한 후지쓰보 중궁의 조카라는 점 때문이었다. 즉 히카루겐지는 첫사랑을 닮은 여인에 대한 집착에서 평생 벗어나지 못하였고, 내심 온나산노미야에게 후지쓰보 중궁의 자태와 기품을 기대하였던 것이다. 그와 더불어 온나산노미야의 의붓오빠가 다음 보위에 오르게 될 동궁이라는 사실은 그가 결혼을 통해 자신의 정치적인 기반을 더욱더 단단히 구축하려고 하였다는 것을 알 수 있다.

하지만 온나산노미야는 너무 어려 지나치게 유치하였고 로쿠조인 안의 복잡다단한 인간관계를 슬기롭게 헤쳐 나가기에는 역부족이었다. 히카루겐지는 크게 실망해 무라사키노우에의 존재를 다시금 재인식하게 되었다. 반면 그녀를 짝사랑하던 가시와기에게 온나산노미야의 천성적인 유치함은 그녀의 고귀함을 돋보이게 하는 더할 나위 없는 매력이었다. 결국 그녀는 가시와기와 밀통을 하게 되고 가오루薰라는 아들을 낳았다. 그런 뒤 얼마 지나지 않아 온나산노미야는 히카루겐지의 반대를 무릅쓰고 출가를 하게 되고 히카루겐지가 죽은 뒤에는 아들인 가오루의 보살핌을 받으며 살았다. 온나산노미야에 대한 사랑 탓에 가시와기도 죽음을 맞게 된다. 결국 온나산노미야를 둘러싼 히카루겐지와 가시와기의 삼각관계 또한 여성의 출가와 남성의 죽음이라는 치명적인 결말로 끝을 맺은 것이다.

엿보기와 고양이 애무로 본 에로티시즘

가시와기는 원래부터 황녀와 결혼하기를 꿈꾸었던 사람이다. 온나산노미야와 결혼하기를 바랐지만 스자쿠인이 히카루겐지를 선택해버려

■ 공차기 놀이를 하다 온나산
노미야를 엿보는 가시와기
(니헤이 미치아키仁平道明 소장)

그 꿈을 이룰 수 없었다. 온나산노미야가 결혼한 이듬해 어느 봄날, 가
시와기는 로쿠조인에서 공차기를 하던 중 우연히 온나산노미야를 엿보
게 되었다. 음력 3월 말 어느 저물녘 온나산노미야는 어스름한 벚꽃나
무 밑에서 공차기를 하는 젊은 귀공자들의 모습을 발을 쳐둔 방 안에서
구경하고 있었다. 그때 키우던 큰 고양이가 작은 고양이를 쫓아나오다
목줄이 발에 엉키는 바람에 발 끝이 말려 올라가 그 틈으로 온나산노미
야가 서 있는 모습이 드러났다. 남편 이외의 남성에게는 모습을 드러내
지 않던 그 시대에 여성의 모습을 엿본 남성이 사랑에 빠지는 것은 정
해진 연애의 공식이었다. 게다가 가시와기처럼 오랫동안 짝사랑해오던
여성의 모습을 처음으로 엿본 남성으로서는 참을 수 없는 위반에 대한
욕구를 불러일으키는 계기이기도 하였다. 그 뒤 그녀를 소유하고자 하
는 가시와기의 욕망은 더욱더 강해지게 되었다.

온나산노미야에 대한 가시와기의 욕망은 자신의 우울한 심경을 어루
만지기 위해 그녀가 아끼던 고양이를 애무하는 모습에 잘 드러나 있다.

온나산노미야를 엿본 뒤 가시와기는 안타까운 마음에 밖으로 뛰쳐나온 고양이를 품에 안았다. 고양이 몸에는 좋은 냄새가 배어 있었고 우는 목소리 또한 귀여웠다. 냄새를 맡는 후각과 소리를 듣는 청각, 그리고 보드라운 몸을 어루만지는 촉각 등, 모든 감각을 통해 가시와기는 사랑하는 온나산노미야를 느낄 수 있었다. 가시와기에게 고양이는 온나산노미야의 분신이었던 것이다. 결국 가시와기는 동궁을 움직여 온나산노미야의 고양이를 손에 넣은 뒤, 돌려달라는 명을 받고도 돌려주지 않은 채 밤에는 자기 곁에 데리고 자고 날이 밝으면 손수 일일이 돌보아주면서 가슴에 안고 어루만지는 나날을 보내게 된다. 온나산노미야의 분신으로 고양이를 애무하고 소유하고자 하는 가시와기의 모습에서 극대화된 에로티시즘을 엿볼 수 있다.

그 뒤 가시와기는 주나곤中納言으로 승진하여 금상今上의 신임도 받게 되고 온나산노미야의 의붓언니인 오치바노미야落葉の宮와 결혼도 하였지만 온나산노미야에 대한 그의 욕망은 여전하였다. 고양이로 만족하지 못한 가시와기는 온나산노미야를 엿본 뒤 6년여가 지난 4월의 어느 날, 무라사키노우에가 병들어 히카루겐지가 간병하느라 인적이 드물어진 로쿠조인에서 그녀와 끝내 인연을 맺게 되었다. 하지만 밀회를 거듭하던 중 가시와기가 온나산노미야에게 보낸 편지를 히카루겐지가 발견하면서 이들의 삼각관계는 파멸을 맞게 되었다. 내연관계의 남성이 보낸 편지를 잘 간수하지 않아 남편 눈에 띄게 만들 만큼 온나산노미야는 여전히 미성숙한 여성이었다.

스자쿠인 쉰 살 축하연 시악試樂에 참여하기 위해 오랜만에 로쿠조인을 방문한 가시와기는 히카루겐지의 따가운 시선을 느끼며 그가 모든 것을 알고 있다는 것을 알게 되고 두려움과 고뇌 끝에 병들게 된다. 병석에서 온나산노미야의 출산과 출가 소식을 듣고 그는 중태에 빠졌고, 끝내 친구인 히카루겐지의 아들인 유기리夕霧에게 뒷일을 부탁하고 세상을 하직하였다. 가시와기가 비극적인 결말을 맞이한 것은 자신의 증폭된 사랑의 감정을 다스릴 수 없었기 때문이다. 히카루겐지의 부인이라는 손댈 수 없는 금기를 위반하고 싶다는 강렬한 욕망 탓에 온나산노미야에 대한 환상과 도취된 사랑의 감정은 더욱 심화되었다. 여기다 히카루겐지에 대한 두려움이 상호작용을 일으키며 가시와기는 죽음이라는 치명적인 결과를 맞게 된 것이다.

▌가오루를 안은 히카루겐지
  (헤이안 말기作)
『겐지 이야기』(주간 아사히 대백과 세계의
문학 24 아사히 신문사 1999)

한편, 히카루겐지는 가시와기와 온나산노미야의 밀통을 알게 된 뒤 젊은 날 의붓어머니인 후지쓰보 중궁과 범했던 밀통의 죄를 다시 반추하게 된다. 온나산노미야를 훈계하면서도 불만과 자조가 섞이고 가시와기와 만나서는 그를 비꼬면서 자조하기도 하였다. 결혼 뒤 온나산노미야에 실망해 돌아보지도 않다가 출가하겠다는 그녀를 말리고 출가한 온나산노미야를 보며 뒤늦게 매력을 느끼는 모습은, 일대일 관계에 제3자가 끼어들어 다시 중심인물에게 욕망의 시선을 던지는 삼각관계의 문법이 충실히 재현된 것으로 보인다.

두 남성의 사랑을 받다 출가를 선택하는 여성 이야기는 히카루겐지가 세상을 뜬 뒤 세상에 그의 아들로 알려진 가오루와 그의 외손자 니오노미야匂宮를 중심으로 전개되는 『겐지 이야기』 속편에서도 찾아볼 수 있다. 우키후네浮舟와 가오루, 그리고 니오노미야의 삼각관계에서 가오루와 니오노미야의 사회적 지위는 그리 차이나지 않기에 남성들이 치명적인 결과를 맞지는 않는다. 후지쓰보 중궁을 향한 히카루겐지의 집착과 마찬가지로 오이기미大君에 대한 사랑 때문에 그녀의 의붓동생인 우키후네에게 집착하는 가오루의 욕망은 우키후네가 고뇌 끝에 자살을 시도하고 출가한 후에도 끝나지 않는다. 『겐지 이야기』는 우키후네에 대한 집착을 버리지 못해 그녀에게 다른 남자가 있는 게 아닐까 사추邪推하는 가오루에게 포커스를 맞추며 끝난다. 남성의 욕망과 그 시선에서 벗어나고자 하는 여성의 이야기로 끝나는 결말을 통해 삼각관계라는 에로티시즘의 프리즘을 통해서도 『겐지 이야기』 읽기가 가능하다는 것을 알 수 있다.

삼각관계의 끝, 모노노케가 되는 여성

로쿠조미야스도코로六条御息所는 어느 대신의 딸이다. 동궁비로 입궐해 딸 하나를 두었지만 동궁과 사별해 홀로 되었다. 궁중을 나와 로쿠조 고고쿠六条京極에 살게 되어 로쿠조미야스도코로로라 불리었다. '미야스도코로'는 황태자비나 또는 황자나 황녀를 낳은 여어女御나 갱의更衣를 가리키는 호칭이다. 고상하고 우아한 인품으로 세상의 평판이 높았다. 그러던 중 일곱 살이나 어린 히카루겐지의 집요한 구애를 받고 그와 인연을 맺게 되었다. 이미 그때 히카루겐지에게는 좌대신의 딸인 아오이노우에葵の上라는 정처가 있었던데다 미야스도코로 또한 전 황태자비라는 신분으로 히카루겐지와 정식으로 결혼할 수 없었기에, 두 사람의 사이는 세상 사람들에게 공식적으로 드러내지 못하는 어중간한 상태였다. 그러나 막상 연인관계가 되자 히카루겐지는 그녀의 기품 있는 태도에 압박감을 느껴 발걸음이 뜸해지게 되었고, 이 때문에 그녀는 히카루겐지에 대한 집착과 자부심에 상처를 받으면서 탄식하는 나날을 보냈다.

그러던 중 히카루겐지를 중심인물로 둔 채 조용히 긴장관계를 유지하고 있던 아오이노우에와 로쿠조미야스도코로 세 사람의 삼각관계는 아오이 축제葵祭에서 전기를 맞게 되었다. 히카루겐지도 끼어 있는 축제 행렬을 구경하기에 좋은 자리를 차지하려고 정처인 아오이노우에의 하인들과 로쿠조미야스도코로의 하인들이 수레로 자리싸움을 벌인 끝에 로쿠조미야스도코로 쪽이 밀려나게 된 것이다. 전 동궁비로서 자부심 높았던 로쿠조미야스도코로는 이 사건으로 세상 사람들의 입길에 오르내리게 되었다며 큰 충격을 받았다. 세상 사람들의 입초시에 오르는 것을 '히토와라에人笑へ'라 한다. 당시의 귀족계층의 사람들, 특히 여성들에게 '히토와라에'의 대상이 된다는 것은 죽기보다 더 큰 고통이었다. 좁은 귀족사회 내 얽히고설킨 인간관계 속에서 타인의 입길에 오르

내리고 사람들의 비웃음을 받는다는 것은 자신에 대한 긍지가 크면 클수록 더 큰 치욕으로 받아들여졌다. 많은 사람들 앞에서 사랑하는 사람의 정처에게 모욕을 당해 자존심에 상처를 입은데다 아오이노우에가 임신한 것까지 알게 되면서 그녀는 굴욕감에 몸 둘 바를 모르게 된다.

▌ 수레싸움(에도 시대作)
『겐지 이야기』(주간 아사히 대백과 세계의 문학 24 아사히 신문사 1999)

　밖으로 표출되지 못한 그녀의 마음 속 어둠은 외골수의 내성적인 성격과 맞물리며 몸에서 혼을 빠져나오게 하였다. 결국 그녀는 무의식적인 상태 속에서 '모노노케'가 되어 임신 중인 아오이노우에에게 씌어 괴롭히게 되었다. 영靈과 사기邪氣 등을 가리키는 모노노케라는 말은 영靈이나 귀鬼를 의미하는 '모노'와 기氣를 의미하는 '케'가 합쳐진 것으로, 생령生靈과 사령死靈으로 나뉜다. 로쿠조미야스도코로는 히카루겐지에 대한 욕망 때문에 살아 있을 때는 생령, 죽고 난 뒤에는 사령이 되는 기구한 운명에 처하게 된 것이다. 자기 의사와는 관계없이 자기 혼이 신체를 빠져나간 사실을 로쿠조미야스도코로는 입고 있는 옷에 밴 양귀비씨 태운 냄새로 알아챘다. 헤이안平安 시대에 모노노케가 씌면 사람들은 나쁜 기운을 물리치기 위해 가지기도加持祈禱를 드리는데, 호마목護摩木을 태울 때 양귀비씨를 기름 등과 함께 태웠다. 양귀비 냄새가 옷에 배었다는 사실은 그녀가 아오이노우에를 위해 가지기도를 드리는 곳에 함께 있었다는 것을 나타내는 증표로서 생령이라는 것을 의미한다. 충격을 받은 로쿠조미야스도코로는 머리도 감아보고 옷도 갈아입어보고 했지만 냄새는 여전히 없어지지 않았다. 자기 스스로에 대한 모멸감과 세상 사람들이 뭐라고 생각할까 저어하며 로쿠조미야스도코로의 마음은 더욱더 평정을 잃게 되었다. 결국 로쿠조미야스도코로의 생령은 아오이노우에가 아들을 낳은 뒤 그녀를 죽이게 된다.

히카루겐지 또한 이 사실을 짐작하게 되었다. 히카루겐지가 자신을 꺼려하는 것을 알게 된 그녀는 더욱더 고뇌에 빠지게 된다. 그리하여 로쿠조미야스도코로는 그를 단념하려고 이세 신궁伊勢神宮의 재궁斎宮으로 내려가는 딸을 따라 교토京都를 떠나게 된다. 그 뒤 스자쿠朱雀 천황이 보위를 양위하고 레이제이冷泉 천황이 즉위하자 모녀는 함께 교토로 돌아왔다. 하지만 로쿠조미야스도코로는 급작스레 병을 얻어 히카루겐지에게 딸의 후견을 부탁한 뒤 세상을 떠난다. 로쿠조미야스도코로의 딸은 히카루겐지와 후지쓰보 중궁의 뒷바라지를 받아 두 사람 사이의 자식인 레이제이 천황의 비가 되었다. 그녀는 무라사키노우에와 봄과 가을 중 어느 계절을 좋아하는지 우열을 가리던 중 어머니인 로쿠조미야스도코로가 세상을 뜬 계절인 가을을 좋아한다고 하여 아키코노무 중궁秋好中宮으로 불리게 되었다. 이후 아키코노무 중궁은 히카루겐지의 영화를 뒷받침하는 한 축을 맡게 되었다. 그리고 어머니가 살던 로쿠조의 구저택 일대에 세워진 로쿠조인六条院의 가을 저택을 사가私家로 삼게 되었다. 이는 로코조미야스도코로를 진혼하는 의미이기도 하다.

하지만 그 진혼은 완전히 이루어지지 않았다. 훗날 로쿠조미야스도코로는 사령으로 나타나 히카루겐지의 평생의 반려인 무라사키노우에를 위독한 상태에 빠트리고, 그에게 자신의 죄가 가벼워질 수 있도록 공양을 부탁한다. 그에 대한 집착 때문에 왕생하지 못하고 사령이 된 로쿠조미야스도코로의 말을 듣고 히카루겐지는 인간의 애집愛執이 얼마나 깊고 두려운 것인지를 깨닫게 된다. 하지만 히카루겐지가 왕생하도록 공양을 올려준 뒤에도 로쿠조미야스도코로의 사령은 온나산노미야가 계戒를 받을 때도 나타나 그녀의 딸인 아키코노무 중궁이 추선공양追善供養을 올리게 된다.

로쿠조미야스도코로는 원래 지적이고도 기품이 있으며 매력적인 보통여자였다. 남편인 동궁과 사별하고 하나뿐인 딸을 애지중지 키우며 살다가 당대 최고의 매력적인 남성이던 연하의 히카루겐지를 만나 다시 사랑에 빠진 보통여자였다. 하지만 히카루겐지를 만나면서 신분에 어울리지 않게 정식 부인도 아닌 그의 애인으로 살게 되면서 그녀는 극심한 고통을 받는다. 히카루겐지의 정처인 아오이노우에에 대한 질투를 그녀는 자존심 때문에 억누르고 있었지만 축제 때 겪은 굴욕감은 가슴속에 꼭꼭 눌러둔 감정을 분출시킨 계기가 되었다.

히카루겐지를 중심에 둔 로쿠조미야스도코로와 다른 여성의 삼각관계는 다면적이다. 그녀가 살아 있을 때는 정처인 아오이노우에에, 그녀가 죽은 다음에는 정처격인 무라사키노우에 등과 삼각관계를 이루었다. 히카루겐지에 대한 욕망 때문에 그녀는 스스로를 파멸시키고 남자가 아닌 상대방 여자를 생령과 사령이 되어 죽이거나 그 여자에게 씌어 괴롭혔다. 이렇듯 중심인물이 남성인 〈여성-남성-여성〉의 삼각관계 구도 속에서는 금기를 위반하고자 하는 욕망 때문에 증폭되는 에로티시즘은 실종된다. 그 대신 스스로의 욕망을 드러내 충족시킬 수 없는 여성은 살아 있을 때는 무의식 상태 속에서, 죽어서는 왕생하지 못한 채 떠돌며 사랑하는 남자의 상대방 여자를 괴롭히는 모노노케가 된다. 이미 형성되어 있는 관계 속에 끼어들기를 원했던 여성은 스스로의 욕망을 주체하지 못해 파멸의 길을 걷게 되고, 상대방 여자 또한 죽음이라는 치명적인 결과를 맞게 되는 것이다. 모노노케가 되어버린 로쿠조미야스도코로의 이야기는 인간의 깊은 집념 때문에 고통받는 한 고귀한 여성의 기구한 모습을 보여주면서 다양한 여성관계로 일생을 보낸 히카루겐지의 애욕으로 가득 찬 인생을 수면으로 떠오르게 하였다.

에로티시즘과 젠더

〈남성-여성-남성〉, 〈여성-남성-여성〉이라는 이성애에 기반을 둔 삼각관계의 전개와 결말에서 주목해야 할 점은 삼각관계 속에 드러난 젠더와 에로티시즘의 관계이다. 삼각관계의 중심인물이 여성이냐, 남성이냐, 또는 새롭게 삼각관계에 편입하려는 사람이 남성이냐 여성이냐에 따라 에로티시즘의 발현은 달라지게 된다.

온나산노미야를 중심에 두고 히카루겐지와 가시와기가 삼각관계를 이루었던 구도에서 그 끝은 여자의 출가와 상대 남성보다 사회적 힘에서 약자인 남성의 죽음이었다. 황녀이며 히카루겐지의 정처라는 신분에도 불구하고 온나산노미야는 가시와기의 욕망의 대상으로서 가시와기의 적극적인 구애에 끌려가듯 관계를 맺게 되고, 그의 에로틱한 환상의 대상이 된다. 두 사람의 관계는 신분의 차이라는 사회적인 관계보다는 남녀의 성별 차이에 의해 결정된다. 중심인물인 온나산노미야를 소유하고자 하는 강한 욕망을 지닌 가시와기에게 그녀의 신분은 그리 문제되지 않았고, 높은 신분은 고귀함이라는 이미지를 구축하는 요소일 뿐이었다. 온나산노미야는 그저 그녀의 고양이처럼 그의 에로티시즘을 유발시키는 여성일 뿐이었다.

중심인물이 여성일 때, 그리고 새로 구애하는 쪽이 남성일 경우 에로티시즘이 발현된다는 삼각관계의 문법은 〈여성-남성-여성〉이라는 삼각관계 구도의 끝을 보았을 때 더욱더 명확해진다. 히카루겐지라는 중심인물을 사이에 두고 아오이노우에와 무라사키노우에, 그리고 로쿠조미야스도코로가 다면적인 삼각관계를 이룰 때 치명적인 결말을 맞는 쪽은 여성들 쪽일 뿐 중심인물인 남성은 흔들리지 않는다. 히카루겐지를 소유하고자 욕망하는 주체인 로쿠조미야스도코로는 여성인 탓에 스스로를 파멸시키고 상대방 여자를 생령이나 사령이 되어 괴롭히고 죽음에 이르게 한다. 여기에서 중심인물인 남성은 여성의 시선에 에로틱한 존재로 비치지 않으며, 여성은 오로지 스스로의 내면 속에 그 욕망을 봉인하고 도저히 억누르지 못할 상황에 이르자 모노노케가 되어 욕망의 대상인 남성이 아닌 그 상대방 여자를 공격하게 된다.

이렇듯 이성애에 기반을 둔 삼각관계에서 중심인물이 여성일 경우

에로티시즘이 발현되고, 남성일 경우 에로티시즘은 실종되며 여성들만 치명적인 파멸을 맞이한다는 결말은 삼각관계 구도 속에 구현되는 에로티시즘 또한 젠더의 문제에서 자유롭지 못함을 보여준다. 일본 에도江戸 시대의 대표적 괴기환상 단편소설집인 『우게쓰 이야기雨月物語』에는 「기비쓰의 가마솥吉備津の釜」이라는 이야기가 있다. 기비쓰 신사의 가마솥 점에서 나쁜 점괘가 나왔는데도 쇼타로正太郎라는 남자와 결혼한 이소라磯良라는 여자가 소데袖라는 유녀에게 빠져 자신을 버린 남자와 여자를 원령이 되어 죽여 복수한다는 이야기이다. 이 삼각관계에도 에로티시즘은 실종되어 있다. 본처가 원령이 되어 중심인물인 남성과 상대 여성을 죽인다는 결말은 『겐지 이야기』의 〈여성-남성-여성〉의 삼각관계의 끝보다 더 피비린내가 난다. 이는 이 작품이 중국의 『전등신화』등의 영향을 받았다는 점과도 관련이 있을 것이다. 하지만, 여성이 원령이 되지 않고서는 스스로의 한을 표출하지 못한다는 이야기의 골자는 〈여성-남성-여성〉이라는 삼각관계 구도 속에 내재된 젠더의 문제를 그대로 드러내고 있다고 볼 수 있다.

참고문헌

이미숙(2012) 「일본고전텍스트에 나타난 삼각관계와 에로티시즘, 그리고 젠더-『겐지모노가타리(源氏物語)』를 중심으로-」 『일본연구』 제54호, 한국외국어대학교 일본연구소
최성희(2009) 「에로스, 에로티시즘, 페미니즘」 『영미문학페미니즘』 제17권 1호, 한국영미문학페미니즘학회
조르주 바타이유 저·조한경 옮김(1998) 『에로티즘의 역사』 민음사
조르주 바타유 저·조한경 옮김(1997) 『에로티즘』 민음사
秋山虔他 編(1996) 『源氏物語ハンドブック』 新書館
澁澤龍彦(1984) 『エロティシズム』 中央公論新社

퇴폐미의 추구,
귀족의 코스프레

내 몸은 어디에

최근에 드라마 ≪시크릿 가든≫(2010)에 이어 ≪울랄라부부≫(2012)가 남녀의 영혼이 바뀌는 이야기로 안방극장에서 인기를 얻었다. ≪시크릿 가든≫은 재벌남과 가난한 스턴트우먼의 영혼이 바뀌면서 일어나는 이야기로, 영혼이 바뀌고 나서야 오히려 진정한 자아를 찾게 되는 두 남녀의 성장드라마이다. 한편 ≪울랄라부부≫는 이혼도장을 찍고 나온 순간에 교통사고가 나면서 부부의 영혼이 서로 바뀌는데, 그동안 함께 살면서도 서로를 잘 몰랐던 부부가 이 사건을 통해 상대방에 대해 깊이 이해하게 된다는 이야기이다. 이런 소재는 몸이 뒤바뀌면서 상대방에 대한 이해의 폭이 넓어지고 보다 발전된 관계를 유지할 수 있다는 점에서 상당히 재미있다.

이보다 앞서 1997년에 개봉되어 큰 인기를 끌었던 영화 ≪체인지≫도 사춘기에 접어든 말썽꾸러기 소년과 모범생 소녀가 번개를 맞아 서로 몸이 바뀌면서 벌어지는 재미있는 해프닝을 그린 하이틴 코미디이다. 특히 2차 성징이 일어나서 한창 신체의 변화를 겪게 되는 청소년들에게 있어서 성에 대한 관심, 혹은 이성의 신체에 대한 호기심은 큰 부분일 것이다. 이러한 궁금증을 어느 정도 이해하고 해소하기 위해서 이성과의 신체교환이라는 기발한 소재를 사용한 것이 인기몰이에 한몫했다고 본다.

그런데 ≪체인지≫는 바로 일본의 ≪전학생転校生≫(1982)이라는 영화를 원작으로 하고 있다. 밝고 활달한 남자 중학생 사이토 가즈오 반에 이름도 비슷한 사이토 가즈미라는 여학생이 전학 오게 되는데, 하교 길에 함께 돌계단에서 굴러 떨어진 후에 두 사람의 몸과 마음이 바뀌고 마는 것이다. 자신들이 처한 상황에 대해 당혹해하면서도 각자 상대방이 되어 생활해나가면서 겪게 되는 유쾌한 에피소드가 그려진 영화로서 일본에서 크게 히트하여 촬영지 오미치시尾道市가 유명해지고, 리메이크판 ≪전학생-안녕 당신転校生-さよならあなた≫(2007)도 만들어질 정도였다. 더 재미있는 것은 이 이야기가 1200년경에 만들어진 『바꾸고 싶다とりかへばや』라는 귀족소설을 참조해서 만들어졌다는 사실이다. 이 외에도 드라마 ≪아빠와 딸의 7일간パパとムスメの7日間≫(2007), 애니메이션 ≪고코로 커넥트ココロコネクト≫(2011)등도 남녀의 몸이 뒤바뀌는 이야기로 많은 사랑을 받았다. 이렇게 볼 때 700년 전에 만들어진 이야기가 하나의 문화콘텐츠가 되어 현대에도 재생산되고 있다는 점은 아주 흥미롭다.

『바꾸고 싶다』는 후기 귀족소설에 속하는데, 이는 신흥 무사의 등장으로 정치권력의 핵심에서 물러나 몰락하게 된 귀족들이 제작하고 향유한 소설을 말한다. 이 시기의 소설은 오랫동안 '변태', '이상', '성도착', '퇴폐적', '세기말적'이라는 수식어가 수반되면서 낮은 평가를 받았지만, 최근에는 새로운 취향의 소설을 만들고자 했던 그 당시 작가들의 노력에 주목하자는 관점에서 연구가 진행되고 있다. 소설들은 주로 귀족사회의 몰락으로 인한 관능적인 자극, 탐미적 경향, 비도덕성을 특징으로 하고 있는데, 이에 대한 다방면의 재평가가 이루어지고 있다.

남녀의 몸이 뒤바뀌는 이야기뿐만 아니라 여장女裝과 남장男裝이라는 소재도 시대를 불문하고 꾸준히 재생산되는 이야기 중의 하나인데 후기 귀족소설에서는 남성과 여성이라는 성과 젠더에 대해서도 생각해볼 수 있는 소재들이 많다. 따라서 본 글에서는 몰락하는 귀족들이 쓴 후기 귀족소설인 『바람에 단풍風に紅葉』, 『달빛속의 이별有明けの別れ』, 『바꾸고 싶다とりかへばや』라는 세 작품에 보이는 귀족들의 여장과 남장으로 인한 성애, 남성동성애, 성 정체성 등과 관련된 성애표현과 그 내용을 중심으로 그 시대의 성문화를 살펴보고 그 의미를 생각해보고자 한다.

여장 이야기

"여자는 남자의 의복을 입지 말 것이요. 남자는 여자의 의복을 입지 말 것이라. 이같이 하는 자는 네 하나님 여호와께 가증한 자이니라."
(신명기 22장 5절)

위 구절은 기원전에 쓰인 구약 성경의 내용이다. 이는 남자와 여자는 엄연히 다르며 둘은 의복으로 구별되어야 한다는 말이다. 즉 남자 같은 여자 또는 여자 같은 남자는 용납되지 않는다는 계율이 기원전부터 존재했음을 알 수 있다. 하지만 여장은 어느 시대 어느 문화에서나 존재했다. 그리스 신화에서 영웅 아킬레우스가 트로이전쟁에 참여하면 반드시 전사한다는 예언을 들은 아버지는 그에게 여장을 시켜 왕궁에서 공주들과 같이 지내게 하여 몸을 숨기도록 했다. 아킬레우스를 찾아나선 오이디푸스는 이 소문을 듣고 장신구 속에 무기를 넣어서 공주들에게 들고 갔는데, 모두 아름다운 장신구에 정신이 팔린 사이에 아킬레우스만은 혼자 무기에 관심을 드러내다가 결국 여장이 들통 나고 만다. 이렇듯 신분을 숨기기 위한 일시적인 변장은 흔히 있을 수 있지만, 남자가 여장할 경우에는 아킬레우스처럼 용모가 어느 정도 뒷받침이 되어야만 성공할 수 있을 것이다.

일본에서 최초의 여장은 역사서인 『고사기古事記』(712)에 기록되어 있다. 즉 천황의 아들인 야마토 타케루倭建가 소녀처럼 머리를 묶고 고

▌ 여장한 야마토 다케루
(月岡芳年 그림)

모에게 받은 여자 옷으로 여장을 하고 연회장에 나타나 구마소 타케루熊曾建 형제를 방심하게 만든 후 검으로 찔러 암살한 사건이다. 이러한 영향 때문인지 일본에서는 귀인이 여장을 하는 일이 종종 있었다. 예를 들어『헤이케 이야기平家物語』(1300년경)에는 1180년에 모치히토 왕以仁王이 모반을 일으켰다가 발각이 되자 여장을 하고 집을 빠져나와 탈출에 성공했는데, 가는 도중에 도랑을 훌쩍 뛰어넘는 모습을 보고 주위에서 조심성 없는 여자라고 수상히 여겼다고 한다. 이 이후로 군담류軍談類에서는 여장하고 도망간 이야기가 자주 등장하게 되었다. 그리고『기케이키義経記』(1400년경)에는 금金장수인 기치지吉次 집에 도둑이 들었을 때, 요시쓰네가 여장을 하고 병풍 뒤에 숨어있었더니 유녀인줄 알고 도둑이 방심하는 사이에 도둑을 물리쳤다는 이야기가 있다. 이와 같이 남자가 여장을 하는 경우에는 상대방에게 안도감을 주어 방심하게 만든 후에 자신의 목적을 달성하는 예가 많다.

서양 영화에서도 여장남자가 자주 등장한다. 아내와 별거한 아버지가 아이들을 보기 위해서 가정부로 변장해서 집으로 들어오는 ≪미세스 다웃파이어≫(1993)는 필요에 의한 외형상의 깜짝 변장이다. 반면에 ≪프리실라≫(1994), ≪나의 장밋빛 인생≫(1998), ≪헤드윅≫(2000) 등에서는 성 정체성을 고민하는 남자들의 여장이 그려진다. 흔히 성 정체성 혼란으로 인한 여장은 남성동성애 코드와 연결이 되어 비극적 결말을 맞이하는 경우가 많다. 이들 영화에서도 게이가 등장하고 동성애가 그려지기는 하지만 다행히 모두 더 이상 자신의 성정체성을 숨기지 않고 세상을 향해 나아가는 것으로 마무리가 되고 있다. 비극적 결말이 돋보이는 영화로는, 여자보다 더 아름답게 여장한 모습으로 남자

동료를 사랑하는 데이가 등장하는 ≪패왕별희≫(1993), 흰 피부가 여자처럼 예쁜 공길이 나오는 ≪왕의 남자≫(2005)등이 있다. 데이는 경극속의 파트너 샬로를 사랑하나 샬로는 창녀 주샨과 결혼해버리고, 공길은 장생과 연산군의 우정과 사랑과 연민에 괴로워하는 등, 이 두 영화에서는 여장한 남자가 삼각관계 속에서 고민하다가 결국은 죽음에 이르고야 만다.

『바람에 단풍』

후기 귀족소설 중에도 여장이라는 소재에다가 남성 동성애까지 가미된 특이한 작품이 있는데, 바로 『바람에 단풍風に紅葉』(14세기초)이다. 귀족소설에서는 남성 주인공의 매력을 '여성성', 즉 여성과 같은 아름다운 모습에서 찾을 수가 있다. 또한 남성의 여성성이 여성 자체가 지닌 여성성보다 더 아름답다고 생각하기도 한다. 여기에서 예쁜 남자를 좋아하는 취향이 생기기도 하는 것이다. 『바람에 단풍』에도 이러한 미소년이 등장한다.

관백関白의 아들 귀공자 주조中将는 황녀와 결혼하고, 그의 누나는 동궁東宮과 결혼했다. 동궁의 둘째아이를 임신한 누나의 몸이 많이 안 좋아져서 신불에게도 빌어 봤지만 별 효험이 없었다. 이에 주조는 중국에서 온 고승을 모시러 스미요시住吉까지 찾아갔다가 거기서 이복형님의 자식, 즉 조카와 우연히 만나게 된다. 용모가 보통이 아니고 머리끝이 부채를 펼친 것처럼 아름답고 주조의 모습과 무척이나 닮은 이 소년은 11~12살 정도 되었는데, 부모님이 모두 돌아가셔서 어쩔 수 없이 시골에서 할머니 손에 자랐지만 귀한 집안의 적자嫡子여서 여장을 하고 있었다.

소년은 남자임에도 불구하고 머리를 아름답게 길러 여장을 하고 있었다. 서양의 원시종교에서는 여성의 생명력을 중요시 여겨 널리 여장을 하였고, 한국에서도 허약한 남자아이에게 여장을 시키면 귀신을 몰아내고 무사 무탈하게 성장할 수 있다고 믿었다. 일본에서도 병약한 아이를 살리기 위해서나 집안의 장손을 후계자로 잘 키우기 위해 마을 축제나 신사의 제례의식에서 어린 소년에게 여장을 시키는 풍습이 존재했다고 한다. 특히 헤이안平安 시대(794~1192)에는 여인을 금하는 사원에서 승려가 지고稚児라고 불리는 소년을 여장시켜서 여성처럼 대하는 일이 일상적으로 일어나 이후에 남색男色으로 발전하기도 했다.

이야기로 돌아가서, 지금까지 특별히 지고를 마다한 적이 없는 주조는 이 소년이 목소리도 곱고 너무나 마음에 들어서 그날 밤에 같이 잠자리를 한다. 주조가 더듬은 소년의 몸은 손질한 듯이 촉감이 좋아서 여자보다 더 훌륭했다. 소년에게 푹 빠져버린 주조는 귀경한 후에도 항상 그를 데리고 다니며 자랑하였고, 밤에도 부인과 소년을 양옆에 눕혀놓고 그 사이에서 잤다. 주조는 언제 어디서나 소년을 생각할 정도로 몹시 사랑했고 고운 옷을 입히고 예쁘게 꾸며줬다.

새해가 되자 주조는 소년을 관백가의 차남으로 삼아 성인식을 치러주고 태정대신太政大臣의 딸과 결혼도 시켰다. 하지만 그 후로도 주조와 소년은 항상 함께 지냈다. 그 사이 스미요시에서 올라온 고승이 주조에게 곧 재앙이 닥칠 터이니 그 화를 누르기 위해서 독경이나 염불과 같은 근행勤行에 전념하라고 일렀다. 주조는 자신이 근행에 정진하는 동안 독수공방하고 있을 부인이 불쌍해서 소년에게 어릴 적처럼 부인 침소에 들어가서 함께 잘 것을 제안했다. 처음에는 말도 안되는 소리라며 펄쩍 뛰던 소년도 주조의 설득으로 부인의 침소로 들어가게 되는데, 어찌 성인 남녀가 하룻밤을 함께 지내면서 아무 일 없었을 리가 있겠는가!

다음날 아침 부인은 도무지 남편의 마음을 이해할 수가 없어서 슬픔에 잠겨 있는데, 남편이 다가와서 "그 아이나 나나 어느 쪽과 관계를 갖든 상관없소. 그 아이는 나의 분신이오. 자연스럽게 대하구려"라고 위로하는 것이었다. 부인은 어이가 없어 아무 대답도 하지 않았다. 이후에도 주조는 두 사람의 밀통을 방해하기는커녕 오히려 몇 번이나 둘을 만나게 했다. 그 결과 부인은 소년의 아들까지 낳게 되지만 산후 경과가 좋지 않아 남편을 저주하면서 죽어갔다. 고승이 예언한 재앙이란 바로 부인의 불행한 죽음을 가리켰던 것이다. 사랑하는 부인을 잃은 주조는 비탄에 빠져 출가염원을 하면서 자신의 집안 상속권과 다이쇼大將 관직을 모두 소년에게 물려주고 집에 틀어박히게 된다.

어느 날 바깥에서는 고세치五節 궁중행사 때문에 떠들썩한 가운데 주조는 여전히 집에서 근행을 하면서 홀로 생각에 잠겨있었다. 새벽녘에 연회를 마치고 귀가한 소년이 주조 옆으로 다가와서 눕자, 주조는 "집에 틀어박혀 홀로 외로이 잠드는 나에게 너만은 꼭 찾아와줬으면 해"라는 노래를 한 수 읊는다. 비록 부인은 주조 곁을 떠났지만, 소년은 주조의 영원한 애인이었던 것이다.

『바람에 단풍』은 주인공 주조와 여장 미소년을 양축으로 하여 도착적이고 탐미적인 분위기의 연애관계를 그린 독특한 작품이다. 다른 작품들에 그려진 동성애가 그저 두 남자의 애틋한 관계 묘사에 그친 경우가 많은데, 『바람에 단풍』에서는 주조가 소년을 자신의 분신으로 인식하면서 자신의 모든 것을 소년에게 다 넘겨준다는 점이 흥미롭다. 또한 여장을 한 소년이 주조의 부인보다 더 아름답게 묘사되어 있고, 주조의 총애와 보호아래 승승장구하고 있다는 점도 특징 중의 하나라고 할 수 있다.

성정체성에 고민하는 여장남자를 다룬 위의 영화들과는 달리 『바람에 단풍』의 미소년은 권세가의 종손이라는 이유로 액막이를 위해 여장을 하고 있던 중에 남색을 즐기는 주조의 눈에 띄어 총애를 받게 되는데, 당시에 유행하던 남색 풍습 때문인지 동성애로 인한 고민은 찾아볼 수 없고 오히려 주조에게 충성을 다하고 있음을 알 수 있다. 주조와 부인, 소년이라는 삼각관계에서 봤을 때, 부인은 죽고 주조는 그로 인해 비탄에 빠지지만, 여장남자 동성애자 소년은 주조가 가졌던 모든 것을 고스란히 다 수중에 넣게 된다. 한편으로 생각해보면, 관백가의 종손으로 태어났지만 시골에서 이름도 없이 파묻혀 지낼 뻔했던 미소년은 스미요시에서 처음 주조를 만나 잠자리를 가졌을 때부터 이러한 자신의 미래의 영화에 대해 꿈꿔왔을지도 모를 일이다. 『바람에 단풍』의 주인공은 당연히 주조이지만 소년에게 초점을 맞춰본다던 여장과 동성애를 거친 그의 출세담으로 읽어나갈 수도 있다.

남장 이야기

프랑스를 백년전쟁에서 승리로 이끈 잔다르크(1412-1431)는 19세라는 젊은 나이에 이단 심문에서 마녀로 몰려 화형으로 생을 마감했는데, 그녀가 마녀로 몰린 이유 중의 하나가 남장 때문이었다고 한다. 잔다르크는 늘 군인들과 생활하면서 전쟁에 참전했기 때문에 남자 옷을 입는 쪽이 편했을 텐데, 그러한 남장차림은 기존관습에 대한 도전이자 교회의 가르침에 위배되는 것이었다. 이와 같이 여자가 남장을 하는 데에는 많은 제약이 따랐지만 그럼에도 불구하고 필요에 의해 남장을 하는 예가 많이 있었다.

일본의 최초의 남장은 『일본서기日本書紀』(720)에 보인다. 스사노오가 황천으로 가기 전에 누나 아마테라스에게 인사를 하러 천상계로 찾아간다. 아마테라스는 말썽꾸러기 남동생이 이번에는 천상계를 차지하려고 온 줄 알고 머리를 풀어 남자머리 모양으로 다시 묶고 활을 차고 기다리고 있었다. 그리고는 대지를 걷어차며 울부짖으며 스사노오와 대결했다고 한다. 이와 같이 예로부터 여자의 남장은 자기방어나 위력과시를 위한 남장이 많았다.

가슴 훈훈한 남장의 예로는 헤이안 말기의 무장武將의 부인들을 들 수 있다. 미나모토 요시쓰네源義経(1159-1189)의 부하인 사토 쓰구노부佐藤継信와 다다노부忠信 형제에게는 각각 가에데楓와 하쓰네初音라는 부인이 있었다. 부인들은 두 아들을 잃어서 한탄하는 어머니 오토와乙和를 위로하고자 남편 대신에 갑옷과 투구를 입고 무장차림으로 어머니 앞에 당당히 무릎 꿇고 개선했음을 보고했다. 이 이야기는 ≪야시마八嶋≫라는 제목으로 고와카마이幸若舞와 조루리浄瑠璃로도 공연되었을 정도로 효부孝婦 이야기로 유명하다.

여성이 남성 정장을 입고 춤을 춘 시라뵤시白拍子도 중세시대에 많은

▍ 시라뵤시
(葛飾北斎 그림)

인기를 끌었는데, 이는 무대예술에서 출발한 남장이라 할 수 있다. 관
모立烏帽子를 쓰고 머리를 길게 늘어뜨리고 흰색 상의에 빨간색 하의 정
장을 입고 칼을 차고 부채를 들었다. 이는 단순한 남장이 아니라 지고
의 요소도 깃든 늠름하면서도 아름다운 모습이었다고 한다. 당시 사람
들은 남녀의 양쪽 측면을 가진 중성적인 모습에 성적매력을 느꼈을지
도 모르겠다. '남장 여인麗人'이라는 말이 있듯이 남장이 오히려 여성으
로서의 매력을 한층 더 돋보이게 하는 것이다.

한편 애니메이션 ≪뮬란≫(1998)과 영화 ≪뮬란-전사의 귀환≫(2009)
의 주인공으로 그려진 효녀 목란木蘭은 중국 남북조 시대의 장편서사시
〈목란시〉에 나오는 인물이다. 국가 비상사태에 군사 동원령이 내려진
가운데 연로한 아버지를 대신하여 목란이 남장을 하고 전쟁에 참가하
게 된다. 12년 간 전장을 누비다가 무사히 살아 돌아와서 남장을 풀고
여자로 돌아왔는데 그사이 아무도 그녀가 여자인줄 몰랐다고 한다. 이

는 여자가 남자보다 못하다는 당시의 봉건적인 전통 관념을 타파했다는 점에서도 큰 의미가 있는 이야기이다. 이와 같이 어쩔 수 없이 남장을 해야만 하는 경우가 종종 발생하곤 하는데, 바로 대표적인 경우가 아들이 없는 가문에서 대를 잇기 위해서 딸이 남장을 하는 것이다. 우리나라에서는 2008년에 드라마 ≪바람의 화원≫과 영화 ≪미인도≫를 통해 4대째 이어온 화원 가문의 대를 이어야 할 오빠 대신 그림을 그려주다 오빠가 자살하자 그림을 그리기 위해 남장을 한 신윤복의 이야기가 방송계와 영화계를 뜨겁게 달궜다.

　일본에서는 만화 ≪리본의 기사リボンの騎士≫(1953), ≪베르사유의 장미ベルサイユのばら≫(1972)가 남장을 소재로 한 작품으로 유명하다. ≪리본의 기사≫는 일본 만화계의 거장 데쓰카 오사무手塚治虫(1928~1989)의 소녀만화 대표작이다. 작가가 우연히 다카라즈카 가극단의 공연을 보다가 남자역을 열연하는 배우를 보고 아이디어가 떠올랐다고 한다. 남자만 왕위를 계승할 수 있는 실버랜드에서 태어난 사파이어 공주가 왕자로 키워지는 이야기로, 무도회에서 신분을 감추기 위해 가발을 쓰고 여자가 되기도 하는데, 여장을 하고 있을 때 이웃 나라 왕자 프란츠와 사랑에 빠지게 된다. 여자임에도 조국을 위해 어쩔 수 없이 강한 왕자 역을 맡고 있다가 한 남자를 사랑하게 되면서 자신의 정체성에 대해 끊임없이 고민하게 되는데, 우여곡절 끝에 결국은 결혼도 하고 나라도 지키게 된다. ≪베르사유의 장미≫는 프랑스혁명을 무대로 남장 여인 오스칼과 프랑스왕비 마리 앙투아네트의 인생을 그린 작품이다. 주인공 오스칼은 아들이 없는 장군집의 6녀로 태어나 우렁찬 울음소리 덕분에 대를 이을 아들로 키워진다. 금발 곱슬머리에 짙푸른 눈동

자를 지닌 씩씩하면서도 아름다운 오스칼은 여러 귀부인들의 연모의
대상이 되었으며, 또 요즘 만화나 애니메이션에서 등장하는 남성처럼
늠름하면서도 아름다운 여성의 선구가 되었다. 이런 오스칼도 이성에
대한 사랑을 느낀 후로는 여성으로서의 본래 모습과 남장 군인으로서
의 현실 사이에서 끊임없이 고뇌한다. 결국 소꿉친구 앙드레와 진정한
사랑을 나누고 결혼을 약속하지만 바스티유감옥 습격사건 진압 중에
총살당하고 만다.

　이와 같이 사파이어와 오스칼은 둘 다 가문 승계라는 이유로 남장을
하지만 이성을 만나 사랑에 빠지면서 본래의 성과의 괴리에 고민하는
모습을 살펴볼 수 있다. 즉 남성 중심의 사회에서 태어난 여성은 가문
의 체면과 자신의 재능과 꿈, 혹은 어떤 목적을 달성하기 위해서 생물
학적인 성과 사회적인 성, 즉 젠더 사이에서 끊임없이 고민하게 되는
것이다.

『달빛 속의 이별』

　귀족소설 중에 남장 아가씨가 등장하는 『달빛 속의 이별有明の別れ』
(1150년경)이라는 작품이 있다. 앞의 사파이어와 오스칼처럼 아들이 대
를 이어야 하는 사회에서 아들의 공백을 딸이 대신 메우게 되면서 복장,
태도, 생각, 성격까지도 남성화하여 남자로 살아가는 아가씨의 이야기
이다.

　당대 권세가의 아들로서 뛰어난 재능과 수려한 풍모를 지닌 귀공자
우다이쇼右大将는 실은 아들이 없는 집안의 가문을 잇기 위해 신탁에

따라 남장을 하고 있는 아가씨였다. 재주가 많은 우다이쇼는 은신술隱身術을 부릴 수가 있어서 자신의 부인이 될 만한 괜찮은 아가씨를 찾기 위해 밤마다 귀족들의 집이나 침소에 숨어들어 여러 장면들을 엿보곤 했다. 그러던 어느 날 숙부 사다이쇼左大将가 의붓자식인 다이노우에対の上를 강제로 범하는 현장을 목격하게 된다. 이 불륜관계가 어머니께도 알려져서 다이노우에가 궁지에 몰리게 되자, 이를 가엾게 여긴 우다이쇼는 의붓아버지의 자식을 임신한 그녀를 설득해서 자신의 집으로 데리고 와 부인으로 삼는다. 그녀의 아들 출산으로 권세가 집안에는 대를 이을 손자가 태어났으므로 온 집안의 경사거리였다. 비록 피는 섞여있지 않은 손자지만 가문과 모양새를 중시한 당시의 시대상을 알 수 있는 대목이다.

그런데 얼마 가지 않아 이번에는 부인이 또 사다이쇼의 바람둥이 아들, 즉 의붓오빠로부터 몹쓸 짓을 당하게 된다. 그래서 또 임신을 하고 딸을 출산한다. 그런 어처구니없는 상황 속에서도 부인을 책망할 수 없는 우다이쇼는 평생 남편구실을 제대로 하지 못하는 자신의 처지에 양심의 가책을 느끼며 출가를 염원하게 된다. 하지만 천황의 신임도 두텁고 박사들도 놀랄만한 재능을 발휘하는 우다이쇼를 부모가 출가하도록 내버려둘 리가 없기 때문에 선뜻 실행에 옮기지는 못하고, 이렇게 된 이상 가문에 자손이 태어난 현실을 긍정적으로 생각하기로 마음을 다잡는다.

그러다가 보름달 연회月の宴가 열린 다음날, 우다이쇼는 천황의 부름을 받고 궁중에 들어가서 이야기도 나누고 거문고도 연주하면서 하루 종일 같이 지냈다. 밤이 깊을 무렵 천황은 우다이쇼의 품위 있고 멋지

고 요염한 얼굴을 차근차근 바라보다가 도저히 참을 수가 없어서 그의 손을 잡아 자신의 몸에 갖다 댔다. 진땀을 흘리며 당황하는 우다이쇼의 상기된 모습과 옷에서 풍기는 은은한 향 때문에 천황은 이상야릇한 기분이 들면서 정신이 혼미해졌다. "자꾸만 나를 멀리하려 하지 마오"라고 하면서 천황이 바짝 다가와서 옆에 눕자 우다이쇼는 "이러시면 아니 되옵니다. 저를 여자로 생각하시면 아니 되시지요"라며 단호하게 거절하고 일어나려고 했다. 그러자 남성 동성애로 접근한 천황은 더욱더 흥분하여 앞뒤 생각도 없이 그의 팔을 잡고 옷끈을 잡아당겼다. 우다이쇼가 당황하여 어찌할 바 몰라 하며 눈물을 흘리는 모습조차 천황에게는 너무나 가련하고 애처로워 보였는데, 바로 그 순간 눈앞에 펼쳐진 아름다운 여자의 육체에 천황은 할 말을 잃어버렸다. "난 왜 이리도 무뎠을까? 지금까지 감쪽같이 속았구나"라며 아쉬워하면서 무리하게 정을 통한다. 천황이 다른 여자들과는 달리 너무나 사랑스럽고 매력적인 우다이쇼의 모습을 밝은 달빛아래에서 좀 더 또렷하게 보고 싶어서 쳐져있던 발을 살짝 걷어 올렸더니 그녀는 몸을 움츠리며 엎드려버린다. 보통 음력 16일 이후의 달은 보름달보다 약간 늦게 떠서 새벽녘까지 오래 머무는데, 그러한 푸르스름한 달빛에 비친 남장한 여자의 몸이 에로틱한 분위기를 연출한다.

천황에게 정체가 탄로 난 후, 아버지는 지인들에게 우다이쇼가 죽었다고 교묘하게 속이고 그동안 모습을 드러내놓지 않았던 딸을 세상에 공개하면서 천황 곁으로 입궐시킨다. 오랫동안 우다이쇼를 연기했던 딸이 원래의 모습으로 돌아온 후에는 천황의 총애를 한 몸에 받아 중궁이 되어 황자 2명을 출산한다. 그런 와중에서 가장 불쌍하게 된 사람은 우다이쇼의 부인이다. 왜냐하면 남편이 죽었다는 이야기를 듣고 젊은 나이에 출가해버렸기 때문이다.

『달빛 속의 이별』은 관능적인 자극과 퇴폐적인 취미를 풍기는 특이한 내용으로서 남녀의 사랑과 숙명에 괴로워하는 인간심리를 잘 그려낸 수작이다. 주인공 남장여자 우다이쇼는 행동면에서는 남성성을, 심리면에서는 여성성을 동시에 가진 인물이다. 왜냐하면 몇몇 여자들에게 접근하여 구애를 하고 사랑을 속삭이는 장면에서는 완전한 남성의 모습인데, 그녀들을 대하는 감정적인 부분에서는 남자들 때문에 마음고생하는 여자들에게 연민을 느껴 위로해주고 싶어 하는 등 여성적인 부드러움이 엿보인다.

그런 우다이쇼에게 가장 괴로운 일은 결혼생활과 남장 발각사건이었다. 결혼을 하여 부인을 얻었으나 정상적인 부부관계를 가지지 못한다는 사실 때문에 부인에게도 미안하고 자기 자신 또한 언제까지 이런 생활을 유지해야 하는지 성 정체성에 대해서도 깊이 고민한다. 그리고 천황에게 남장이 들통 나는 순간, 그녀가 지금까지 쌓아온 것들이 모두 무너졌다. 그 당시에는 천황의 총애를 받아 부귀영화를 누리는 것은 여자가 경험할 수 있는 최상의 행복이라 여겨졌지만, 우다이쇼에게는 그렇지 않았다. 그녀는 정체발각 후 남장을 계속할 이유가 없어져서 여성의 모습으로 돌아가지만, 이전에 경험했던 남성사회를 잊지 못하고 내내 남장시절을 그리워한다. 권세가의 아들로서 멋지고 다재다능하여 누구나 부러워하는 생활을 하다가, 갑자기 모습을 바꾸어 출산을 하고 궁중 안에 틀어박혀 지내다보니 자유로웠던 남장시절이 자꾸만 생각나는 것이다.

앞의 영화 ≪뮬란≫이나 사파이어, 오스칼은 진정으로 사랑하는 이성을 만난 후에 지금까지와는 다른 자신의 여성성을 발견하며 여성화되는 경향이 보였지만,『달빛 속의 이별』의 우다이쇼는 천황의 여자로서의 현재의 부귀영화에 만족하지 못하고 과거의 낟장시절에 집착한다. 그 이유는 당시의 남성우위의 사회 속에서 여성으로서의 삶에 많은 제약이 있다는 것을 직접 체험했기 때문이다. 그리고 현대적인 관점에서 보자면, 자신에게 찾아오는 남자만을 전적으로 의지해서 살아야하는 그 당시 여자들의 수동적인 삶에 만족하지 못해서 그런 것이 아닐까 생각해본다. 즉 그녀에게 있어서 천황은 자신을 사랑해주는 사람이지 자신이 진정으로 사랑한 사람이 아니라는 것이다. 여성의 지위가 많이 향상된 현대에 만들어진 영화 ≪뮬란≫과 사파이어, 오스칼의 경우, 자신이 진정으로 사랑하는 남자를 만났기 때문에 과거 남장시절에 대한 집착은 그다지 보이지 않는다.

남장 × 여장 이야기 –『바꾸고 싶다』

기본적으로 남장, 여장은 자기를 다른 사람으로 바꿈으로서 자신이 속한 공간을 일탈하고 다른 공간을 침범하면서 이성을 체험하는 행위라고 할 수 있다. 이번에는 두 남매가 서로 성역할을 바꾸는 이야기, 즉 여장과 남장이 동시에 등장하는 『바꾸고 싶다とりかへばや』(1200년경)라는 이야기를 살펴보겠다.

당대 권세가에게 이복남매가 있었는데 아들은 낯가림이 심했고 딸은 사교적이어서 아버지는 두 남매의 성질을 '바꾸고 싶다'고 한탄했다. 하

『바꾸고 싶다』
(교토대학도서관 소장)

지만 이것도 남매의 숙명이라 생각하고 성별이 뒤바뀐 채로 성인식을 올린 후, 남장 딸은 권세가의 딸과 결혼하고 부끄럼 많은 여장 아들은 궁중에서 여자 동궁春宮을 모시게 된다.

먼저 남장 딸 곤추나곤權中納言의 육체관계 없는 부부생활에 파란을 일으킬 바람둥이 미야노사이쇼宮の宰相가 곤추나곤의 친구로 등장하는데, 그는 곤추나곤을 더없이 멋지고 매력적이라고 생각하여 그를 볼 때마다 '이런 여자가 있었으면…', '여자로 만나고 싶다!'며 괴로워했고, 덩달아 그와 아주 닮았다는 여동생 나이시노카미尚侍에게도 연정을 품고 있었다. 그런 그가 곤추나곤의 집에 들렀다가 거문고를 연주하는 곤추나곤의 부인의 요염한 모습을 엿보고 흥분하여 제정신을 잃은 채 정을 통하고 만다. 처음 남녀관계를 가진 부인은 놀라서 울었고, 사이쇼는 부인이 첫 경험이라는 것에 놀라면서 곤추나곤에 대해 기묘한 남자라고 생각한다.

남녀관계를 경험한 곤추나곤의 부인은 사이쇼가 자신의 진정한 인연이라 생각하게 되고 결국 밀통을 통해 두 번이나 출산을 한다. 곤추나곤은 부인의 임신소식을 듣고 정상적인 부부관계를 갖지 못하는 자신을 자책하며 거짓 부부를 연극해야하는 부담감에 고민하면서 출가염원을 하기에 이른다. 그런 와중에 사이쇼는 또 평소에 연모하던 나이시노카미 방으로 살며시 숨어든다. 나이시노카미는 놀랐지만 지혜롭게 잘 달래고 어르면서 가까스로 위기를 모면했다. 하마터면 남성끼리 만나서 나이시노카미의 여장이 탄로 날 뻔한 사건이었다.

이어서 아주 더운 어느 날, 아버지 집에서 편안한 차림으로 쉬고 있는 곤추나곤을 찾아온 사이쇼는 더위 때문에 홍조를 띤 곤추나곤의 얼굴과 얇은 옷에 비친 아름다운 몸매를 보고 "아 멋져, 이런 여성이 있다면 난 얼마나 마음이 흔들릴까?"라는 생각을 하며 타라보다가 머리가 혼란스러워져서 옆에 누워서 이런저런 얘기를 하는 중에 참을 수가 없어서 덮쳐버렸다. 이렇게 사이쇼에게 곤추나곤의 남장은 발각되고 만다. 사이쇼는 그 후로 틈만 나면 다가와서 사랑을 표현했는데, 그때마다 곤추나곤은 쌀쌀맞게 대하면서도 비밀이 탄로날까봐 가끔 만나주다가 결국 임신을 하게 된다.

이때에 이르러 나이시노카미가 활약하게 된다. 출산을 위해 종적을 감춘 곤추나곤을 걱정한 나머지 아버지가 앓아눕자 곤추나곤을 찾기 위해 본래의 모습, 즉 남자로 돌아가기로 결심한다. 외형적으로 긴 머리를 자르고 상투를 틀고 수염을 기르고 남자 옷을 입었고, 마찬가지로 출산을 위해 우지宇治로 떠난 곤추나곤은 눈썹을 뽑고 이를 검게 물들이고 머리가 빨리 자라는 비약을 먹고는 아주 아름다운 여자의 모습으로 돌아왔다. 여자모습으로 돌아온 여동생은 출산 후, 바람기 많은 사이쇼와 평생을 함께 할 용기가 나지 않아 갓난 아들을 남겨두고 집을 나와

버린다. 오빠는 여동생도 찾아내고 늠름한 모습의 곤추나곤이 되어 귀경한다.

이제 오빠는 곤추나곤으로, 여동생은 나이시노카미로 각자 원래 자리로 돌아온 것이다. 이에 사이쇼는 출산 후 행방을 감춰버린 곤추나곤을 몇 번이나 만나보려 했지만 그는 피하기 일쑤였고, 어느 날 자세히 바라보니 전과 달리 덩치가 있고 수염도 남자같이 나 있었기에 어떻게 된 일인지 어안이 벙벙할 따름이었다. 곤추나곤은 이제 부인과 정상적인 부부관계를 가지게 되고, 여러 여성들과 두루두루 관계를 가지며 출세하고 영화를 누린다. 나이시노카미 또한 여자 동궁 곁에 있다가 천황의 눈에 띄어 총애를 받게 되어 결국은 중궁이 되어 3남1녀를 낳아 여자로서 최고의 영화를 누리는 등 남매가 모두 행복해지고 영화를 누리는 것으로 이야기의 막이 내려진다.

남자로서 또는 여자로서 서로 경험할 수 없는 다른 세상을 체험한 두 남매는 이 일로 인해 서로의 삶, 혹은 남녀의 삶에 대해 이해하게 되었을 것이다. 하지만 남자들의 바람기에 실망하여 가출까지 감행한 여동생의 비탄에도 불구하고, 남자로 돌아온 오빠 곤추나곤이 여느 남자들처럼 여러 여자들을 만나러 다니게 되는 부분은 쉽게 바뀌지 않는 남자의 속성을 꼬집은 것이라고 본다. 여동생은 가끔 남장시절을 그리워하지만 그래도 앞의 『달빛 속의 이별』의 딸보다는 만족하고 지낸다. 과거에 『바꾸고 싶다』는 음탕하다는 평가를 받은 적도 있었지만, 사실은 남녀의 성의 경계를 넘나드는 흥미로운 소재를 통해 남녀의 성역할, 성 정체성, 자아, 에로스 등을 생각해 볼 수 있는 재미있는 작품이다.

즐거운 코스프레

특별히 남녀 구별이 확연해지는 사춘기 전후의 낙녀의 성은 어느 시대에나 흥미로운 소재이다. 앞서 살펴본 것처럼 일본 귀족소설에서는 남성과 여성의 성에 대한 호기심, 더 나아가서는 젠더에 대한 표상을 이성의 복장을 입고 이성의 생활을 체험하는 주인공들을 통해 표현하고 있다. 본 글에서 다룬 귀족소설의 여장과 남장은 비록 타의에 의한 것이지만, 각 주인공들이 자신의 생물학적인 성과 사회적인 성을 어떻게 받아들이고, 또 어떻게 살아가야할지를 깨닫게 해주는 도구로서 사용된 것이라고 생각한다. 마치 어린아이가 성인이 되기 위하여 통과의례를 치르는 것처럼 한 인간이 남성과 여성의 젠더를 모두 경험하면서 보다 성숙한 인간으로 성장하는 과정을 그린 소설이 바로 ≪바람에 단풍≫, ≪달빛 속의 이별≫, ≪바꾸고 싶다≫인 것이다.

고전 소설의 흥미로운 소재였던 여장과 남장은 현대에 이르기까지 꾸준히 이어져 내려오고 있다. 전통예능인 가부키歌舞伎는 남자끼리만 연기하기 때문에 온나가타女形라고 불리는 여자역 전문 남자배우가 있고, 단원이 전원 여성인 다카라즈카 가극단宝塚歌劇団에서는 남자역을 맡은 여자배우가 따로 있다. 비교적 성에 대해서 관대한 일본에서는 남장, 여장에 대해서도 그다지 위화감이 없는 것 같다. 벌써 20년이 된 장수 아이돌 그룹 스맵SMAP의 멤버인 가토리 신고香取慎吾(1977-)가 신고마마慎吾ママ라는 아줌마캐릭터로 여장을 하고 2000년에 솔로 앨범을 발표했는데 크게 히트하여 온 국민의 사랑을 받았다. 180센티미터의 건장한 몸집에 치마와 앞치마를 착용하고 나와 춤추며 노래하는 모습은 우리가 보기에는 상당히 충격적이다. 유교적 사고방식이 지배하는 우리나

라에서는 장기자랑에서 잠깐 망가질 경우를 제외하고는 남자가 여장을 하고 공식적으로 음반을 발표하는 일은 남자 망신시키는 일이라고 생각할 것이다.

만화나 애니메이션, 게임의 캐릭터 복장을 입는 코스프레도 상당히 일반화되어 있다. 특히 이종격투기 K1 선수인 나가시마 지엔오쓰 유이치로長島☆自演乙☆雄一郎는 매 시합 때마다 링으로 입장할 때 코스프레를 하고 입장해서 관객들의 이목을 집중시킨다. 그는 2010년에 사상 첫 전 시합 KO승으로 우승을 할 정도로 실력 면에서도 뛰어난 선수인데, 그의 꿈은 코스프레 응원단석을 만드는 것이라고 한다. 한 나라의 문화는 하루아침에 이루어지지 않는다. 오랜 시간을 걸쳐 차곡차곡 형성되는 것이다. 현재 일본에 나타난 여러 문화, 사회 현상들을 이해하는데 있어서 고전작품들은 많은 힌트를 주고 있다.

참고문헌
佐伯順子(2009)『「女装と男装」の文化史』講談社
神田龍身・西沢正史(2002)『中世王朝物語・お伽草子事典』勉誠出版
中西健治・常磐井和子(2001)『風に紅葉・むぐら』中世王朝物語全集15, 笠間書院
友久武文・西本寮子(1998)『とりかへばや』中世王朝物語全集12, 笠間書院
大槻修(1993)『中世王朝物語の研究』世界思想社
神田龍身(1992)『物語文学、その解体 源氏物語「宇治十帖」以降』有精堂
大槻修(1983)『評釈 日本の古典文学-古典にみる愛のかたち』聖文社
中村愼一郎(1975)『日本古典にみる性と愛』新潮社

이용미

그 남자의 사랑,
남색의 역사

호모 에로티쿠스의 일본인

인간이 동물과 구별되는 특성으로 보통 이성적理性的 사고를 거론한다. 과연 생각하고 판단하는 능력 덕분에 인류는 거대한 매머드 사냥에도 성공하고 저 먼 달나라에도 다녀오는 등, 이른바 문명을 창조하게 되었다는 것은 자명한 사실이다. 그런데 이와 함께 인간만의 특성으로 손꼽을 수 있는 것 중의 하나가 '성애性愛의 욕망'이 아닐까. 즉 인간에게 짝짓기는 반드시 종족 번식이라는 본능의 영역에만 머무르지 않는다는 사실. 때로는 오직 유희와 쾌락만이 짝짓기의 본연인 듯 행동한다는 사실. 이는 실로 '호모 사피엔스Homo sapiens, 이성적 인간'에 덧붙여 이른바 '호모 에로티쿠스Homo eroticus, 관능적 인간'로서의 특성인 것이다.

본 글에서는 호모 에로티쿠스로서의 일본인, 그중에서도 남성끼리의 사랑의 역사를 다루고자 한다. 주제가 주제이니만큼 약간 조심스럽다.

근대 이전, 일본 남성의 동성애 양상을 통시적으로 조감하고 이를 다룬 고전 문예의 미학을 소개하고자 하는 원래 의도와는 달리 자칫 말초 신경만 자극하는 글이 되어버리지 않을까 싶은 우려인 것이다. 그러나 널리 알려진 대로 동서고금을 막론하고 남성의 동성애는 엄연한 실재이며 비단 일본만의 특이한 문화가 아니라는 사실을 새삼 상기하며 이야기를 시작해보고자 한다.

슬픈 사랑의 그림자

> "가장 사랑하는 친구 파트로 클로스가 비명에 죽었는데, 이 세상의 무엇이 제게 기쁨을 주겠습니까? 제 모든 백성 중에 그를, 그 친구를 저는 가장 존경했으며 제 몸처럼 사랑했습니다. 그런 친구를 잃었습니다!"

위의 대사는 기원전 8세기 경 호메로스의 서사시『일리아드』에서 파트로 클로스를 잃고 몸부림치는 아킬레우스의 절규이다. 단순히 돈독한 우정으로 보기에는 너무나 절절하다 싶은데 아니나 다를까, 고대 그리스 사람들은 이 두 사람을 애인 사이로 받아들였다고 한다. 고대 그리스헬레니즘 문화에서 동성애는 일반적인 애정 관계로 인식되었다. 심지어 당시 철학자들은 공공연하게 남성간의 성관계가 남녀 간의 그것보다 더 인간적인 사랑에 해당한다고 역설하였다.

기원전 3세기 무렵 성립된『한비자韓非子』에는 남성간의 동성애를 가리켜 복숭아를 나누어 먹는다는 뜻으로 여도餘桃, 분도分桃라고 불렀다는 기록이 남아있다. 당시 중국에서도 남성간의 사랑이 하나의 풍속이었던 것이다. 그렇다면 우리의 경우는 어땠을까?

　　사다함은 처음에 무관랑과 함께 사우死友로서 사귈 것을 약속하였는
데, 무관랑이 병으로 죽자 그는 심히 슬퍼하며 7일 동안이나 통곡하다가
또한 죽었다.

『삼국사기三國史記』권 44에 실린 사다함斯多含과 무관랑武官郞에 관한
가사이다. 조선시대 이익이 『성호사설星湖僿說』에서 신라의 화랑과 낭
도들을 남색男色으로 싸잡아 비난한 일을 염두에 둔다면 역시 이 두 사
람의 관계도 예사롭지 않다. 그런데 여기 죽음도 갈라놓지 못한 또 하
나의 애틋한 사랑이 있다.

　　시누노 하후리小竹祝와 아마노 하후리天野祝, 두 사람은 모두 신을 섬기
는 자들로 평소에 유난히 정이 깊었다. 시누노 하후리가 병으로 세상을
뜨자 아마노 하후리는 피를 토하며 울고 슬퍼하였다. 이윽고 죽어 같은
무덤에 묻히기를 원하며 시신 옆에서 자결하였다. 사람들이 두 사람을
합장하였는데 신의 노여움을 산 것인지 주변은 낮에도 해가 뜨지 않아
밤처럼 어두웠다.

위 인용문은 720년 편찬된 일본 역사서인 『일본서기日本書紀』권 9에
실린 내용으로 진구神功 황후가 오늘날 사가 현佐賀県인 히젠肥前 지방에
내려갔을 때, 이상 기후의 원인을 설명하는 대목이다. 훗날 17세기 일
본의 국학자들이 이 기사를 동성애의 정사情死로 해석한 이후, 두 사람
은 일본 문헌에 최초로 실린 남색 커플이 되었다.
　위의 세 가지 슬픈 사랑 이야기는 그 옛날 동서양 모두 남성간의 사

랑이 남녀 간의 사랑 못지않은 애틋한 순애보를 남겨 널리 인구에 회자되었음을 보여준다.

왕의 남자, 천황과 귀족의 동성애

보통 일본에서 남성동성애의 기원을 이야기할 때 거론되는 사람은 공교롭게도 승려이다. 일본 진언종眞言宗의 개조인 구카이空海(774~835)가 당나라유학을 마치고 귀국하여 당나라 남색 풍습을 전파하였다고 한다. 이야기의 진위는 알 길이 없지만 약 9~12세기의 헤이안平安 시대, 남색이 사원寺院과 궁정을 중심으로 널리 퍼진 것만은 사실이다.

당시 천황을 비롯한 귀족 남성은 얼굴에 분을 바르고 눈썹을 그리며 이를 검게 물들이는 등, 농염한 자태를 추구하던 풍속이 있었다. 그 가운데 도바鳥羽 천황(재위:1107~1123)은 미소년에게 곱게 화장을 시키고 여성처럼 꾸미게 한 다음 잠자리를 함께 하였다고 한다. 도바 천황의 할아버지인 시라카와白河 천황(재위:1072~1086)은 나라奈良의 도다이사東大寺에 행차였다가 흔히 지고稚兒라고 일컫는 어여쁜 동자승을 발견하고 대궐로 데리고 들어와 총애하였다. 빈칸敏寛이라는 이름의 이 동자승은 천황의 총애에 힘입어 훗날 출세와 영화를 누렸다.

이즈음에서 잠시 한국영화 ≪쌍화점≫에 그려진 공민왕과 신하의 동성애 코드를 떠올려보기로 하자. 역사는 공민왕恭愍王(재위:1351~1374)이, 사랑했던 노국공주가 죽고 신돈을 통한 개혁이 실패한 이후 향락에 빠졌다고 전한다. 왕은 고위 관료의 자제 중 미소년들만을 모아 특수기구인 자제위子弟衛를 만들었는데, 이들은 주로 왕의 시중을 드는 역할을

맡았다. 『고려사高麗史』는 공민왕이 자제위와 더불어 여러 음란행위를 저질렀다고 기록한다. 예를 들면 여장을 한 왕은 마음이 내키면 자제위 소년과 잠자리를 같이 하였다. 일본과 고려, 두 나라 국왕의 동성애 풍속이 매우 비슷하지 않은가? 참고로 미소년을 총애하는 관습은 일본 남색의 특징 가운데 하나로 시대를 불문하고 권력의 상징이기도 하였다. 엄밀히 말하면 동성애라기보다는 양성애兩性愛의 한 양태로 소년애少年愛가 이루어졌다고 하는 편이 더 적절할 것이다.

앞서도 언급했듯이 전시대를 통해 일본의 불교 사원은 남색의 중심에 위치하였는데 이렇게 된 데에는 나름의 이유가 있다. 헤이안 시대, 당나라에서 들어온 천태종天台宗과 진언종眞言宗은 천황가 및 조정朝廷과 돈독한 관계를 맺으며 뿌리를 내리게 된다. 그러다보면 자연히 천황이나 귀족의 총애를 받는 승려도 생기기 마련이다. 사원 역시 이들의 비호와 후원을 얻기 위해 앞 다투어 꽃미남 승려나 어여쁜 동자승을 확보해둘 필요가 있었던 것이다. 이런 풍속은 다음 시대에도 이어져서 12세기 무렵 일본에 새로이 전파된 선종禪宗의 선원에서는 식사 시중을 드는 '할식喝食'이라는 역할을 미소년에게 맡겨 쇼군將軍을 모시게 함으로써 막부의 지원을 도모하였다.

사원이 남색의 중심이 된 또 다른 이유는 황손이 출가하는 관례에서 찾을 수 있을 것이다. 황실의 재정 고갈이나 황위 다툼을 미리 방지하려는 측면도 있었지만 헤이안 시대에는 유독 출가하는 황손이 많았다. 그러나 출가했다고는 하지만 이들은 여전히 거룩한 신분으로 우아하고 신비한 황실의 라이프스타일을 고수하였기에 자연히 남색 취향도 사원 안으로 들어오게 된 것이다. 이런 분위기를 엿볼 수 있는 일화가 『고콘초몬주古今著聞集』라는 설화집에 실려 있다.

도바 천황의 다섯째 아들로 일곱 살 때 교토의 닌나사仁和寺로 출가한 가쿠쇼覚性는 평소에 센주千手라는 아름다운 동자승을 총애하였다. 그러나 얼마 후 미카와三河라는 동자승에게 새로이 마음을 빼앗긴 가쿠쇼는 더 이상 센주를 찾지 않았다. 이에 상심한 센주는 사람들 앞에 좀처럼 모습을 드러내지 않았다. 어느 날, 잔치에 모인 사람들이 센주의 노래를 듣기를 원하였다. 센주는 몸이 좋지 않다는 핑계로 여러 번 사양했지만 거듭되는 청에 마지못해 자리에 나와 노래하였다.

> 전생에 수많은 부처님께 버려진 이 몸을 어찌할거나.
> 이생에도 극락왕생할 수 없는 몸이니
> 비록 이내 몸 죄업 깊어도 아미타불이시여,
> 내세에는 극락정토로 이끌어주소서.

수척해진 모습으로 애절히 노래하는 센주의 자태에 옛 정이 되살아난 가쿠쇼는 그길로 센주를 안고 침소로 들어갔다. 다음날, 미카와는 가큐쇼의 머리맡에 노래 한수를 남긴 채 홀연히 종적을 감추었다. 사랑은 움직이는 것이며 총애가 덧없음을 깨달은 미카와는 과연 어디로 사라진 것일까?

한편 아리와라 나리히라在原業平(825~880)라는 실제 꽃미남 귀족을 3인칭 '한 남자'라고 지칭하며 그의 애정 편력을 시와 일화로 엮은『이세 이야기伊勢物語』46단에는 다음과 같은 이야기가 실려 있다.

옛날, 한 남자에게 매우 애틋한 친구가 있었다. 두 사람은 잠시도 떨어지지 않고 정을 나누었는데 어느 날, 친구가 지방으로 떠나게 되자 몹시 슬퍼하며 절절한 마음으로 이별하였다. 세월이 흘러 친구에게 편지가 왔다.

만나지도 못한 채 속절없이 세월만 가는군요. 혹시 저를 잊으신 건 아닌가 싶어 한없는 슬픔에 잠겨있습니다. 사람 마음이란 만나지 못하고 떨어져 있으면 잊게 마련이라지요.

남자는 답장 대신 시를 적어 보냈다.

떨어져있다 느끼지 못할 만큼 한시도 잊은 적 없으니 그대 모습 아스라이 눈앞에 어른거린다오.

당시에는 섬세하고 감성적인 남성이 대세였음을 감안하더라도 위 내용은 약간 색다르다. 단순히 남자들의 진한 우정으로 보기에는 조금 끈적거리고 애인 사이라 보기에는 다소 애매한 느낌이 들지 않는가. 이 부분을 아리와라 나리히라와 신가眞雅라는 승려의 실제 사랑이 밑바탕이 된 것으로 추측하는 연구자도 있다.

사찰의 뒤란, 승려 및 무사의 동성애

　가마쿠라·무로마치鎌倉室町 시대라고 부르는 약 13~16세기, 사원은 학문과 문화의 중심지였으며 승려는 지식인이자 교육자였다. 그런데 정토진종淨土眞宗이라는 신흥 불교를 제외하고는 원칙적으로 대처帶妻를 할 수 없었다. 그렇기에 사원은 후계자를 밖에서 구할 수밖에 없었는데 이들이 앞서 '동자승'이라고 표현한 '지고稚兒'이다. 대부분 귀족 가문公家이나 무가武家 출신으로 12~16세 사이 소년인 지고의 평소 임무는 사원의 마스코트와 큰스님의 개인 비서, 이 두 가지였다. 즉 사원의 대법회나 제례 등의 행사가 있을 때 승려들의 행차를 돋보이기 위하여 지고는 화려한 화장과 몸치장으로 행렬의 앞에 서거나 노래와 춤으로 연회를 빛내는 역할을 맡았다. 또한 일상생활에서는 승려의 신변 심부름이나 식사 시중, 손님 접대를 맡기도 하였다. 따라서 지고는 여러 특권을 누리기도 하였지만 사주師主인 승려에게 절대 복종해야만 했으므로 자연히 잠자리 수청도 들 수밖에 없었던 것이다. 이런 이유로 후대로 내려올수록 지고의 이미지는 '승려의 성적 상대'로 굳어지게 된다.

　당시에 승려와 지고의 사랑을 주제로 한 이른바 '지고 이야기稚兒物語'라는 단편소설들이 유행하는데 줄거리는 대부분 엇비슷하다. 젊은 승려가 우연히 다른 절의 아름다운 지고를 보고 가슴 태운다. 큰스님의 지위 상징으로, 신분이 낮은 승려에게는 그야말로 높은 봉우리의 꽃이라 감히 근접할 수 없는 존재이기에 지고를 향한 짝사랑은 더욱 절절하다. 이윽고 천신만고 끝에 지고와 밀회가 이루어지지만, 짧은 만남을 마지막으로 두 사람은 기약 없는 이별을 한다. 이후 사랑의 열병에 걸린 지고는 끝내 죽음을 맞이하고 이를 계기로 승려는 더욱 불도 정진하

▌ 승방에서 수학중인 지고
『法然上人絵伝』(14세기)

여 득도에 이른다. 큰스님의 잠자리 봉사만 하던 지고가 젊은 승려를 만나 진정한 사랑에 눈 뜨지만 곧 요절하고 결국 승려는 해탈한다는 전개가 다소 뜬금없이 느껴진다. 그러나 '지고 이야기'의 작자와 독자 모두 승려 계층이라는 점을 염두에 둔다면 전혀 수긍 못할 일도 아니다. '지고 이야기'의 대표적인 작품인 『가을밤 긴 이야기秋夜長物語』의 한 구절을 보기로 하자.

> "(지고) 오늘밤, 절에 서울에서 손님이 오셔서 주연이 열리면 주지스님 께서도 만취하실 것이니 밤늦도록 돌아가지 마시고 기다리시다가 아랫 것을 데리고 이곳으로 은밀히 들어오세요."

> '(지고는)행방도 모르는 야속한 사람이 뱉은 말을 진심으로 믿고 마음 을 준 것을 누굴 탓하리. 오로지 자신의 마음에 의지하여 그 어디가 되었 든 임을 찾아 나서리라'라고 한탄하며 눈물을 뚝뚝 흘리셨다.

노골적으로 승려를 유혹하거나 일편단심으로 승려를 그리워하는 지고의 모습은 곧 유혹당하고 싶고 사랑받고 싶은 승려의 로망을 고스란히 담은 캐릭터라고 할 수 있다. 이런 점에서 '지고 이야기'는 어찌 보면 백마 탄 왕자를 기다리는 소녀 취향의 로맨스 소설과 닮은꼴이라고 할 수 있을 것이다.

여하튼 승려와 동자승의 사랑이라는 풍속은 우리에게는 낯설기에 그들만의 미학에 대해 좀 더 부연 설명이 필요할 듯하다. 당시 일본에는 여인은 선천적으로 부정 탄 몸이며女人不淨 죄 많은 존재女人罪業라는 여성 차별관이 팽배하였다. 이와 같은 여성 멸시에 원래 여인과의 교정을 금하는 계율이 더해졌으므로 승려가 여인과 통정하는 행위는 용납될 수 없는 일이었다. 그렇다면 승려가 지고와 정을 나누는 일은 어떤 논리로 면죄부를 받을 수 있었을까? 지고는 보통 12~16세로 2차 성징이 나타나기 전의 소년이다. 즉 이들은 완전한 남성도 아니며 여성은 더더욱 아닌, 이른바 중성中性에 속하는 존재로 받아들여졌다. 따라서 승려가 중성인 지고와 관계를 갖는 것은 불사음不邪婬의 계율에 저촉되지 않는 것이다. 뿐만 아니라 신을 섬기는 성스러운 지고와 교접하는 것은 곧 신과 소통하는 길이라 믿었다. 나아가 지고는 승려를 진정한 불문으로 인도하는 부처님의 화현이며 가피加被로 인식되었다. 바야흐로 성적 교섭이 종교적 미학으로 승화되는 시점인 것이다. 그렇지만 변성기가 지나 제법 남자다운 면모가 드러나게 되면 지고는 출가 의식을 거쳐 정식 승려가 되거나 환속하여 가문을 잇는 것이 일반적인 관례였다. 대부분의 '지고 이야기'에서는 지고가 등장하는 시공간을 몽환적인 봄의 벚꽃 그늘로 설정함으로써 태생적으로 지고가 지닌 찰나의 아름다움을 강조하고 있다.

다음으로 무사의 동성애를 살펴보자. 천황 및 구족을 대신하여 새롭게 권력의 주체로 부상한 무사 계층에서도 동성애는 하나의 트렌드였다. 이는 제도권의 여유를 누리게 된 무사들이 귀족의 우아한 취미를 동경하며 그네들의 라이프스타일을 본받고자 한데 기인한 바가 크다. 이런 취향의 대표적인 인물로 3대 쇼군인 아시카가 요시미쓰足利義滿(1358~1408)가 있다. 그는 사원 건축이나 예술에 조예가 깊어 저 유명한 금각사金閣寺를 세웠다. 또한 예능인 사루가쿠猿楽를 후원하여 노能로 발전하는데 큰 힘을 보태기도 하였다. 사루가쿠란 대륙에서 들어온 예능으로 오늘날 서커스와 비슷하다. 곡예, 흉내 내기, 기이한 재주 등을 보여주는 당대 최고의 오락으로 연기자의 몸놀림이 마치 원숭이(사루)처럼 민첩하다고 하여 사루가쿠라는 이름을 얻었다.

1372년, 17세 쇼군 요시미쓰는 교토에서 간아미觀阿弥가 이끄는 사루가쿠단의 공연을 관람하다가 연기를 하던 12세의 한 소년에게 매료되어버린다. 이 소년이 바로 노能의 대가로 일본 전통 예능에 이름이 길이 빛나는 제아미世阿弥(1363?~1443?)였다. 아버지인 간아미의 영재교육을 통해 천부적인 소질이 빛을 발하기 시작한 제아미를 사랑하게 된 요시미쓰는 이후 이 부자父子의 든든한 후원자가 된다. 당시 요시미쓰의 측근 가운데 한 명이 일기에 '거지들이나 하는 사루가쿠패의 아들을 귀여워하는 쇼군의 심정을 도대체 이해할 수 없다'며 질투의 심정을 토로할 정도이니 총애가 이만저만이 아니었던 모양이다. 한 가지 확실한 것은 요시미쓰가 제아미를 사랑하지 않았더라면 오늘날 일본이 자랑하는 전통예능인 노能가 지금과 같은 위상을 갖추기는 어려웠을 것이라는 점이다. 요컨대 막부의 전폭적인 지지에 힘입어 제아미는 부단한 자기연마

와 예술혼을 발휘할 수 있었으며 이를 바탕으로 투박하고 거친 사루가
쿠는 우아하고 절제된 예술성을 지닌 노能로 거듭 날 수 있었던 것이다.

　이러한 요시미쓰와 제아미의 관계를 기점으로 일본에서는 예능과 남
색의 밀접한 관련이 싹트기 시작하며 이는 훗날 가부키 배우와 남색의
저변 확대로 이어진다. 그런데 예능과 남색의 긴밀한 관계가 비단 일본
만의 이야기가 아님을 우리는 영화 ≪왕의 남자≫의 남사당패를 통해
잘 알고 있다. 남사당男寺黨패란 조선 시대, 독신 남자로만 이루어진 천
민 유랑 예능 집단이다. 우두머리인 꼭두쇠를 비롯한 약 4,50명의 구성
원들은 일정한 보수 없이 숙식만 제공받으면 마을의 공터에서 연극이
나 외줄타기 등의 다양한 예능을 밤새도록 보여주었다고 하니 당시 서
민들에게는 가장 큰 오락이었으리라. 남사당패 중에서도 아직 기예를
못 다 익힌 소년을 '삐리'라 불렀다. 이들은 주로 여장을 하고 대가를
받고 마을의 남정네들과 잠자리를 하였다. 실제로 남사당패의 구성원
은 숫동모와 암동모라는 이름으로 동성애 커플을 맺고 있었으며 삐리
는 모두 암동모 구실을 하였다고 한다. 어디까지나 영화는 영화일 뿐이
지만 연산군이 남사당패의 놀이를 관람하다 공길이라는 미소년을 사랑
하게 된다는 시나리오는 요시미쓰와 제아미의 관계와 놀라우리만치 닮
아있다.

　이야기를 요시미쓰와 제아미의 후일담으로 되돌려 보자. 요시미쓰가
갑자기 발병하여 51세의 나이로 죽은 후, 제아미의 삶은 불행해졌다.
요시미쓰의 아들인 6대 쇼군 요시노리義教는 제아미의 조카인 온아미音
阿弥를 총애하였다. 비록 삼촌과 조카 사이이지만 예능의 유파를 달리
했던 까닭에 온아미는 제아미를 눈엣가시로 여겼다. 그 영향으로 요시

노리는 제아미의 막부 출입과 공연을 금지시키며 박해하였다. 결국 더 이상 교토에서 공연할 수 없게 되자 제아미의 둘째아들은 출가해버리고 맏아들마저 지방 공연 도중 객사하여 끝내 제아미 일가는 몰락해버린다. 설상가상으로 제아미는 모반 혐의를 뒤집어쓰고 71세에 사도佐渡로 유배를 간다. 앞서 지고의 경우도 그렇지만 권력자에게 총애를 받던 사람들의 말년이 대체로 불우하였다는 사실은 씁쓸한 여운을 남긴다.

무사의 속성 상, 주변은 온통 남성뿐이다. 전장에 여성을 동반하는 일은 물론 금지되었으며 출정하기 며칠 전부터는 여성과 잠자리를 해서도 안 되었다. 심지어 임신을 한 여성이 전장으로 떠날 무사의 의류나 칼 등의 도구를 만지는 일은 터부시되었다. 이런 분위기 속에서 무사들은 생사고락을 함께하는 사이에 동지애, 결속력, 때로는 명령 복종의 다른 표현으로 서로 사랑을 나누며 죽음에 대한 공포와 삶에 대한 애착에서 벗어나려고 했을지도 모를 일이다.

연예인의 사생활, 가부키 배우의 동성애

17세기에 접어들어 마침내 전국이 통일되고 평화가 찾아왔다. 전란 없는 시대에 한낱 샐러리맨으로 전락한 무사를 대신하여 상인 계층이 세상을 움직이는 실세가 되었다. 이들의 자금력 덕분에 흔히 에도江戸 시대라 부르는 이 시기에 다양한 대중문화가 탄생하였는데 그 중 으뜸은 역시 가부키歌舞伎라 할 것이다. 우여곡절을 거쳐 마침내 성인 남성만이 무대에 오를 수 있었던 가부키 배우는 지금의 톱스타 연예인을 능가하는 인기를 누렸다. 팬레터는 말할 것도 없고 몸에 스타의 이름을 새기거나 허벅지를 단도로 찌르는 등의 자해로 열렬한 사랑을 드러내는 광팬도 있었다. 심지어는 연극 관람 도중 무대 위로 뛰어올라가 흠모하는 배우 앞에서 자신의 새끼손가락을 잘라 바치는 등의 엽기 행동을 서슴지 않는 시골 출신 무사도 있었다.

한편 이 시기에는 예능과 남색의 관계가 더욱 밀접해질 뿐만 아니라 남색의 대중화가 이루어진다. 이러한 풍조의 중심에 가부키 배우가 있었다. 즉 가부키에서 여성 역할을 맡는 젊고 잘생긴 배우는 이른 아침부터 저녁까지는 무대 위에서 맡은바 배역을 소화하고 밤에는 자야茶屋라고 부르는 이른바 게이 바에서 손님을 상대하는 것이 관례였다. 전시대 무사도의 기풍을 본받아 '도道'의 미학을 추구하며 남색 풍습도 '슈도衆道'라 이름 짓고 의리와 절개를 강조하였다. 같은 가부키 배우일지라도 비즈니스에서는 몇 가지 레벨로 나뉜다. 먼저 가장 높은 레벨은 어릴 때부터 연기와 매색賣色 수행을 겸해 온 '야로野郎'라 부르는 성인 남자배우. 다음은 정식으로 무대에 오르기 전의 미소년인 '가게마蔭間'이다. 이들은 18~20세가 되면 영업 일선에서 물러나야 했기에 이후에는 연기력을 갖춘 배우로 홀로서기를 하지 못하면 비참한 말년을 맞이하는 경우가 많았다. 가장 아래는 '도비코飛子'라는 이름의 사람들이다. 예능이 미숙하여 무대에 오르지 못하거나 혹은 교토에 머물 수 없는 사연을 가진 이들을 업주는 지방으로 내려 보내 남색 영업을 시켰다.

유럽 역시 17, 8세기에 오페라와 발레가 소시민 계급의 오락으로 정착하게 된다. 오페라의 출연자는 전부 남성이며 여성 역할은 소년이나 거세된 가수가 맡았다고 한다. 이러한 오페라나 발레 배우는 일본의 가부키 배우와 마찬가지로 상류 사회의 남색 상대자가 되었다고 하니 동서양을 막론하고 근대 이전, 예능과 동성애는 불가분의 관계에 있었던 듯하다.

에도 시대 중반에 접어들면 그동안 배우들을 중심으로 암암리에 존재하던 매색이 서민에게까지 전파되어 전문 영업자도 등장한다. 이러한 일반인을 대상으로 하는 남창男娼은 처음에는 교토와 오사카를 중심으로 성행하였다. 이후 지금의 동경東京인 에도에도 전파되어 야로 차야野郎茶屋나 가게마 차야蔭間茶屋라는 이름으로 수많은 게이 바가 성행하게 된다. 에도의 경우, 미소년은 주로 교토나 오사카에서 충당하였다. 에도 소년과 달리 말씨가 부드럽고 몸짓이나 동작 등이 우아하고 다정하다는 이유 때문이었다.

요시와라는 숨기고 요시초는 자랑하고.
요시초는 변장이 필요 없으니 좋을시고.

위의 두 가지 짧은 시는 당시 서민들의 일상생활을 읊은 센류川柳이다. 드러내놓고 여색을 즐길 수 없었던 승려는 유곽인 요시와라吉原에 드나들 때는 승려와 마찬가지로 삭발한 사람이 많은 의사인 척을 해야만 했다. 반면 게이 바 밀집지역인 요시초芳町는 당당히 출입을 하며 즐길 수 있다는 의미이다. 그런데 차츰 가부키 배우뿐만 아니라 다양한 직종의 사람들도 남색 영업을 겸하기 시작한다. 예를 들어 무사 가문이나 부잣집에 향薰物을 팔러 다니는 미소년인 방물장수나 머리를 매만지는 미용사, 부채종이 장사 등은 부업으로 은밀히 자신의 몸을 팔았다. 당시 베스트셀러 작가인 이하라 사이카쿠井原西鶴는 장안의 남색 풍속을

담은 『남색대감男色大鑑』(1687)이란 책에 다음과 같이 적고 있다.

　　남색만큼 우아한 놀이도 없음에도 불구하고 요즈음 사람들은 이 깊은
맛을 모른다. (중략) 인생의 단맛 쓴맛을 두루 맛본 마흔 두 살이 되도록
방방곡곡을 돌아다니며 견문을 넓혀 슈도衆道의 미덕을 낱낱이 모아 적
어본다. (중략) 여색과 남색을 같이 두고 논의한다는 것 자체가 말이 안
된다. 여자는 피어있는 꽃이라 해도 말라비틀어진 등나무 넝쿨과 같고
청년은 가시가 있어도 마치 갓 피어난 매화처럼 그윽한 향기를 머금고
있다. 그러니 마땅히 여자를 버리고 남자를 취할 일이다. 남자로 태어나
혈기 왕성한 한창 때는 남색을 위해 목숨도 버릴 각오가 있어야 한다.
남색 말고는 그 어떤 즐거움도 없다.

　　실제 이하라 사이카쿠의 사생활이 어떠했는지 알 도리는 없다. 단지
시대 풍속과 동향에 민감할 수밖에 없는 작가가 이토록 침이 마르게
예찬한 것으로 보아 당시 남색은 '커밍아웃'마저 필요 없는 개인의 취향
이었으며 더불어 이와 관련된 향락 산업도 발전했음을 알 수 있다.

그러나 이렇듯 자유분방한 풍속 산업도 19세기 중반을 기점으로 내리막길로 접어들게 된다. 즉 점차 통치력이 약화되어가던 막부는 정치, 경제, 사회 등, 모든 면에서 개혁(덴포天保의 개혁, 1330~1843)을 단행하면서 풍기 문란한 행위와 서민의 오락 산업을 제한하며 기강단속에 나섰던 것이다. 특히 가부키 배우와 통속 소설 작가에 대한 철저한 탄압이 이루어졌다. 이로 인해 자연히 에도의 남색 산업은 쇠퇴하고 이후 승려계급에 의해 간신히 명맥만 유지하다 거듭되는 단속으로 마침내 소멸하고 말았다.

빛과 그림자

비록 학문적인 내용이 더해진다 해도 동성애는 여전히 불편한 주제임이 분명하다. 게다가 '역시 일본인들은…'이라는 부정적인 시각을 초래하게 될까 조심스럽다. 일본은 근대에 접어들어 서구의 기독교 윤리를 받아들이기 전까지 남성의 동성애나 소년애少年愛를 윤리 면에서 옳지 못한 행동이라고 비난하거나 터부로 인식하지 않았다. 바꾸어 말하면 오랫동안 유교의 도덕 이데올로기가 뿌리내려 머릿속 상상이나 욕망에도 자기 검열의 잣대를 들이대던 조선과는 달리 일본은 역사를 통틀어 그것이 권력의 수단이든 예능의 부산물이든 저잣거리의 향락이든 상관없이 동성애가 도덕 이데올로기 차원에서 금기의 대상이 된 적이 한 번도 없었다는 의미이다. 오히려 이러한 풍속은 예술과 문화의 토양이 될 만큼 천진난만한 성욕의 긍정이어서 우리를 당혹하게 만든다. 새삼 문화란 차이만 존재할 뿐 우열은 존재하지 않는다는 말을 떠올리게 되는 순간이다.

그러나 일본의 남색이 대부분 소년애를 중심으로 이루어졌다는 사실을 생각하면 거칠 것 없는 욕망의 표출 이면에 가혹하고 비인간적인 억압과 착취의 역사가 숨어있음 또한 부정할 수 없다. 예를 들어 15, 6세기 무렵 일본에는 인신매매가 심각한 사회 문제가 되었다. 그중에서도 특히 미소년의 납치와 유괴, 인신매매가 상당 부분을 차지했다는 사실은 남색의 성행과 무관하지 않다. 가난한 집에서 태어난 사내아이가 어려서 포주에게 팔려 허드렛일을 해가면서 남색에 내몰리는 구조, 이는 곧 성인 남성의 쾌락을 위해 희생당한다는 점에서 유곽에 팔려간 유녀의 착취 구조와 동일 지평에 놓여있는 것이다.

참고문헌
공자그 저, 정재곤 역(2007) 『동성애』웅진지식하우스
이병주(2002) 『에로스문화탐사1』생각의 나무
김영진(2001) 『영화가 욕망하는 것들』책세상
이종욱(2000) 『화랑세기로 본 신라인 이야기』김영사
심우성(2000) 『남사당놀이』화산문화
윤가현(1998) 『동성애의 심리학』학지사
白倉敬彦(2005) 『江戸の男色』洋泉社
礫川全次(2003) 『男色の民俗学』批評社
岩田準一(2002) 『本朝男色考』原書房
早川聞多(1998) 『浮世絵春画と男色』河津書房

▌인형극 『소네자키 숲의 정사』
(『和楽』小学館 2003)

사랑과 죽음

김경희

에도의 홍등가,
요시와라

에도의 남초 현상

도쿠가와 이에야스德川家康가 지금의 도쿄인 에도江戸에 막부幕府를 개설한 것은 1603년이다. 그 후로 15대 쇼군將軍인 요시노부慶喜(재위: 1866-67)가 정권을 천황에게 반환한 1867년까지를 에도 시대라고 부른다. 260여 년간 에도는 중앙권력으로서 전국적인 통제력을 가진 막부와 지방 각지에 할거하는 번藩들로 구성된 막번체제幕藩體制 속에서 철저한 주종 관계의 봉건제도를 바탕으로 사농공상士農工商이라는 엄격한 사회 신분제도의 질서 아래에 놓여있었다. 전체 인구의 절반 이상을 차지하는 농공상인 조닌町人들이 차지하는 토지 면적은 에도 전체의 20%에 지나지 않았고 무사계급이 60%, 신사神社와 사찰이 20%를 차지하였다.

막부의 본거지인 에도는 겐로쿠元禄 시대(1688~1704)에 이미 세계적 규모를 자랑하는 도시였다. 에도에 막부를 개설했을 때, 에도 도시의 인구는 약 2천명이었는데 차츰 늘어나면서 참근교대參勤交代가 시작된

간에이寬永(1624~1644) 연간부터 급증하기 시작하였다. 1787년에 기근이 닥쳤을 때 막부가 구제미를 내기위해 에도 구역 내의 인구를 조사한 것에 따르면 무사, 조닌, 창부娼婦, 신사 및 사찰 종사자 등을 합친 것이 162만 6천 500명이었다고 한다. 1760년경 당시 세계적인 도시인 북경이 약 100만, 런던이 60만, 파리가 70만 명이었던 것을 감안하면 그야말로 에도는 세계 최대의 인구를 자랑하는 도시였던 셈이다.

이렇게 에도의 인구가 급증하게 된 원인을 살펴보면, 도쿠가와 막부의 정책에서 비롯되었음을 짐작할 수 있다. 막부는 에도를 천황이 있는 교토를 능가하는 도시로 만들고자 하였다. 그에 따라 에도성江戸城을 짓기 위한 대단위의 토목공사가 진행되고, 전국 각지에서 많은 남자들이 돈벌이를 위해 에도로 옮겨오기 시작했다. 에도는 폭발적인 인구증가로 인해, 한 때 에도 시중市中에 있던 조닌과 직공 등의 인구가 128만 5천여 명이나 되었다고 한다. 그런데 그 대부분이 남자들이었기 때문에 에도에는 전체적으로 여자들이 거의 남자들 수의 반 정도밖에 되지 않아 실질적으로 여자들이 모자라게 되었다. 여자들의 숫자가 적으면 남녀 간의 수요와 공급에 균형이 깨지게 마련이다. 공사장 주위에는 하나 둘씩 자연발생적으로 매춘을 하는 사람들이 모이고, 결국에는 오카바쇼岡場所와 같은 사창가가 번성하게 되었다. 그러한 가운데 인신매매 등의 사건이 극성을 부렸기에 도쿠가와 막부는 이를 엄금하여 범죄사실이 발각되었을 때는 극형에 처했다. 복잡한 사건이 일어날 때마다 막부는 그들을 관리하고 에도의 치안을 유지하기 위해 여간 신경을 쓰는 게 아니었다. 그래서 여러 곳에 산재해 있는 매춘부들을 일정한 구역에 모아놓고 관리할 필요가 생겨났다. 결국 사창이 일반 주거지로 침투하여 난립하는 것을 단속하여 백성들의 안전과 에도 도시의 질서를 유지하기 위해서 공창제도가 필요하다고 인정한 것이다. 막부로서도 유곽을 공인함으로써 요시와라吉原를 출입하는 사람 중에 거동이 수상한 자 등을 수색하는 비밀경찰의 출장소 같은 역할을 기대할 수 있었다.

이렇게 유곽의 메카로서 에도에 조성된 요시와라는 1958년 공창제도가 폐지될 때까지 일본 성문화의 중심지로서 명성을 구가했다. 자, 지금부터 에도의 공인 사교장이었던 요시와라를 통해 에도의 성 풍속에 대하여 살펴보기로 하자.

유곽의 메카, 요시와라

일본은 역사적으로 오랫동안 공창公娼 제도를 유지해온 나라이다. 공창과 사창私娼은 성을 상품화하여 매춘을 한다는 것에서는 동종업계지만, 국가가 인정하여 허가를 내주었는가 하는 점에서 둘은 구분된다. 즉 국가의 법적 제도권 속에서 매춘이 이루어졌는가하는 차이인 것이다. 우리는 역사적으로 국가가 공창제도를 인정한 적이 없지만 일제강점기 때에 일본에 의해 도입된 역사를 가지고 있다.

유곽遊郭이란 많은 유녀집遊女屋들이 모여 있는 특정 지역을 가리키는 것으로, '유카쿠遊郭'라는 말 이외에도 '구루와郭', '이로마치色町', '유리遊里', '게이세이마치傾城町' 등의 다양한 이름으로 불렸다. '구루와'라는 말은 원래 성곽이나 요새 등, 일정한 구획 주변을 둘러싼 울타리를 지칭하는 말이다. 그런데 요시와라의 외곽 주위에 도랑을 만들어 외부와의 경계를 이루어 구분하였기 때문에 나중에는 일반적으로 구루와가 유곽을 가리키는 명칭이 되었다. 에도 도시 한 가운데 존재하면서도 주변으로부터 격리되어 있던 점은 조선 시대에 기생들이 있던 유곽과는 달리 일본 유곽이 갖는 폐쇄적인 면이라고 볼 수 있다.

유녀는 원래 고대로부터 존재하였고, 항구나 역참 등지에는 언제나 유녀집들이 즐비하기 마련이었다. 그러한 유녀집을 한 곳에 모아놓고 유곽을 형성하게 된 것은 도요토미 히데요시豊臣秀吉(1537~1598)의 때이다. 1585년에 히데요시가 오사카의 몇몇 특정 지역을 유곽으로 허가한 것이 시초였다. 이후 에도 막부는 오사카의 신쿄바시초新京橋町 · 신보리초新堀町 등 다섯 군데를 중심으로 유곽지역을 만들었고, 그 지역을 신마치新町라고 불렀다. 한편 공식적으로 유곽이 설치된 것은 1589년이다. 교토의 야나기마치柳町에 당시 여러 곳에 산재해 있던 유녀들을 한 곳에 모아 '니조야나기마치二条柳町' 유곽거리가 만들어졌다. 그 뒤 몇 번의 이전을 거듭하여 1640년에 시마바라島原 유곽이 성립한다.

에도에서는 1617년 3월에 에도 시중에 흩어져 있던 유녀들이 일하는 가게들을 모아서 오늘날 니혼바시日本橋 부근에 약 만 5천 평 규모의 습지를 메워 '요시와라'를 만들었다. 그리고 교토의 시마바라, 오사카의 신마치와 함께 요시와라는 일본의 3대 유곽지로 오랜 역사와 전통을 자랑하게 된다. 그 중에서도 요시와라는 최대 규모의 유곽지대로서 유녀를 찾는 손님 중에 무사들이 많았기 때문에 고급스러움과 호사스러움을 뽐냈다.

요시와라에 관한 일종의 가이드북이었던『요시와라 안내서吉原細見』를 보면, 각 페이지마다 당시 요시와라의 유녀집들을 소개하며 유녀들의 이름을 명기해 놓았는데, 요시와라의 전성기를 구가하던 시절에는 약 3천명의 유녀가 있었다고 한다. 그리고 한시적이긴 하지만 간세이寬政 7년(1795)에는 4천 443명에 이르고 덴포天保 15년(1844)에는 6천 225명의 유녀들이 거주하기도 하였다. 이 시기에 유녀들의 수가 급증했던 배경에는 에도 막부의 개혁 정책이 있었다. 다름 아닌 간세이 개혁(1787-1793)과 덴포 개혁(1841-1843)이 실시되면서 막부가 당시 사창굴이었던 오카바쇼의 단속을 대대적으로 벌인 것이다. 그 때문에 오카바쇼는 철거의 대상이 되고 그 곳에 있던 창녀들은 모두 요시와라로 보내졌다.

요시와라는 355×266m의 구획 안에 조성되어, 북쪽의 '오몬大門'이라는 문으로 들어서면 십자로를 제외하고는 사방 둘레가 '오하구로도부'라고 부르는 도랑과 높은 울타리로 둘러싸여 있었다. 유녀들에게는 도망치는 건 생각할 수도 없고, 유곽 밖으로 놀러 가는 것마저 허락되지 않았다. 겉으로는 화려하고 호화롭게 보이지만, 그녀들은 그야말로 새장 속에 갇힌 새와 다름없는 신세였다.

'요시와라'라는 이름에 관한 유래에는 몇 가지 설이 있는데, 요시와라의 역사를 살펴볼 수 있는 대표적 사료인 『동방어원이본洞房語園異本』(1720)에 근거한 설을 살펴보자. 요시와라 유곽이 세워질 당시 갈대가 무성한 들판이어서 '葦原'라고 썼는데, 1626년에 같은 소리음으로 '길하다'는 뜻의 한자로 바꾸어 '吉原'로 개명하였다. 그리고 또 하나는 갈대가 많은 지역이라 크고 작은 화재가 자주 발생하였기 때문에 지역 이름에 갈대의 한자가 들어가는 것을 좋지 않게 여긴 것도 하나의 이유였을 것이다.

요시와라는 세 번의 화재가 있은 후, 네 번째 일어난 1657년의 '메이

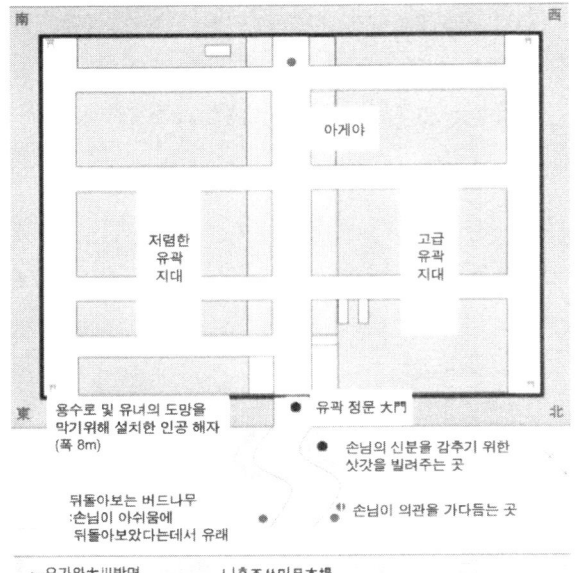

남 서

아게야

저렴한
유곽
지대

고급
유곽
지대

동 용수로 및 유녀의 도망을
막기위해 설치한 인공 해자
(폭 8m)

유곽 정문 大門 북

손님의 신분을 감추기 위한
삿갓을 빌려주는 곳

뒤돌아보는 버드나무
:손님이 아쉬움에
뒤돌아보았다는데서 유래

손님이 의관을 가다듬는 곳

←오가와大川방면   니혼즈쓰미日本堤   ▌신요시와라 유곽도

레키明曆 대화재大火事로 인하여 결국 니혼바시日本橋에서 지금의 아사쿠
사浅草로 이전하게 된다. 옮긴 후부터 니혼바시에 있었던 요시와라를
'모토요시와라元吉原', 새로 이전한 아사쿠사의 요시와라를 '신요시와라
新吉原'라 부르게 되었다. 아사쿠사 센소지浅草寺에 있는 관음상의 영험이
대단하다는 소문이 있었기 때문에 센소지의 관음상을 참배하러 간다는
핑계를 대고는 아사쿠사에 와서는 요시와라로 드나드는 남자들이 많았
다고 한다.

유곽 안에는 유녀가 기거하는 '유조야遊女屋'와 유녀를 불러다 노는
집인 '아게야揚屋'가 있었다. 그 밖에 손님을 유조야로 안내하던 일을
하던 '히키데차야引手茶屋'가 있었는데, 곧잘 밀회密會의 장소가 되곤 했
다. 그리고 술자리에서 노래와 춤을 담당했던 '게이샤'들이 기거하는

집, 손님의 비위를 맞추고 흥을 돋우는 일을 하던 사내 '호칸幇間'들이 기거하는 집 등이 있었다. 요시와라에서 사람들이 가장 많이 몰리는 곳은 역시 '하리미세張見世'였다. 이곳은 통로에 바로 인접해 있으면서 격자 모양의 창 안쪽에 한껏 화려하게 차려입은 유녀들이 15명에서 20명 정도가 인형처럼 앉아서 손님을 기다리는 곳이다. 손님 중에는 유녀 집에 한 번도 들어가지 못하고 눈으로 구경만 하고 돌아다니는 사내들도 적지 않았다고 한다. 영업은 모토요시와라에서는 낮 영업만 하다가, 신요시와라로 이전한 후에는 밤에까지도 영업을 하게 되었는데 나중에는 밤 영업이 주가 되었다.

후지모토 기잔藤本箕山이 쓴 유곽의 백과사전이라 할 수 있는 『색도대경色道大鏡』(1678)에는 일본 전역에 막부가 공인한 유곽의 이름이 나열되어 있는데 그 수가 25개소나 되었다. 일본이 개항한 뒤에는 요코하마橫浜, 도쿄 등지에 외국인을 위한 유곽도 공인하였다 급기야는 다이쇼大正(1912~1926) 시대 말기부터 쇼와昭和(1926~1989) 시대 초기 동안에는 유곽의 숫자가 전국에 534개소에 이르렀고, 그 곳에 거주하던 창녀의 수가 4만 명이 넘었다고 한다. 점차로 이타바시板橋, 시나가와品川, 센주千住, 나이토신주쿠内藤新宿에 최초의 역참인 사숙四宿이 생겨났는데, 그 중 시나가와에는 가장 큰 역참 마을이 형성되었다. 그 곳의 하타고야旅籠屋라고 불리는 여관 등지에는 '메시모리온나飯盛女'라고 하는 여자를 두었는데, 그녀들은 손님의 시중을 들면서 매춘을 하기도 하였다. 손님들은 비교적 신분이 있는 사무라이들이 많았지만, 의외로 절의 승려들도 여자들을 찾았다.

시나가와 손님은 사람 인 변 있고 없고의 차이.

이 짧은 센류川柳는 시나가와 여관에서 유녀를 찾는 손님을 빗대어서 읊은 것이다. 한자에 '사람 인人'이 들어있는 것은 '무사侍'를 가리키고, 없는 것은 '승려寺'을 뜻하니 당시 손님 중 대부분이 사무라이나 승려였다는 것을 풍자하고 있다. 이후로는 70여 곳의 비공인 매춘지역인 오카바쇼가 생겨나면서 에도에서는 공창 이외에 사창가도 전성기를 맞이하게 된다.

유녀는 노는 여자?

인류 역사상 가장 오래된 직업이 매춘이라고 알려져 있듯이 유녀는 동서고금 모든 사회에 존재해 왔다고 할 수 있다. 일본 유녀의 기원에 대해서는 야나기타 구니오柳田国男의 '무녀기원설巫女起源説'이 유력한 학설로 받아들여지고 있다. 고대의 '미코巫女'라 불리던 무녀를 유녀의 시초로 보고 있다. 그는 저서『무녀고巫女考』(1962)에서 신을 섬기는 일에 종사하기 위해 신에게 바쳐진 여자 '무녀'와 전국을 떠돌면서 신탁을 전하던 '공수무당'의 기원이 동일하다고 하였다. 무녀가 신에게 드리는 제사를 담당했기 때문에 여자를 통해서 신과 만날 수 있다는 생각이 잠재되어 있는 것이다. 그래서 무녀는 사람들에게 신의 뜻을 전하거나 길흉을 점치는 일을 하다가 신에게 제사를 드리는 날 밤에는 자유분방한 성행위를 즐겼다. 또한 사자死者들의 영혼을 불러와 죽은 사람의 넋이 말하는 것을 신의 뜻으로 전하던 떠돌이 무녀도 신탁을 전하면서 몸을 팔게 되었다는 것이다.

일본의 유녀연구를 하는 여성 연구자 사에키 준코佐伯順子는『유녀의 문화사』(1987)라는 저서에서 '고대의 유녀는 신과 함께 노는 자로서 성聖스러운 자임과 동시에 성性적인 자였다'고 밝히며 우녀는 원래가 성스러운 존재였다고 말하고 있다. 학술적으로도 '성性'적인 것을 '성聖스러운 것으로 인정하였다는 것인데 여간 흥미로운 학설이 아닐 수 없다. 여하튼 무녀가 영락해서 유녀가 되었다는 것을 기원설로 보아도 좋을 것 같다.

그렇다면, 문학 작품에는 언제부터 유녀가 등장하게 되었을까. 일반적으로 유녀는 연회에 나가서 노래와 춤, 음악을 담당하였는데 일본 고유의 노래인 와카和歌를 주고받으며 연회 자리의 흥을 돋우는 역할을 하거나 때에 따라서는 잠자리를 같이 하던 여인들을 가리켰다. 8세기 중엽에 만들어진 가장 오래된 시가집인 『만엽집万葉集』에서 오토모 야카모치大伴家持(717~785)가 읊은 와카에 '우카레메遊行女婦'가 등장한다. '우카레메'는 노래와 춤으로 남자를 유혹해 몸을 팔던 여자의 의미로 사용되었는데, 이것이 바로 유녀를 가리키는 것이다. 이를 보더라도 유녀는 고대부터 존재했었다는 것을 알 수 있다. 이후 유녀의 명칭은 시대가 흐름에 따라 '아소비메遊女', '유쿤遊君', '조로女郎', '게이세이傾城', '오이란花魁' 등으로 불렸다.

유녀의 계급 중에 최고급 지위를 '다유太夫'라고 불렀다. 다유는 용모가 뛰어날 뿐 만 아니라 교양을 몸에 익히고 있었고, 유곽에서만 쓰는 독특한 언어를 구사하였다. 그러나 에도 중기 이후에 다유는 사라지고 '오이란'이 최고급 유녀의 명칭으로 불리게 된다. 오이란의 수발을 드는 어린 유녀 '가무로'나 갓 유녀가 된 '신조新造'들이 '오이라노 도코로노 네상(우리집의 언니)'라고 부르던 말에서 줄어진 것이 어원이라고 한다.

▋ 오이란
(ja.wikipedia.org)

오이란 다음으로 높았던 유녀는 '고시格子'이다. 교토와 오사카 쪽에서는 '덴진天神'이라 불렀다. 그 다음으로는 '하시조로端女郎'가 있었고, 나중에 '쓰보네局'와 최하위 유녀인 '기리미세切見世'로 나뉘었다. 이 외에도 '가무로禿'라 불리는 어린 여자 아이들은 머리를 묶지 않고 앞머리를 눈썹 선과 나란히 자르는 헤어스타일을 하고는 오이란의 시중을 들었다. 유녀들은 일반 여자들과 달랐으므로 '오비帯'라 부르는 허리띠를 앞으로 묶어 손님이 쉽게 풀 수 있도록 하였고, 머리에는 많은 장신구로 치장을 하였다. 유녀들에게 지불하는 화대花代는 지역과 상황에 따라 달랐다. 대략 요시와라의 오이란은 에도 초기 하룻밤에 열 냥十両 정도를 지불해야 하는데, 이는 오늘날 화폐가치로 약 50만 엔 정도에 해당한다. 웬만한 샐러리맨은 엄두도 못 낼 가격인 것이다. 그 아래의 유녀인 덴진이나 고시는 한 냥, 즉 5만 엔 정도이며 가장 하급 유녀인 경우에는

2천에서 5천 엔 정도였다고 한다.

오늘날 일본의 유녀하면 '게이샤芸者'를 떠올리는 경우가 많은데, 원래 게이샤는 춤과 악기, 화술 등의 예술 방면에 능한 예능인에 가까운 개념이다. 원칙적으로 요시와라의 게이샤들은 돈을 받고 몸을 팔지 않았다. 향연에서 가무로써 흥을 돋우어 주던 놀이꾼의 역할이었다. 그러나 나중에는 게이샤도 매춘을 하게 되어 결국에는 몸을 파는 유녀와 다를 바가 없어졌다.

요시와라의 오이란이나 고시와 같은 상급 유녀에게는 그에 걸 맞는 높은 수준의 교양이 요구되었다. 거문고·샤미센·꽃꽂이·향도·다도·와카·서예 등을 익혀야만 했다. 성적 욕구만 해소하려는 목적이라면 하급 유녀를 사기도 하겠지만 상급 유녀인 경우는 신분이 높은 사무라이나 부호 상인들을 상대해야 할 때도 종종 있었기 때문이다. 즉 오늘날의 고급 사교클럽과 마찬가지로 비즈니스를 성사시키기 위한 중요한 접대 자리로 유곽을 찾기도 하였기에 고급 유녀에게 고급 교양은 필수 불가결한 요소였던 것이다.

쾌락을 파는 여인들

오카바쇼는 무허가 사창가를 말한다. 오카바쇼는 에도 시내에 있었기 때문에 지리적인 접근성이 뛰어났으며 문턱이 높은 요시와라와는 달리 전통과 격식에 얽매이지 않았다. 유녀도 고급 유녀에서 값싼 유녀까지 두루 갖추고 있었기에 손님들의 다양한 요구에 응할 수 있었다. 차츰 남자들은 요시와라보다 오카바쇼 쪽으로 발길을 돌리게 되었다.

1811년에 출판된 시키테이 삼바式亭三馬의『시키테이 잡기式亭雑記』를 보더라도, "요즘 요시와라는 심한 불경기라고 한다. (중략) 생각하건데 45년 전과 비교해보면 유녀도 적고 명기라 할 만한 유녀도 반으로 준 것 같다"라는 기술이 보인다. 요시와라가 사창가인 오카바쇼에 손님을 빼앗기고, 유곽의 메카라는 지위까지도 위태로워지는 것을 엿볼 수 있는 대목이다.

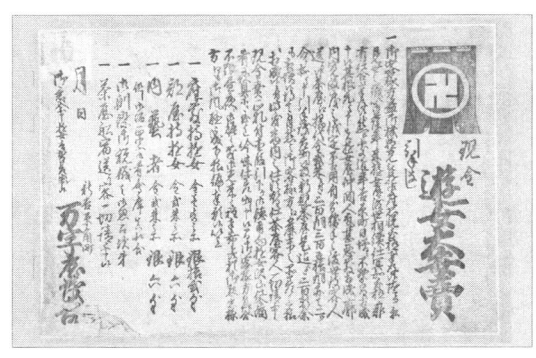

이에 질세라 요시와라도 난국을 타개하고자 궁리 끝에 스스로 문턱을 낮추기 시작했다. 이른바 '유녀 바겐세일遊女大安売'을 단행하게 된 것이다. 그것은 다름 아닌 유녀들에게 지불하는 화대를 반값으로 내린다는 내용의 전단지를 만들어서 인쇄하여 돌리게 된 것인데, 반응은 뜨거웠다. 평소에는 언감생심 꿈도 꿔 볼 수 없는 오이란을 한 번 품어보겠노라고 너나 할 것 없이 남자들이 쇄도하기 시작했다. 이 효과가 어느 정도였는가 하면, 요시와라 한 업소인 만지야万字屋의 경우, 술독 하나가 텅 비기 까지 반달 정도가 걸렸는데, 이 세일을 시작하고 난 후에는 불과 삼일 만에 술독이 비워졌을 정도였다고 한다. 그러나 일시적으로 매출이 늘었다고 해서 언제까지나 고육지책을 쓸 수만은 없었다. 게다가 날로 번성해가는 오카바쇼를 두고 볼 수만은 없었던 요시와라는 막부로부터 공식적인 인가를 받았다는 기득권을 내새워서 막부의 경찰에 해당하는 마치부교쇼町奉行所에 탄원서를 내는 등, 무허가 지역인 오카바쇼의 단속을 여러 차례 요청했다. 막부로서는 일읕이 단속을 나가는 것이 귀찮을뿐더러, 돈 없는 서민들의 유흥거리를 없애버리는 일이 되지 않을까 하는 생각에 곤란한 입장이었다. 그러나 일단 오카바쇼에서 살인사건이나 방화放火같이 큰 사건이 터지면 그 때는 막부 경찰이 총출동하여 범인을 검거할 뿐만 아니라 사건이 일어난 사창가의 업주나 유녀들을 모조리 잡아들였다. 원래가 무허가로 장사하고 있던 터라 죄목은 얼마든지 붙일 수 있었기 때문이다. 그래서인지 오카바쇼에서는 잘못하여 단속에 걸리면 영업정지는 물론이고, 심한 경우에는 영업집까지 철거당하는 판국이라 오카바쇼에서 일어난 사건은 웬만하면 내부적으로 처리하고는 밖으로 새어 나갈까 서로 쉬쉬하기 일쑤였다. 이러한 상황은 오늘날의 무허가 유흥주점들의 모습과 별반 다를 게 없는 것 같다.

한편, 길거리 매춘부로는 요타카夜鷹가 있었다. 해가 떨어지면 거적 하나를 짊어지고 에도의 이곳저곳에서 지나가는 남자의 소맷자락을 끌어당기며 호객행위를 하는 여자들이었다. 이시카와 마사모치石川雅望는 에도 시대 국학자이면서 교카狂歌를 전문으로 읊었던 사람인데, 그가 쓴『에도의 관습都の手ぶり』이라는 책에는 요타카들의 모습이 상세히 묘사되어있다. 요타카는 40에서 60세가량으로 당시에는 노파에 해당할 만한 여성들이었다. 그녀들은 숱이 빠진 머리를 감추기 위해 이마를 검게 물들이거나, 백발의 머리에 검은 기름을 발라 눈속임하는 꼴불견

┃ 메밀장수를 유혹하는 요타카
(blogs.yahoo.co.jp)

을 연출하였다. 요타카들은 머리에 수건을 쓰고 얼굴을 하얗게 화장하
고서는 옆구리에 거적을 끼고 다니면서 손님을 받을 때에도 장소를 가
리지 않았다고 한다.

> 호색한 코가 떨어지는 마을은 요시다초.
> 값싼 대가로 코 잃는 마을은 요시다초.

위의 두 시는 에도 서민들의 생활을 유머러스하게 표현한 센류이다.
당시 요시다초吉田町의 뒷골목에 위치한 좁다란 공동주택인 나가야長屋
는 수많은 요타카들의 소굴이기도 하였다. 때문에 요시다초하면 쉽게
요타카를 떠올리게 된다. 요타카를 찾는 남자들은 주로 무사 집안에
고용된 하인이거나 하급 기술자, 일용직 인부들이 대부분이었다. 그런
데 요타카들 중에는 악성 매독에 걸린 여자들이 많았기 때문에 자칫
잘못하면 매독에 감염되어 코가 문드러져 떨어져나간다고 하였다. 그

럼에도 불구하고 요시와라나 오카바쇼에 갈 형편이 안 되는 사내들은 요타카를 사는 경우가 종종 있던 것이다. 정말 웃지 못할 풍경이라 하겠다.

노상에서 영업하는 요타카 이외에 배에서 몸을 파는 후나만주船饅頭라 불리는 싸구려 창부도 있었다. 그녀들은 강기슭이나 다리 밑의 가장자리에 작은 배를 정박시켜놓고는 강가를 지나가는 남자들에게 호객행위를 하여 흥정이 끝나면 배에서 매춘을 하였다. 때로는 뱃놀이를 하는 남자들에게도 접근해서 유혹하여 수상매춘도 하였다.

한편 오카바쇼는 몬젠마치門前町에서도 크게 성행하였다. 몬젠마치란 유명한 신사나 사찰의 문 앞에 발달한 마을을 가리킨다. 특히 후카가와深川에 있는 나카초仲町는 도미오카 하치만구富岡八幡宮의 몬젠마치門前町로 유명했다. 그런데 신사나 절 주변에 형성된 이름난 몬젠마치에는 놀랍게도 매춘영업소가 우후죽순으로 들어서고, 신사참배를 마치거나 절에서 불공을 드린 후 남자들은 사창가에 들러 매춘을 할 수 있었다. 성스러운 장소여야 할 신사나 사원 근처에서 어쩌다가 매춘이 성했는지 정말 아이러니가 아닐 수 없다. 원래 일본인이 매춘을 관대하게 여겼다고 해도 앞서의 주장처럼 '성性'은 '성聖'스러운 것이라고 주장하기에는 미진함이 남는다. 이에 대해서는 나가이 요시오永井義男의 이야기가 매우 흥미롭다. 그는 사원과 매춘의 관계를 '쇼진오토시精進落とし'로 설명한다. 쇼진오토시란 사십구재를 지내는 동안 육식을 피하고 채식을 하는 정진精進의 기간이 끝나고 난 후에 평상시의 식사로 돌아오는 것을 의미한다. 오늘날에도 일본에서 장례식이 끝난 후에 장례를 진행한 주지 스님이나 장례 동안 신세진 분들을 모시고 노고에 감사하는 마음으로 회식자리를 마련하는 것을 가리키기도 한다. 그러한 의미에서라면, 에도 시대에 신을 참배하고 난후 환속한다는 의미로써 신사나 사찰을 나오면서 근처에 들러 여자를 샀다고 하는 것이 어느 정도 설명될 것 같다.

또 한 예로써 이세 신궁(伊勢神宮)에 가보는 것이 평생 꿈이었던 서민들 중에 점차로 생활수준이 높아짐에 따라 실제로 이세 신궁 참배 길을 떠나는 자들이 많아졌다고 한다. 그러자 그에 따라 이세 신궁의 몬젠마치에는 후루이치(古市)라는 유곽이 발달하여 무려 70여 채의 매춘 영업소와 천여 명에 달하는 유녀들이 있었다고 한다. 이쯤 되면 신사나 사찰을 참배하는 것보다 그 후에 벌이는 '쇼진오토시'에 더 맘이 가 있을 사내들이 훨씬 많았다고 해야 하지 않을까. 나아가 중생에게 불도를 권하여 공덕을 쌓게 한다는 권화(勸化)의 의미로서 비구니의 모습을 한 매춘부들도 있었다. 비구니의 모습을 한 여인을 사면 마치 보살이라도 만난 듯 참배라도 하는 기분을 갖게 하여 손님에게 또 다른 충족을 준다는 것이다. 고대에 신에게 드리는 제사를 무녀가 거행했기 때문에 여자를 통해서 신과 만날 수 있다는 생각에서였을지 모르겠다. 역시 매춘의 도시 에도의 면모를 엿보게 하는 부분이라고 할 수 있다.

이 외에도 에도의 대중탕에는 남자들을 상대로 서비스를 해주던 유나(湯女)라고 여자들이 있었는데, 결국에는 매춘으로 이어졌다. 일례로 단젠부로(丹前風呂)라고 불리던 대중탕에는 가쓰야마(勝山)란 이름의 유나가 있었는데 그 인기가 하늘을 찔렀다고 한다.

'성' 문화, 꽃을 피우다

    에도시대 막부는 서민들의 불만을 해소 시킬 수 있는 방편으로 요시와라를 공인해주었고 그 대가로 운상금運上金이라고 하는 세금을 걷어들였다. 그리고 이렇게 등장한 공창은 급속하게 부상한 신흥 상인들의 기호와 맞아떨어졌다. 요시와라는 한 마디로 고급스럽고도 자유로운 성의 해방구였기 때문이다. 사농공상의 신분제도가 엄격하던 에도 시대에 유일하게 계급과 권력으로부터 해방된 곳이었고, 유곽에서는 무사든 조닌이든 모두가 같은 손님일 뿐이었다. 요시와라를 출입하는 남자들은 칼을 차는 것이 금지되었고, 가마를 타고 들어가는 것도 허용되지 않았다. 요시와라는 오로지 돈과 사랑과 '스이粋'와 '이키意気'만이 통용되는 곳이었고 권력은 무력한 곳이었다. 그 중 '이키'가 제일 존중되었는데, 이는 한마디로 세련되면서도 아름다움을 갖추고 있는 것을 뜻한다. 다음은 '스이'. 스이는 유곽에서의 남녀의 인정을 잘 이해하고 만사를 잘 살필 줄 아는 것이다. 그리고 그 다음이 사랑으로, 결국 돈의 힘은 가장 나중이었다. 그렇긴 해도 돈이 없다면 아무것도 할 수 없는 법, 실제로는 자금력과 풍류를 두루 갖춘 조닌이 가장 인기가 있었다. 아무리 무사라고 해도 남녀 간의 미세한 정을 제대로 모르고 세련되지 못한 궁핍한 무사들은 유녀들한테까지도 무시를 당하기 일쑤였다. 그래서 사람들은 요시와라에서 자유롭게 행동하고 유녀들의 사랑을 얻고자 이키와 스이를 이해하고 몸에 익히고자 노력하였다. 그런 의미에서 요시와라는 근세 시대의 미의식을 발전시키고 육성시키는 기반을 만들었고, 예술적 교양과 문화를 향상시키는 원동력이 되었던 곳이었다고 할 수 있다. 에도 문화가 가진 탐미적이면서도 관능적인 요소는 바로 요시와라에서 싹 텄다고 할 수 있기 때문이다. 그리고 이곳을 배경으로 서민인 조닌들이 중심이 되어 독특하면서도 다양한 문화예술을 만들어 갔다고 하는 점에서 형식이나 격식에 얽매이지 않는 자유분방한 서민의 성 문화가 꽃을 피울 수 있었는지 모른다.

그렇다면, 화려한 명성과 자부심을 자랑하던 유녀들은 그 후로 어떻게 되었을까 궁금하지 않을 수 없다. 좀 더 그녀들의 뒤를 따라가 보기로 하자.

일본은 메이지明治 유신과 더불어 에도를 '도쿄東京'로 개칭하고 근대국가로 변모하고자 근대화를 향한 정치적 사회적인 정책들을 단행하였다. 그 가운데 정부의 관리들과 수도방위를 위한 군인들, 식산흥업殖産興業 정책 등으로 인해 노동자들이 대거 도쿄로 유입되면서 여성의 숫자는 또 다시 부족하게 되었다. 메이지 정부는 근대화를 이루어가는 과정에서 밀매춘을 단속할 목적으로 숙박업소나 사창가에도 면허를 내주었는데, 이것이 유곽의 확대를 가져오게 되었다. 공인 매춘부가 폭발적으로 늘어나면서 그녀들은 더 이상 요시와라의 유녀에 걸맞는 존재가 아니었고 유녀라는 말도 좋은 어감이 아니어서 실용어로서 쓰이지 않게 되었다. 대신 요시와라의 게이샤 외에 마을에 있던 마치게이샤町芸者가 매춘도 겸하게 되면서 게이샤라는 말이 유곽의 여성들을 부르는 통칭으로 사용하게 되었다. 1924년에는 전국에 유곽으로 허가받은 곳이 545개소, 약 만 천 200개의 업소에서 일하는 여성이 약 5만 2천 200명에 달했다.

전후에도 사정은 마찬가지였다. 일본은 고도경제성장기를 맞이하여 지방의 젊은이들이 대거 도쿄로 몰리면서 여전히 성 풍속은 필수불가

결한 것이었다. 그러다가 1946년 연합군사령부GHQ에 의해 민주주의에 위배된다는 이유로 여성의 인신매매 등이 이뤄지는 공창제도가 폐지되었다. 이 때 정부는 특별조치로서 공창이 행해지던 지역을 한정하여 지도 위에다 붉은 선으로 표시하여 매춘을 목적으로 한 '특수음식점'의 영업허가를 내주게 된다. 그래서 일명 '아카센赤線'이라 불리는 '적선지대赤線地帶'가 만들어져서 경찰당국의 묵인 하에 매춘이 일어나게 되었고, 특수음식점으로 지정되지 않은 비공인 매춘지대를 '청선지대靑線地帶'라고 불렀다. 도쿄에서는 요시와라, 신주쿠 니초게新宿二丁目 등의 유곽지역과 다마노이玉の井, 하토노마치鳩の街 지역의 사창가가 간판을 음식점 업소로 바꾸고, 창기들도 여급으로 바꾸었다. 이 때, 도쿄에는 '카페'라는 이름으로, 오사카에서는 '요정料亭'이라는 이름의 풍속업소가 생겨났다. 1952년 6월에 전국에 생겨난 적선지대의 수가 618군데, 업소가 만 8천개에 이르렀다.

공창제 폐지 이후, '적선지대'라는 것을 만들어 명맥을 이어온 일본정부는 여성인권해방 등의 이유로 결국 1958년 4월 1일 매춘방지법을 제정하여 전국적으로 실시하게 되었다. 이로써 문명개화 이후 요시와라는 품위와 명성을 잃고 단순한 육체의 시장으로 전락해 오면서, 요시와라라는 지명도 1966년에 다이토구台東区로 편입되면서 요시와라는 역사 속으로 사라졌다. 그러나 매춘이 법으로는 금지되었지만, 실상은 매춘방지법은 법 조항 문구에 대한 자의적인 해석으로 인해 변태적인 성풍속 산업을 성행하게 만든 법률적인 근거가 되어버렸다. 그리고 결과적으로는 성의 상품화가 가속화되었다고 할 수 있다. 매음 금지로 인하여 목욕탕 매춘업소는 활기를 띠게 되고, 도루코(Turkey)탕의 등장으로 일명 소프란도(Soap Land)가 대 유행을 한다. 소프란도는 곧 일본에서 가장 보편적이면서도 인기가 높은 풍속 업소로 자리 잡게 된다. 그야말로 세계에서 유례없는 성 풍속 산업이 발전하게 되어 풍속 업소 전문의 구인 정보지까지도 발간되고 있는 상황이다. 오늘날 도쿄의 심장인 신주쿠에는 일본 최대의 환락문화가 자리 잡고 있는 가부키초歌舞伎町 거리가 있다. '가부키초1번가歌舞伎町一番街'라고 쓰인 대형 네온사인이 켜지며 밤의 문화를 대표하는 환락가의 메카는 휘황찬란한 빛을 뿜어내며 도심을 유혹하고 있다.

참고문헌
이경덕 편역(2011)『성 풍속으로 읽는 일본』가람기획
모로미야 저, 허유영 역(2006)『에도일본』일빛
井上泰至(2008)『江戸の恋愛作法』香日出版
永井義男(2008)『江戸の下半身事情』祥伝社
小野武雄(2004)『江戸の色里-遊女と廓の図誌』展望社
笹間良彦(1995)『復元 江戸生活図鑑』柏書房
西山松之助 編(1994)『遊女』東京大出版
樋口清之(1988)『江戸性風俗夜話』河出書房
志摩芳次郎(1976)『江戸の遊里』大陸書房

김난주

정사,
사랑과 죽음의 환상

근세에 이르는 사랑의 계보

　사랑의 열정은 동서고금을 막론한 세계 인문학의 가장 중요하고도 지속적인 테마였다. 하지만 일본 문예사만큼 사랑과 성의 주제에 집착한 예를 찾기는 쉽지 않을 것이다. 일본 문예사는 시대에 따라 변화하는 사랑의 형식과 형상을 통해 인간 존재의 내밀한 욕망과 사회상을 그려 왔다.

　일본의 고대 시대는 남성이 마음에 둔 여인의 집을 드나들며 결혼 생활을 유지하는 초서혼招婿婚과 일부다처제를 근간으로 하면서도 남성과 여성이 비교적 평등하게 자유연애를 구가한 시대였다. 이러한 시대 풍조를 반영하듯 『겐지 이야기源氏物語』나 『이세 이야기伊勢物語』로 대표되는 고대 시대 왕조 로맨스는 사랑과 성을 최고의 가치로 찬미한다. 그러나 이는 대개 미야비雅라는 고대 귀족의 미의식으로 포장되어 베일 건너편의 어렴풋한 실루엣으로 형상화되곤 하였다. 그리고 성에 대한 끝없는 욕망과 사랑의 편력 뒤에 인생의 쓸쓸함과 무상함을 짙게 풍기는데, 이는 온 인생을 성애에 집중한 반작용으로서의 무기력함을 귀족적 취향으로 포장한 것에 다름 아니다.

한편, 중세시대 무사권력의 집권과 이에家 제도의 성립은 남존여비의 가부장제를 성립시켰다. 이는 여성의 정조를 강요하고 불륜, 즉 죄악으로서의 성애 의식을 주입했다. 상류 지배계층에서 성애가 속박의 대상이었다면 서민 사회를 대상으로 하는 중세 설화문학에서는 성애가 풍자와 희화의 대상이 된다. 이러한 풍자와 희화는 성에 대한 인간의 욕망을 거침없이 폭로하고 성애의 장면을 노골적으로 묘사하는 쪽으로 나아갔다. 특권계층의 미의식과 가부장적 모순의 껍질을 깨고 민중적 성애 문예가 해금을 맞이하고 있었다.

이윽고 근세시대에 이르면 서민계층을 기반으로 사랑과 성의 문예가 봇물터지듯 터져나온다. 이른바 조닌町人으로 대변되는 도시 대중들을 대상으로 성애에 관한 각종 출판물과 공연물, 춘화春畵가 대량으로 유통되고 소비되었다. 이들의 일단을 살펴보면 당시 서민 계층의 모든 삶의 에너지는 금전과 성에 대한 욕망에 바쳐진 것처럼 보인다.

그 대표적인 예로 이하라 사이카쿠井原西鶴(1642-1693)가 발표한 대중소설『호색일대남好色一代男』(1682)을 꼽지 않을 수 없다. 근세 호색본好色本의 개조開祖이자 에도시대 최고의 문학 작품으로 평가되기도 하는 이 작품은 근세 서민들이 꿈꾼 애욕의 판타지를 거침없이 펼쳐 보이고 있다. 일곱 살, 집안의 하녀에게 연정을 품으며 성에 눈을 뜬 후 사촌누이를 위시해 유부녀, 과부, 남색男色, 전국 유곽의 이름난 유녀 가릴 것이 성애의 세계를 편력하다 환갑의 나이에 온갖 보화寶貨와 환락의 도구를 실은 '호색호好色丸'를 타고 여인국女人國을 찾아 떠난 주인공 요노스케世之介야말로 근세가 낳은 또 다른 나리히라業平요, 히카루겐지光源氏였다. 그런데 그가 사랑을 나눈 상대가 무려 여인이 3, 742명에, 남성이 725명이라 하니 가히 근세의 에로티시즘적 상상력은 타의 추종을 불허한다.

성애에 관한 일반 대중들의 폭발적 관심과 이에 따른 문예 창작물의 범람으로 풍기문란을 우려한 막부는 1670년 '다른 이의 소문을 출판하는 행위' 및 '호색본好色本 출간'에 대한 금지령을 선포하지만 별 실효를 거두지 못한 채 근세 연애의 역사는 예기치 못한 새로운 국면을 맞는다. 다름 아닌 청춘남녀의 동반자살 붐, 정사情死의 열풍이 불어 닥친 것이다.

깨어진 사랑의 판타지, 정사 열풍

중세 동란의 시대를 지나 300여 년간 지속된 평화의 시대는 농업 기술의 획기적인 발달과 생산력의 향상을 가져왔으며 환금작물의 재배와 상품 경제 발전을 가능케 했다. 이렇게 탄생된 부유한 농민층과 상인의 경제적 지위가 고양되면서 역사상 처음으로 서민계층이 시대의 주역으로 등장한다. 서민 사회의 부의 축적과 경제적 상승은 그들의 사랑에 대한 가치관과 연애 방식에도 영향을 미치게 된다.

그 중에서도 근세 시대 연애와 성애의 대표적 공간으로 '유곽'의 등장을 손꼽지 않을 수 없다. 전국戰國시대, 계속되는 전쟁 수행 과정에서 군사들의 사기를 진작시킨다는 명분 아래 생겨난 공창公娼 제도는 교토

京都의 시마바라島原, 오사카大阪의 신마치新町라는 관허 유곽으로 정비되고 늘어나는 수요를 충당하기 위해 오사카의 기타신치北新地가 사창가로 번창하게 된다. 이러한 상업적 도시 유흥공간에서 펼쳐진 유녀와 조닌의 애욕의 드라마는 근세 로맨스의 전형이 되었다.

한편 근세 시기 더욱 공고해진 가부장적 가족제도는 불륜의 고통과 처첩의 갈등을 증폭시켰으며, 엄격해진 신분제는 신분의 차이에 의한 사랑의 좌절을 초래하였다. 한쪽 도시 유흥공간에서는 과도한 성애의 에너지가 분출되고 있었으나 또 다른 한편에서는 공고해진 가부장적 가족 제도와 유교적 도덕관에 의해 개인의 성이 억압받는 모순이 연출되었다. 이렇게 모순된 사회 환경 속에서 파행적 성애문화와 불행한 연애가 양산되었다. 이를 가장 상징적으로 드러내는 사회적 현상이 바로 신주心中, 즉 정사 붐이었다. 일본 역사상 경제 문화적으로 가장 풍요로웠던 시대 청춘남녀들의 연애는 가장 불행한 시기를 지나고 있었다.

1704년에 출판된 『신주대감心中大鑑』을 보면 정사가 속출하기 시작한 당시의 정황이 자세히 그려지고 있다. 데루오카 야스타카暉峻康隆의 『일본인의 사랑과 성』(1989)에 의하면 『신주대감』은 교토와 오사카, 그리고 인근 지역에서 일어난 정사 사건을 취재하여 수록한 일종의 르포집 같은 것이었다. 총 5책에 실린 21화話의 정사 사건 중 유녀 상대의 정사가 9화, 일반 부녀자(미혼 여성, 유부녀)를 상대로 한 정사 사건이 12화를 차지한다. 정사의 동기를 살펴보면 유녀 상대의 정사가 대부분 금전적 문제가 주원인인 데 비해, 일반인들의 경우에는 주인집 아가씨와의 신분을 초월한 사랑이나 주인 또는 형제의 배우자와 빠진 불륜이 주된 원인이었다고 한다. "오늘도 신주心中, 내일도 신주, 아스카강 강변에 이상한 일이 번지고 있다"라고 한 이 책의 서문은 느닷없이 불어 닥친 정사 열풍에 대한 당혹스러움을 대변해주고 있다.

이러한 정사 사건은 앞 다투어 가부키와 조루리의 세와모노世話物로 각색되어 극장에 걸렸다. 세와모노란 에도 시대 이전 역사적 사건과 인물을 소재로 한 시대물時代物에 대해 당대 서민의 삶을 사실적으로 그려낸 작품군을 지칭한다. 그러나 근세 시민의 생활에 밀착했다 하더라도 주된 소재는 살인, 강도, 간통 등 선정적이고 자극적인 내용이 주류를 이루었고, 그중에 가장 큰 비중을 차지한 것은 정사물이었다.

1683년 오사카의 이쿠타마生玉에서 신마치新町의 유녀와 옷 가게 점원이 동반 자살한 사건이 발생한다. 이를 오사카의 세 극단이 경연競演하여 『이쿠타마의 정사生玉心中』라는 작품으로 무대에 올렸는데 이것이 가부키 세와모노의 시초가 된다. 이후 실제 남녀의 동반 자살을 발 빠르게 취재하여 불과 일이 주, 길어야 한 달여 만에 대본으로 만들어 상연하는 식의 가부키 공연이 인기를 끌자 뒤이어 인형극인 조루리가 정사극 제작에 뛰어든다. 1703년 오사카의 간장가게 종업원 도쿠베德兵衛와 기타신치의 유녀 오하츠가 소네자키曾根崎 숲에서 동반 자살한 사건이 일어난다. 당시 다케모토좌竹本座의 전속 작가였던 지카마쓰 몬자에몬近松門左衛門은 한 달 후 이 사건을 소재로 한 『소네자키 숲의 정사曾根崎心中』를 무대에 올린다. 결과는 대성공. 『소네자키 숲의 정사』는 당시 묵직한 시대물을 꾸준히 발표하며 호평을 얻고 있었음에도 만성적인 자금난에 시달리고 있던 다케모토좌를 일거에 구원해 주었다. 이 작품은 조루리계 최초의 세와모노이면서 그해 최고의 히트작으로 기록되어 세와모노의 결정판으로 꼽히게 된다. 이후 당시 문화의 중심지

교토와 오사카의 연극계에서는 정사극 위주의 세와모노 상연이 줄을 이었다.

이상에서 보듯 애초에 연극계의 정사물은 실제 남녀의 정사 사건을 취재하여 각색한 것이 대부분으로 오늘날로 치면 주간지 사회면을 장식할 가십과 스캔들 기사와 비슷한 것이었다. 그런데 이것이 대중의 호기심을 자극하고 인기를 끌면서 거꾸로 이를 모방하는 자살 사건이 속출하는 악순환의 고리를 형성하게 된 것이다. 단적인 예로,『소네자키 숲의 정사』공연 이후 2년 남짓한 기간 동안 30건이 넘는 정사 사건이 교토와 오사카에서 발생했다고 한다.

이러한 사태에 당황한 막부는 특단의 조치를 내린다. 1720년과 21년에 소설과 연극계에 '호색물好色物과 정사물의 금지' 명령을 내리고 연이어 1722년에는 아예 정사 자체를 금지하는 법령을 선포하기에 이른다. 그 내용을 보면 정사한 시신은 매장하지 않고 공개하도록 했으며 혼자 살아남은 자는 하수인으로 단정하여 사형에 처하는 것이었다. 또한 양쪽 다 살아남은 경우는 저잣거리에서 3일 동안 공개하고 그 신분을 천민으로 격하시켰다.

이후, 막부의 강력한 단속과 대극작가 지카마쓰의 사망이 맞물리면서 연극계에서는 1721년『신주요이고진心中宵庚申』을 마지막으로 정사물이 자취를 감추게 된다. 그러나 정사 자체는 쉽게 사라지지 않고 금지령이 선포된 지 10년쯤 후 애련한 선율로 남녀의 정사를 낭창한 조루리가 폭발적 인기를 얻으면서 정사 바람은 에도 무가武家 사회까지 확산되는 양상을 띠었다(물론 이 역시 얼마 못가 1739년에 상연 금지 처분을 받았다).

경제적 풍요와 문화의 황금기로 일컬어지는 근세 전기, 청춘 남녀들은 너나할 것 없이 연애에 빠져들고 사랑을 갈구했으나 그들의 연애는 불행했으며 끝내는 죽음의 길로 걸어 들어갔다.

오락적 성애와 죽음의 유희

인간에게 있어 '사랑'은 시공을 초월한 보편적 욕망이며, '죽음'은 인간이라면 누구나 직면하게 되는 통과의례이다. 그러나 사랑이 살아 있는 인간의 감각을 최고조로 고양시키는 행위인데 비해 죽음은 이러한 감각의 완전한 소멸과 무無, 심연의 고요와 암흑으로 인식된다. 이렇게 완전히 이질적인 경험을 하나로 묶어 '사랑하고 죽는다'는 근세 일본의 현상은 매우 특이하다.

물론 남녀의 정사 문제는 일본에만 국한된 현상은 아니다. 그러나 유독 일본에 많은 점, 특히 근세 겐로쿠元祿(1688-1704)와 교호享保(1716-1736) 연간에 집중되어 나타난 것은 흥미롭다. 이러한 정사 열풍의 원인에 대해서 역사학자를 비롯한 많은 인문학자들은 일본인의 기질적 측면과 문화 사회적 맥락을 고찰하며 다양한 해석을 내놓았다. 즉 내세에 구원받는다는 불교적 종교관, 무사적 기질로 인해 죽음을 가벼이 여기는 순사적殉死的 사고, 가부장적 사회에서 여성에게 부과된 정조 관념, 가족제도와 개인의 대립, 근세 조닌 사회를 둘러싼 의리와 인정의 얽힘, 금전으로 인한 생계 문제 등이 그것이다. 이어 덧붙여 근세 희곡 문학 연구의 대가 스와 하루오諏訪春雄는『신주-그 시詩와 진실』(1977)에서 유곽제도 하에서의 진정한 연애의 곤란과 더불어 지카마쓰 정사극의 힘을 꼽았다. 정사의 원인 분석을 둘러싼 다양한 해석은 그 나름의 안목과 설득력을 지닌 주장이다.

그렇다면 사랑과 죽음을 둘러싼 근세 정사 문화의 본질은 무엇인가? 그 해답을 얻기 위해 우리는 정사 문화의 근원지에 대해 다시금 주목할 필요가 있을 것 같다. 앞서 지적했듯이 근세 시대 연애와 성애의 대표적 공간은 '유곽'이었으며 이 시기 정사의 주인공들은 대개 유곽에서 맺어진 유녀와 상가商家의 고용인이었다. 신주心中라는 한자 표기가 보여주듯 이 말은 원래 '변치 않는 진실한 마음'이라는 뜻을 가진 보통명사였다. 이것이 근세 유곽이라는 유흥 공간에서 유녀가 남성 고객에 대해 자신의 사랑이 진실하다는 증거를 보이기 위해 취한 몇 가지 행동을 지칭하는 용어로 바뀐 것이다. 당시에는 유녀들이 서약서나 머리카락, 손톱, 손가락을 잘라 상자에 넣어 남성에게 보내는 것이 일종의 유곽 문화로 자리하고 있었다. 이러한 신주 행위는 남성 고객의 요청에 의해 혹은 유녀 스스로 그들의 환심을 사기 위해 자행되었다. 이렇게 볼 때, 근세의 정사 문화는 근본적으로 유곽의 문화, 유곽의 연애와 뗄 수 없는 관계라는 것을 알 수 있다.

『호색일대남』6권「신주상자心中箱」편에는 주인공 요노스케가 자신이 받은 신주상자를 열어 지인 부부에게 보이며 자랑하는 대목이 나온다.

상자 안에는 유녀와 가부키 소년 배우들에게서 받은 서약문이 가득했는데 대부분은 혈서였다. 한 쪽 방 기둥에는 거문고 줄을 메달아 놓고 거기에 여자들에게서 받은 검은 머리카락 다발을 죽 걸어 놓았다. 머리카락에 붙어 있는 이름표를 여든 세 개까지 세고는 질려서 그만두었다. 방 오른쪽 선반 밑에는 살점이 붙어 있는 손톱이 수도 없이 놓여 있고, 그

밖에 비단보에 싸인 것이 산처럼 쌓여 있는데 어느 것 하나 사연 없는 것이 없으리라.

▌ 요노스케 방안 가득
　 진열되어 있는 신주의 흔적
『호색일대남好色一代男』
(일본국립국회도서관 디지털 자료)

　이 신주 콜렉션을 감상한 지인은 과연 천하의 호색가요 풍류객인 요노스케를 새삼 감탄과 부러움의 눈으로 우러러보지 않을 수 없는 것이다. 혈서와 머리다발, 손톱과 손가락이 산처럼 쌓인 사랑의 증거물들이 이렇게 골계적일 수 있을까.

　유곽에서 태어난 신주 문화에 대해서는 1678년에 나온 유곽 견문기 『색도대경色道大鏡』의 「신주편」이 비교적 자세한 해설을 첨부하고 있다. 이 책은 저자 후지모토 기잔藤本箕山이 30년에 걸쳐 전국의 유곽을 편력하며 체험한 내용을 총 18권의 책으로 엮어낸 유곽 평판기이자 풍속지이다. 자료에는 유녀가 남성 고객의 마음을 붙잡아 두기 위해 사랑의 서약서를 쓰고, 남자의 이름을 자신의 몸에 문신으로 새겨 넣고, 손톱이나 손가락, 머리카락을 잘라 보내거나 팔이나 허벅지에 상처를 내는 일에서 급기야는 목숨을 걸고 사랑을 증명하기에 이르는 신주의 갖가지 실상이 소개되어 있다.

이 자료에 의하면 남녀의 사랑의 서약문을 기청起請이라고도 했는데, 여기에는 고대 시대 펄펄 끓인 물이나 진흙 속에 손을 집어넣거나 불에 달군 도끼를 맨손으로 붙잡게 하여 무죄를 증명케 한 고사가 전한다. 또한 서약서를 쓸 때 사용되는 종이는 특별히 구마노 우오熊能牛王라는 부적을 사용했는데, 만일 서약을 어기면 구마노 우오 신의 사자인 까마귀가 죽고 약속을 어긴 당사자도 피를 토하고 죽어 지옥에 떨어진다는 전승이 있다. 당사자인 남녀는 사랑의 맹세를 어길 시, 자신이 믿는 어느 어느 신들에게 벌을 받을 것이라는 내용을 적고 맹세의 표시로 손가락의 피를 내 종이에 떨어뜨렸다.

또한 문신은 중국 당唐대에 궁녀의 몸에 영원(도롱농과로 10센티 내외의 크기)의 피를 바른 후 음사淫事를 저지르면 피의 흔적이 사라지고 음사를 저지르지 않으면 언제까지나 지워지지 않는다는 고사에서 유래했다고 한다. 유녀의 몸에 문신을 새길 때는 남성의 이름을 먹물로 새겨 넣었는데 이름 뒤에 '명命'자를 병기했다고 한다. 이는 상대 남성을 목숨을 걸고 사랑한다는 뜻이며 또한 목숨이 있는 한 사랑하겠다는 뜻이다. 『색도대경』에는 근자에 한 유녀가 어깨에서부터 팔꿈치까지 상대 남자의 가명, 실명할 것 없이 빼곡히 새겨 넣었다는 에피소드가 실려 있다.

한편 『색도대경』에 따르면 팔뚝이나 허벅지를 칼로 꿰뚫는 신주는 원래 남색 관계에서 어린 남성 쪽이 행하는 행위로 유곽의 문화는 아니었다고 한다. 저자 후지모토 기잔은 어떤 유녀가 사랑하는 남성의 마음에 보답하고자 칼로 허벅지를 두 번이나 찌르고 그 자리에서 실신한 일화를 소개하며 무분별한 신주 행위를 경계했다.

위의 내용을 보면 이 책이 쓰인 1670년대만 하더라도 신주는 유곽문화의 전유물로 그 파급효과는 전사회적인 것이 아니었으며 심각한 양상도 띠지 않았다. 특히 마지막 부분에서 장난삼아 신주를 부추기는 남자 앞에서 칼을 뽑아 목을 찌르는 유녀의 일화를 이례적인 예시로 소개한 것으로 보아 이 책을 집필할 당시에는 아직 신주가 죽음을 의미하는 단계는 아니었던 것 같다. 오히려 오락적이며 쾌락적인 유희의 차원에서 신주가 행해진 인상을 준다. 다른 유녀의 신주 행위를 들먹이며 자신의 여자에게도 신주를 종용하는 남자와, 보란 듯이 온 몸 가득 남자의 이름을 새겨 넣은 유녀의 일화가 그 예라 할 수 있다.

그러나 신주를 둘러싼 남녀의 입장차는 분명한 것처럼 보인다. 즉 여성의 입장에서 남성과의 관계가 자신의 신체를 훼손해 가면서까지 지켜야 할 만큼 절실한 것이었다면, 남성 쪽에서 신주는 치기적이고 가학적인 오락의 속성을 띠는 것이었다. 어쨌든 두 경우 모두 순수한 사랑의 동기와는 거리가 멀다. 『색도대경』「신주편」의 마지막 장에 소개된 사건은 앞으로 불어 닥칠 신주 열풍의 서막을 알리는 것이자, 신주의 본질이 무엇인지를 알려준다.

> 강에寬永 연간(1624-1644), 야마시로山城의 한 목욕탕에 코야라는 유나湯女(근세 초기 목욕탕에서 일하던 여성으로 때밀이와 함께 매춘을 업으로 하였다)가 있었다. 〈중략〉 이 여자에게 드나드는 남자가 있었는데 어느 날 남자가 찾아와서 말하기를 "너와 만나 정을 나눈 지 수년이 흘렀으니 서운한 건 없다. 허나 너보다 신주가 뛰어난 여자가 있다던데." 여자가

씩씩대며 "무슨 말씀을 하시는 거예요?" 이 남자, 재미있어 하며, "그게 말이야, 요 근처 목욕탕에 다마玉라는 여자는 손가락을 잘라 남자에게 보냈다는구나." 코야, "그 정도의 신주는 하나마나야. 난 그보다 더한 걸 보여주지" "넌 어떤 신주를 보여주련?" 남자가 재차 놀려대자 여자는 남자가 차고 있던 칼을 확 뽑아들며 "손가락은 댈 것도 아니야. 잘 봐." 그리고 자신의 숨통을 푹 찌르는 것이었다. 남자는 아연실색하여 도망쳤는데, 주인이 놀라 보니 아직 숨이 끊이지 않았다. 진정시키고 이유를 물으니 "그만 욱하는 마음에…"

▌ 에도시대 공중 목욕탕
『好色一代男』삽화
(일본국립국회도서관 디지털 자료)

　　근세 시기 상업적 유흥공간에서 펼쳐지는 사랑이란 현실적으로 돈을 매개로 팔고 사는 일종의 오락적 상품의 성격을 띠는 것이었다. 환락가에서 꽃핀 이 시기 연애는 성애에 인생 대부분의 에너지를 집중시켰으나 생태적으로 건강한 미래를 개척할 수 없는 한계를 지니고 있었다. 그리고 만족할 줄 모르는 욕망은 상품화된 성과 오락이 된 연애 문화 속에서 신주라는 죽음의 유희에 사로잡힌다. 그리고 지카마쓰의 정사극은 이 속에서 태어난 사랑의 비극을 더없이 순수하고 정열적인 것으로 그리며 근세 도시 남녀들에게 죽음의 환상을 자극한다.

정사 - 피안의 환상과 타나토스

『소네자키 숲의 정사』 상연 이후 2년 남짓한 기간 동안 30건이 넘는 정사 사건이 교토와 오사카에서 발생했다고 하는 사실은 정사 신드롬에 대한 지카마쓰 정사극의 영향력을 입증한다. 생전에 지카마쓰는 100여 편이 넘는 희곡 작품을 남겼는데 그중 세와모노가 24편, 이 가운데 절반에 가까운 11편이 정사물로 분류된다. 일찍이 많은 평론가들은 지카마쓰의 정사물에 대해 '그의 조루리는 연애주의 정서로 충만해 있으며', '순수한 사랑의 숭고함을 한결같이 노래'한, '사랑의 시인'이라고 평가했다.

물론 지카마쓰가 남녀의 사랑을 중요한 주제로 다루고 있는 것은 의심의 여지가 없다. 그러나 그의 정사극은 사랑의 찬미극이라기보다 오히려 죽음의 찬미극에 가깝다. 그것은 사랑의 비극을 다룬 여타의 연애문학과는 달리 그의 드라마가 사랑의 설렘, 기쁨, 격정 같은 사랑 자체에 대한 환희와 열정을 그리고 있지 않기 때문이다. 연애 드라마에서 가장 달콤한 순간인 사랑의 시작부를 생략한 채 드라마는 곧바로 사랑의 절정기를 지나버린 남녀의 비극적 운명과 죽음의 예고로부터 출발한다.

그리고 그 예고는 지카마쓰의 첫 세와모노『소네자키 숲의 정사』에서부터 사원 순례라는 패턴으로 나타난다. 이 작품의 도입부는 유녀 오하쓰가 요사이 발길이 뜸해진 연인 도쿠베에 대한 근심을 안은 채 유곽의 손님에 이끌려 당시 유행하던 관음 성지 순례를 하는 장면으로 부터 시작한다.

> 참으로 극락세계에서 지금 이 사바세계로 현시하시어 우리를 구원하 시는 관세음, 우러르니 드높아라. 그 옛날 (닌도쿠천황人德天皇이) 고당高 堂에 올라 백성의 번영을 약속하신 땅도 이 오사카. 서른세 개 관음의 영지靈地 영불靈佛을 차례로 순례하면 죄장罪障도 소멸한다네.

시노다 코이치로篠田浩一朗는 그의 논문「신주란 무엇인가-근세 신주 극의 기호론적 고찰」(1985)에서 "『소네자키 숲의 정사』에 나온 오사카 33개소 관음 영지 순례의 행적을 따라가다 보면 오사카 서쪽 끝자락에 위치한 신고료 신사新御靈神社에 이르게 되는데, 이는 이 순례의 최종 목 적지가 서방정토임을 암시하는 것"이라고 지적하고 있다. 즉 지카마쓰 가 사원 순례 장면을 자신의 드라마 도입 부분에 배치한 것은 곧이어 닥치게 될 죽음에 대해 사후 극락왕생의 길을 보장받기 위한 조치였던

‖ 인형극『소네자키 숲의 정사』
(http://udf.blog2.fc2.com/blog-date-2006
0219.html)

것이다.

도입부에 배치된 사원 순례 장면이 내세 극락왕생을 보장하기 위해 작가가 마련해 놓은 숨은 장치라고 한다면, 드라마의 최종부인 자살 장면에서는 현세에서 이루지 못한 사랑을 내세에서 보장받고자 하는 주인공의 원망願望과 믿음이 보다 더 직설적인 화법으로 드러난다.

> 먼저 죽은 아내의 뒤를 좇아 저승 강을 둘이 함께 손잡고 건너 서방정토 일문자로 나아가 하품하생을 넘어 곧바로 상품 정토에 이르려는 생각에 마지막을 서두르는데 〈생략〉

위 인용문은 1707년 4월에 초연된 지카마쓰의 작품 『4월의 윤색卯月の潤色』의 마지막 부분이다. 본 작품은 전년도에 상연된 『4월의 붉은 단풍ひぢりめん卯月の紅葉』의 속편에 해당한다. 전편에서 주인공 요헤는 새 장모의 이간질로 장인과 사이가 틀어진 와중에 장인의 창고를 도둑질한 누명까지 뒤집어 쓴다. 궁지에 몰려 살 희망을 잃은 두 사람은 동반 자살을 시도했으나 어린 아내만 죽인 채 자신은 살아남았다. 후편 『4월의 윤색』에서 요헤는 장인을 비롯한 식구들의 따뜻한 보살핌 속에서 출가하지만 죽은 아내의 환영에 사로잡혀 "함께 해로하고 같은 구멍에 묻히기를 언약하며 원앙금침 속에서 나눈 약속"을 지키겠다며 죽음을 결심한다. 인용문은 죽어가는 요헤가 아내와 함께 극락왕생하는 것을 환상하는 장면이다.

이상에서 보듯 불교적 피안에 대한 환상은 지카마쓰 작품의 주인공들을 죽음으로 이끈 강한 동력이 되고 있음을 알 수 있다.

그러나 이러한 피안의 환상이 언제까지나 이룰 수 없는 사랑과 죽음의 고통을 치유하는 묘약으로 작용하지는 못했다. 스와 하루오誠訪春雄가 지적했듯 "내세에서의 사랑의 성취를 믿으며 죽음을 향해가는 낭만적 죽음의 정열은『소네자키 숲의 정사』이후 점점 자취를 감추어 가고 대신 그 죽음은 죄의식이 짙게 흐르는 숨막힐 듯한 어두움"의 색채로 변질되어 갔다. 자신들의 죽음이 육친의 사랑과 주종관계의 신의를 배반하는 것이라는 죄책감은 극락왕생에 대한 환상대신 지옥의 고통과 영원한 이별의 불길한 전망을 낳을 뿐이다.

> 의지했던 주인님에게도 쫓겨나고 더구나 그대마저 죽여 일가를 비탄
> 에 빠뜨리니 그 죄과는 지옥불에 타들어 가는 고통과, 무간지옥의 나락에
> 누워 쇠망치로 뼈를 부수는 고통을 당하리라. 좋다. 그것은 받아들일 수
> 있다. 허나 고향에서 추선공양을 받은 그대와 (지옥불에 떨어질 나는)
> 육도六道의 갈림길에서 헤어지리니 그것만이 슬프고 고통스럽구나.

위 작품은 대장간의 헤베平兵衛와 유녀 오칸의 비극을 다룬『정사의 칼날은 얼음 같은 초하루에心中刃は氷の朔日』(1709년 초연). 집안이 몰락해 유녀로 전락한 오칸 앞에 고향 집 부모가 오칸을 데려가기 위해 정혼자定婚者를 보낸다. 그러나 오칸은 이미 대장간 헤베와 앞날을 약속한 사이. 이 와중에 헤베는 오칸을 유곽에서 빼 낼 돈을 마련하기 위해 주인 몰래 물품 대금을 빼돌리다 대장간에서 내쫓긴다. 위 인용문에서는 부모의 정과 주위 사람들의 의리를 배신하고 죽음의 길로 들어선 두 주인공의 내적 고통이 절절히 묘사되고 있다.

결국 그들을 죽음으로 이끈 것은 피안에 대한 환상을 넘어 좀 더 근원적인 무엇이었다. 예를 들어 쇼와昭和시대 또다시 예술계를 뒤흔든

자살과 정사 소동은 이미 불교적 피안에 대한 동경과는 무연한 것이기 때문이다. 이러한 정사 문화의 이면에는 일본인들의 죽음에 대한 독특한 미의식이 작용하고 있는 것처럼 보인다. 그들은 죽음을 친숙한 것으로 받아들이는 정도를 넘어 탐미적 수준으로 고양시키고 있다.

이와 관련하여 지카마쓰 작품에서 죽음을 묘사하는 태도에 좀 더 주목할 필요가 있다. 왜냐하면 그의 조루리를 사랑에 살고 사랑에 죽는 사랑의 찬가이자 약속된 극락왕생의 길이라고 하기엔 그가 그리고 있는 죽음의 광경이 너무나도 참혹한 것이기 때문이다. 그것은 선명하게 붉은, 흥건한 피의 이미지를 하고 있다. 다음은 『정사의 칼날은 얼음 같은 초하루에』에서 헤베가 오칸을 죽이는 장면이다.

> (칼에 찔려) 괴로워하는 여자의 모습에 정신을 돗 차리고 불쌍해, 불쌍해. 아, 불쌍하고 불쌍하여라. 함께 괴로워하는 남자의 마음. 나무삼보南無三宝, 더 늦지 않게 면도칼로 (여자의) 목덜미를 도리고 도리고 도려내니 뼈만 남은 목이 칼로 자른 것 같더라.

또한 『사월의 붉은 단풍』에서는 지옥을 방불케 하는 죽음의 장면이 묘사되고 있다. 신랑 요헤와 그를 너무도 사랑한 어린 신부 오카메는 나무관세음보살을 외며 죽음의 길을 재촉한다. 두 개의 면도날을 한 손에 쥐고 여인의 숨통을 목뼈가 부러져라, 칼날이 부서지도록 쑤셔 넣었으나 어린 청년은 숨통을 끊을 급소를 찾지 못했다. 죽지 못하고 괴로워하는 아내의 모습에 당황하며 피가 솟구치는 구멍을 허리끈으로 친친 감고 황급히 자신의 목을 칼로 찔러 보지만 톱날처럼 굽은 면도날에 살가죽만 찢기고 만다. 면도칼을 버리고 단도를 빼들었으나 힘이 빠진 손은 그마저 연못에 빠뜨리고 칼을 건지러 연못에 들어가 허우적댄다.

> (피투성이가 된 채 허우적대는 남편을 도우려) 연못에 기어들어 간 오카메와 요헤. 서로 붙잡아 끌어올리고, 안아 올리다 자빠지고, 업어 올리다 넘어지니, 마음만 있고 힘이 빠져. 여보, 요헤 요헤. 오카메 오카메 서로 부른다. 가늘어져 가던 (여자의) 숨통이 마침내 끊기니, 이 세상 지옥이 따로 없구나.

본 작품의 마지막 장면은 열다섯 꽃다운 오카메의 주검을 구경하기 위해 사람들이 산처럼 몰려들었다는 해설로 끝이 난다.

실제 정사한 시신을 매장하지 않고 공개하도록 한 법령은 시신을 보기 위해 인파가 몰려드는 살풍경을 연출하기도 하였다. 정사자들의 시체는 주로 에도의 니혼바시日本橋와 오사카의 센니치마에千日前에 있던 화장장 근처에서 남녀 할 것 없이 전라로 공개되었다. 이런 시체 공개 방침은 1793년 2월에 있은 소동으로 철회되었다고 한다. 이때의 소동은 오사카 센니치마에에 공개된 여성의 음모陰毛가 무성하다는 소문을 듣고 이 시신을 구경하러 몰려 든 사람들 때문에 일어난 것이다. 이러한 실례實例는 죽음과 주검에 대한 일본인들의 노골적 관심과 흥분을 보여주는 것이라 여겨진다.

지카마쓰 정사극에서 펼쳐지는 살인과 자살의 장면은 잔인하고 그만큼 강렬한 인상을 남긴다. 또한 죽음의 과정이 참혹하고 강렬할수록 죽음에 대한 선정적인 이미지가 증폭한다. 그리고 그것은 근세 청춘 남녀들에게 뿌리칠 수 없는 죽음의 유혹으로 작용하였다. 이러한 죽음에 대한 충동의 실현으로서의 정사는 프로이트가 말하는 신비스러운 자기 학대적 경향의 궁극적 도달점처럼 보인다. 그것은 일본어에서 정사를 가리키는 전통적 개념인 신주의 원래 의미를 상기할 때 더욱 분명해진다. 즉 신주는 사랑하는 남녀가 자신의 사랑을 증명하기 위해 서약서를 쓰고, 머리카락을 자르고, 문신을 하고, 손톱을 뽑고, 손가락을 자르다 결국엔 자신의 목숨을 던지는 것으로 비약해 나가는 과정을 보여주고 있다. 신주, 즉 정사는 이렇게 사랑을 위해 자신의 그통을 증폭시키는 과정의 최종 도달점이다. 또한 그것은 성적 에너지와 삶의 본능인 에로스로부터 죽음의 근원적 욕망인 타나토스를 향한 질주라 할 수 있다.

근세 일본의 문예는 인간의 육체와 감각의 욕망을 긍정하고 찬미하는 동시에 그것이 야기하는 결핍과 불안과 폭력성을 집요하게 응시해 왔다. 또한 '사랑과 죽음'이라는 근원적 욕망을 통해 '인간이란 무엇인가'라는 물음을 줄기차게 제기해 왔다.

참고문헌

김난주(2012) 「사랑과 죽음에 대한 근세 일본의 幻像」『동방학』25호 한서대학교동양고전
　　연구소
지크문트 프로이드, 박찬부 역(1997) 『쾌락의 원칙을 넘어』열린 책들
山根為雄校註訳(2003) 「曾根崎心中」『近松門左衛門集2』新編日本古典文学全集 小学館
暉峻康隆(1989) 『日本人の愛と性』岩波書店
諏訪春雄(1986) 『近世戯曲史序説-死の局面を中心に』白水社
篠田浩一朗(1985) 「心中とは何か-近世心中劇の記号論的考察」『國文學』學燈社
邦光史郎(1980) 『情死の歴史-陰の日本史』日本書籍
諏訪春雄(1979) 『日本文学全史-近世』4 學燈社
諏訪春雄(1977) 『心中-その詩と真実』毎日新聞社
諏訪春雄(1968) 『愛と死の伝承-近世恋愛譚』角川書店
藤本箕山(1678) 『色道大鏡』(新版色道大鏡刊行会 편(2006) 『新版 色道大鏡』八木書店)

에로티시즘으로
읽는
일 본 문 화

색과 사랑의 드라마,
인형극

인형의 관능미

2012년 5월, 일본의 한 신문에 '아름답고도 관능적인 환영幻影-국립
극장 소극장 분라쿠文楽 5월 공연'이라는 표제의 기사가 실렸다. 이 때
공연되었던 인형극 조루리浄瑠璃(분라쿠라고도 함)작품은 『단노우라 가
부토군키壇浦兜軍記』이며 가게키요景清의 행방을 찾는 겐지源氏측 무사에
게 붙들려 온 유녀 아코야阿古屋의 모습에 대해 표현한 것이었다. 아코
야에게 가야금과 샤미센三味線, 그리고 해금을 연주하게 하여 그 음색에
흐트러짐이 없는지를 보고 그녀의 말의 진실여부를 가리기 위한 고문
장면이었다. 아코야는 교토京都의 고급 유녀로 기품 있는 고상한 자태
로 무대에 등장한다. 거짓말을 탐지하려는 무사들 앞에서 정확한 연주
솜씨를 피로해 보이는 장면은 긴박한 분위기 속에서 오히려 그녀의 외
면과 내면적 아름다움을 돋보이게 한다. 특히 가부키歌舞伎에서는 배우
가 직접 악기 연주도 해야 할 뿐 아니라 가냘프고도 지조 있는 겉모습

도 갖추어야 하는 등 여성을 연기하는 배우인 오야마女形에게 난이도 가 높은 역할로 간주되기도 한다. 반면 인형극인 조루리에서는 인형이 섬세한 동작으로 세 악기를 연주하는 모습이 큰 볼거리이다. 음정을 흔들림 없이 연주해야 하는 긴장감, 기개를 지니면서도 사랑하는 가게키요를 걱정하고 그리워하는 마음이 인형인 아코야의 표정과 동작에 담겨 있다. 기사의 필자는 여기에 인형이 보여주는 관능미를 느꼈던 것이다.

조루리는 노송나무로 만들어진 인형에 의해 펼쳐지는 관능적인 사랑의 드라마이다. 한결같은 사랑을 연기하는 여주인공 인형의 모습은 가부키처럼 살아 있는 인간이 하는 연기보다 더 애절하고 애틋한 사랑을 전하는 묘한 힘을 지니고 있다. 그 혈색 없는 하얀 얼굴과 자그마한 입을 가진 무표정한 모습은 노能의 가면과도 비슷한 고상한 유현미幽玄美를 느끼게 한다. 노 가면에 표정을 담는 것이 배우의 기술인 것처럼 조루리에서 인형에게 생기를 불어넣는 것은 인형조정사의 기술에 달려 있다. 인간국보라 불리는 오랜 경력을 가진 인형조종사들의 손놀림은 관능적이라는 평을 듣는다. 나무와 실로 이루어진 인형에 표정 뿐 아니라 몸짓에서도 관능미를 느끼게 했다는 것은 조종사에게 최고의 찬사라 할 수 있을 것이다. 특히 여주인공이 유녀인 경우 성적 매력을 표현하게 마련인데, 『소네자키 숲의 정사曾根崎心中』는 현재도 상연되는 조루리 중에서 인형의 관능미가 가장 잘 나타나는 작품이라 할 수 있다. 무엇이 그토록 여주인공 오하쓰お初를 매혹적으로 만드는 것일까?

죽음과 사랑, 『소네자키 숲의 정사』

에도江戸시대 극작가 지카마쓰 몬자에몬近松門左衛門의 대표작『소네자키 숲의 정사』는 간장가게 종업원 도쿠베德兵衛와 유녀 오하쓰의 비극적 사랑 이야기이다. 도쿠베와 오하쓰는 사랑하는 사이이나 도쿠베의 계모가 돈에 눈이 멀어 도쿠베의 가게 주인 조카와의 혼담을 몰래 성사시켜버린다. 게다가 도쿠베는 친구인 구헤이지九平治에게 돈을 빌려주고 차용증을 받았으나 구헤이지는 오히려 그를 문서 위조범으로 몰아세운다. 도쿠베가 구헤이지에게 빌려준 돈은 혼담을 파기하기 위해 계모가 받았던 신부측 지참금을 찾아서 가지고 있던 것이었다. 그런데 조카와의 혼사를 거절한 것을 괘씸하게 여긴 주인은 지참금 변상 외에도 그를 오사카에서 추방시키기로 한다. 오사카에서 쫓겨날 처지가 된 도쿠베가 오하쓰를 못 만날 생각에 울음을 터뜨리자 오하쓰는 "어떻게 해도 못 만날 때에는 이승에서만 만나라는 법이 있습니까? 저승에서 맺어진 예도 있습니다. 결국에는 죽으면 그만이지 않습니까? 저승에서는 우리 사이를 막는 사람도 막을 수 있는 사람도 없습니다"라고 그에게 용기를 북돋는다. 바로 직전에 도쿠베를 오랜만에 만난 기쁨에 '내 마음 고생'을 알아달라며 그의 손을 품 안에 감싸고 하염없이 눈물 흘리던 모습에서는 상상도 못하는 기개를 보인다.

그 후 사람들의 눈을 피해 유곽 앞에 나타난 도쿠베를 오하쓰는 몰래 가게 안으로 들어오게 하고는 마루 밑에 숨긴다. 구헤이지가 나타나 도쿠베에 대해 욕설을 하자 오하쓰는 "도쿠베는 속았는데 증거가 없어 증명할 수가 없으니, 이렇게 된 이상 도쿠베도 죽어야 할텐데 죽을 각오가 있는지 알고 싶다"며 마루 밑에 있는 도쿠베에게 발로 의향을 묻는다. 그는 고개를 끄덕이며 오하쓰의 발목으로 자기 목을 쓰다듬으며 자해할 것이라고 알린다. 여기서 그가 죽음을 선택한 것은 체면을 중요시하는 이른바 '이치부一分 의식'에 의한 것으로 오하쓰도 그의 체면을 살리기 위해 그리고 그와 영원히 함께 하기 위해 목숨을 버리는 것이다.

이 장면에서 주목할 점이 있다. 원래 조루리 여자인형은 다리가 없다. 여자의 경우 다리를 내놓는 경우가 없어 인형조종사가 다리가 있는 것처럼 보여주기만 할 뿐이다. 그런데 조루리 중,『소네자키 숲의 정사』에서 유일하게 여자인형의 다리를 볼 수 있는 것이다.

▌ 서로 교감을 나누는 도쿠베와 오하쓰
(『和楽』小学館 2003)

마루 밑에 숨은 도쿠베는 구헤이지가 자기를 비난하는 것에 화가 치밀어 올랐으나 이를 악물고 분을 삭이려 한다. 오하쓰는 그런 그를 발로 달래고 이어 자살의지도 발로 물었던 것이다. 도쿠베가 그 새하얀 다리를 목에 갖다 대며 죽음에 대한 결심을 전하는 장면은 섬뜩함과 동시에 관능미를 느끼게 한다. 성적 상징인 여자의 다리가 사랑과 죽음을 매개하고 있다.

죽음을 결심하고 함께 죽을 장소를 찾아 소네자키 숲에 도착한 도쿠베와 오하쓰. 도쿠베는 오하쓰를 죽이고 나서 자신이 뒤이어 죽을 생각이었다. 그런데 막상 오하쓰를 죽이려니 쉽지 않았다. "이쁘다, 사랑스럽다, 하며 꼭 껴안고 자던 살에 칼을 댈 수가 있을까". 죽여달라는 여자의 눈빛과 모습. 이 장면 또한 사랑과 죽음이 맞닿아 있으면서 선정성과 잔인함이 공존한다.

지카마쓰는 정사를 고통스러운 현세에서 벗어나 행복한 내세로 향하는 추상적이고 아름다운 행동으로 묘사하지 않는다. 그는 정사를 앞둔 두 사람을 현실로 끌고 들어온다. 즉, 직전까지 사랑을 나눈 여자를 남자가 죽여야 한다는 현실감을 부여한다. 바로 여기에 에로티시즘이 등장한다. 성과 죽음의 관계를 고찰한 프랑스의 철학가 조르주 바타이유 G. Bataille가 "에로티시즘은 죽음에 이르기까지 삶을 찬양하는 것이다"라고 한 것처럼 사랑과 죽음이 서로 맞닿아 있을 때 에로티시즘이 가장 고조된다. 이 점에 대해서는 지카마쓰의 『아미 섬의 정사心中天網島』와 이를 영화화한 작품을 살펴보자.

죽을 곳을 찾는 남녀주인공의 모습을 그린 『아미 섬의 정사』의 마지막 장면 역시 애잔하다. 남자 주인공인 지헤이治兵衛가 "나로 인해 고통스럽게 죽게 만드는구나. 용서해줘" 하며 여주인공인 고하루小春를 끌어안자 그녀는 "아니 저 때문에"라며 그를 꼭 안으며 서로 얼굴과 얼굴을 포개어 눈물 흘린다. 시노다 쇼고篠田正浩감독은 1969년에 『아미 섬의 정사』를 영화로 제작하면서 이 장면을 얼굴을 포갠 것에 그치지 않은 격렬한 섹스장면으로 표현하고 있다. 너무나도 강렬하고 노골적인 애욕의 표현 장면이 조루리의 세계와는 다른 위화감을 강하게 느끼게 한다.

에로티시즘은 성적인 이미지를 의식적, 혹은 무의식적으로 환기시키는 것을 말한다. 따라서 성행위자체가 아니라, 성행위를 머리 속에서 상상하게 하거나 성적 욕망을 자극하기 때문에 에로틱한 것이다. 그렇기 때문에 영화『아미지마의 정사』에서는 노골적인 성묘사로 인해 조루리『아미지마의 정사』에서 느낄 수 있었던 유현의 분위기 속에 감도는 에로틱함은 사라져 있다고 할 수 있다.

비속화된 사랑의 표현

조루리의 기원은 무로마치室町 시대(1336-1573)에 만들어진 조루리浄瑠璃와 요시쓰네義経의 풋풋하고도 슬픈 사랑을 그린『조루리 이야기浄瑠璃物語』이다. 열네다섯 살이 된 그들이 만나서 동침에 이르기까지의 과정은 상세하고도 길지만 오감과 상상력을 자극하기 충분한 장면으로 구성되어 있다. 조루리와 요시쓰네가 만나 어렵게 동침하게 된다는 설정은 이후의 조루리 작품에서 남녀의 만남 장면에 상투적으로 사용되었다. 지카마쓰도 이 설정을 애용했던 한 사람이다. 중세에 생긴 이 이야기는 에도시대에 패러디되어 갈수록 노골적인 묘사로 변경되어 간다. 우선 원작『조루리 이야기』부터 보도록 하자.

조루리는 야하기矢矧(현 아이치현愛知県 오카자키시岡崎市)국사 가네타카兼高와 야하기 역참 유곽 주인의 딸이다. 부부 사이에 오랫동안 아이가 생기지 않아 봉래사의 약사여래에게 빌어 어렵게 얻은 아이였다.

그래서 부모는 약사여래에 유래한 조루리라는 이름을 짓고 금지옥엽으로 키웠다. 한편, 요시쓰네는 아버지 미나모토 요시토모源義朝가 죽자 어머니 도키와常盤에 의해 구라마 사鞍馬寺에 맡겨져 수행을 하고 있었다. 그런 어느날 요시쓰네는 헤이시平氏 무사들에 의해 죽은 아버지의 원수를 갚기 위해 스님이 되기를 거부하고 절을 떠난다. 헤이시가 정권을 잡고 있었던 시기였기 때문에 요시쓰네는 금장사 기치지吉次를 따라 마부의 모습을 하고 남들의 눈에 뛰지 않게 오슈奧州로 내려가게 된다.

이렇게 귀하게 자란 조루리와 복수심에 불타 오슈로 향하던 요시쓰네가 우연히 만나 사랑에 빠지게 된다. 두 사람의 간남의 계기는 관현악 연주였다. 요시쓰네 일행은 야하기를 숙소로 정하고 휴식을 취하고 있었다. 요시쓰네는 산책을 하다 화려함에 이끌려 그곳 주인의 저택 쪽으로 들어가게 된다. 마침 조루리는 시녀들과 악기 연주를 즐기고 있었다. 요시쓰네는 오랜만에 듣는 아름다운 연주 소리가 반가워 담 앞에 서서 가만히 듣고 있었는데 연주에 피리가 빠진 것을 알게 되었다. 요시쓰네는 마침 들고 있었던 피리를 꺼내 음악소리에 맞추어 몇 곡 연주했다. 이것은 자칫 유치한 설정으로 보기 쉬우나 요시쓰네가 명기名器인 피리를 가지고 있었다는 전설을 바탕으로 만들어진 것이다. 요시쓰네가 피리의 명수로 세미오레蟬折라고 하는 유서 깊은 피리를 가지고 있었다는 것은 유명한 이야기였다.

밖에서 갑자기 들려오는 너무나도 뛰어난 피리 연주 솜씨에 감탄한 조루리는 시녀 다마모玉藻에게 밖에 나가 어떤 사람인지 보고 오라고 한다. 요시쓰네의 '꽃과 같은' 모습을 본 다마모는 '숙소에 묶고 있는 금장사네 마부'가 부는 것이라며 조루리가 '이야기를 듣기만 해도 사랑에 빠져버릴 것'을 우려하여 있는 그대로를 말하지 않았다.

그런데 조루리는 그 말을 믿지 않았고 이자요이十六夜를 시켜 다시 확인하게 한다. 담 밖의 요시쓰네의 모습을 본 이자요이는 그가 입은 옷 모습, 허리에 찬 칼 모습, 생김새 등을 상세하게 보고한다. 그것을 들은 조루리는 소문으로만 듣던 요시쓰네일 것이라 추측하여 와카和歌로 응수를 시도해 본다. 그리고 와카를 짓는 솜씨로 확신을 갖게 된 조루리는 그의 피리에 맞추어 관현악 연주를 하고 싶다며 요시쓰네를 안으로 불러들이려 한다.

요시쓰네도 계속 거절을 하나 끈질긴 요구에 하는 수 없이 수락하며 저택 안에서 그녀들과 연주를 즐기게 된다. 물론 이 때 조루리도 방 안에서 연주를 하고 있었는데 그 앞에는 발이 쳐져 있어 요시쓰네는 그녀의 모습을 볼 수 없었다. 당시 귀한 집 여자는 이성에게 함부로 얼굴을 보이는 것을 꺼려 직접 모습을 볼 수 없게 발을 치고 그 뒤에 앉게 되어 있었다. 서로의 연주 솜씨에 감동받은 조루리와 요시쓰네는 서로 한 번 보고 싶다며 궁금해 했는데 때마침 불어오는 바람에 일곱 겹의 발이 한꺼번에 걷혀 올라 그 모습을 확인할 수 있었다. 조루리의 얼굴을 본 요시쓰네는 한눈에 반하여 이자요이에게 조루리와의 만남을 주선해달라고 신신당부하고 일단 숙소로 돌아간다. 이후 그의 본격적인 구애과정이 그려진다.

조루리에게 첫눈에 반해버린 요시쓰네는 그날 밤 그녀와의 만남을 시도한다. 경비가 삼엄했으나 약속했던 이자요이를 찾은 요시쓰네는 조루리의 침실까지 안내받을 수가 있었다. 그곳은 화려한 장식과 호화로운 세간으로 매워져 있었고 형언할 수 없는 향기가 가득한 극락정토와 같은 곳이었다. 이 때 요시쓰네는 이미 황홀경에 빠져있는 모습으로 묘사된다. 조루리가 있는 방은 다행히도 열쇠가 걸려있지 않아 그는 슬그머니 안으로 숨어들어갈 수 있었다. 방에 들어가자 요시쓰네는 밝게 켜진 등불과 촛불들을 하나만 남기고 꺼버린다. 조루리는 깊게 잠들어 있었는데 요시쓰네는 그녀 머리맡에 있는 병풍을 두드려 인기척을 내었고, 이어 사랑의 말을 건네며 하룻밤을 지낼 것을 요구한다.

요시쓰네는 조루리에게 "저녁의 관현악연주 때 보그 하늘 위의 존재와도 같은 그대에게 매혹되어 이곳까지 이끌려왔습니다. 부디 하룻밤을 함께 보냅시다"라며 다가간다. 조루리는 어머니에게 들키면 집에서 쫓겨나 섬에 보내지거나 죽는다고 완강하게 거부하나, 요시쓰네는 "그것도 두렵지 않습니다"라고 집요하게 온갖 설득을 하며 고집피우지 말고 하룻밤을 지낼 것을 요구한다. 그 요구는 일곱 번에 걸쳐 이어진다. 조루리는 마지막으로 아버지가 돌아가셔서 정진 중이라고 거절 이유를 댄다. 그러자 요시쓰네는 사실 자신도 아버지가 돌아가셔 정진 중이라며 문제가 될 것이 없다고 말한다. 조루리는 이 말을 듣고 협박을 해도 안통하고 달래어도 안되니 요시쓰네를 받아들이기로 한다. 이자요이를 시켜 술상을 받은 후 두 사람은 드디어 동침을 하게 된다. 그러나 막상 그 모습은 비익연리比翼連理와 해로동혈偕老同穴을 약속했다는 표현에 그친다. 이후는 서로가 헤어짐을 아쉬워하는 모습이 그려질 뿐이다.

구애과정에서 발이 바람에 올라가고, 조루리 방의 열쇠가 잠겨 있지 않는 우연성은 신불의 가호로 인해 사랑을 이루게 한다는 중세적 특징이라 할 수 있다. 앞서 이야기 했듯이 『조루리 이야기』의 조루리와 요시쓰네의 사랑이야기는 그 후 요시쓰네를 소재로 하는 작품에 자주 삽입되곤 했었다. 그들의 만남에서 사랑에 이르기까지의 설정을 이어받은 에도시대의 작품들에서는 이러한 초월적인 힘의 관여가 사라지며, 남자측이 아니라 여자측(시녀를 포함)이 적극적으로 애정공세에 나서게 되는 차이를 보인다.

한가지 예를 들자면 지카마쓰에 의해 1710년에 만들어진『하라미토키와孕常盤』라는 작품이 있다. 이 작품에도 금장사 기치지와 오슈로 향하던 요시쓰네가 야하기에 머물다가 조루리를 만나는 장면이 설정되어 있다. 그런데 그 모습은 사뭇 다르다. 우선 조루리와 시녀들이 아악연주를 하고 있는 것이 아니라 밖에서 들려오는 요시쓰네의 피리소리에 하나 둘씩 악기를 꺼내 연주하기 시작하는 것으로 바뀌어 있다. 요시쓰네는 갑자기 악기소리가 들려 오자 피리를 멈추고 안을 들여다본다. 피리소리가 멈추자 시녀들은 속상해 하는데 마침 그 때 그녀들의 눈에 방안의 거울에 비친 요시쓰네의 모습이 들어온다. 그러자 이자요이가 재빨리 거울을 껴안는데, 그 때 다른 시녀들도 거울에 비친 소매에, 또 머리카락에 달려든다. 나아가 "여기는 중요한 고의춤, 아아 맛있겠다"며 덤벼들고 얼싸안고 하는 등, 남자에 굶주린 여자들로 그려진다. 이러한 모습은 여자만이 산다는 섬인 뇨고 섬女護島 같다고도 표현된다. 에도시대 당시의 뇨고 섬에 대한 관심이 이러한 변경에 영향을 준 것으로 생각된다.

시녀들의 남자에 대한 관심, 집착에 대한 표현은 이어진다. "사랑스런 얼굴을 앙 하고 깨물고 싶어라"라고 얘기하는 것을 들은 요시쓰네는 겁에 질려 도망가지도 못하고 있다. 이 때 시녀들만 남자에 집착하는 것은 아니었다. 『조루리 이야기』에서는 조루리가 요시쓰네에 대해 고상하게 관심을 표현했다면, 『하라미토키와』에서 조루리는 거울에 비친 요시쓰네를 "내 거울에 비쳤으니 내 것"이라며 시녀들을 견제할 정도로 탐욕적이다. 그 뿐 아니라 거울에 요시쓰네의 모습이 보이지 않자 다시 제자리로 갖다 놓으라고 떼를 쓰기도 하는 등, 남자에 대한 집착을 보인다.

┃ 조루리와 요시쓰네, 하룻밤을 지내다
(『伝説の浮世絵開祖岩佐又兵衛』도록 지바시千葉市 미술관 2004)

이렇다 보니 하는 수 없이 시녀들이 조루리를 위해 나선다. 그녀들은 일단 요시쓰네를 집 안에 끌어드릴 꾀를 생각해낸다. 우선 조루리가 피리를 구경하고 싶어 한다고 하며 억지로 빼앗아 온다. 그 피리를 조루리에게 내밀며 "요시쓰네가 입댄 곳이 마르기 전에 빨리. 그 다음에 순서대로 살짝씩 핥아서 돌려"라고 입술에 갖다 대고 있다. 그리고서 피리를 요시쓰네에게 바로 돌려주지 않고 그에게 밤에 조루리의 침소로 가지러 오라고 한다. 조루리의 사랑을 맺게 하기 위해 갖은 수단을 사용하고 있는데, 그 모습에 에도시대 문학에 특징적으로 나타나는 비속함이 드러나 있다.

시녀들이 막상 요시쓰네를 조루리의 방으로 데리고 왔지만 당사자 두 사람은 말조차 못 걸고 있다. 그런 두 사람을 대신하여 『조루리 이야기』를 따라 시녀들이 사랑의 문답까지 대신 하지만 진도가 나가지 않는 답답함에 그만 두 사람의 옷과 띠를 벗겨버린다. "조루리의 유리와 같이 투명한 살결, 요시쓰네의 빛나는 살결의 대결"이라 하며 시녀들이 둘을 서로에게 밀자 처음에는 싫다고 하더니 결국 정답게 사랑을 나누게 된다.

지카마쓰의 또 다른 작품 『주니단 소시十二段草子』에 등장하는 조루리는 요시쓰네의 헛기침 소리만 들어도 왠지 가슴이 먹먹해지며 뭔가 배위를 기어가는 듯 간질거려 몸부림친다. 조루리의 요시쓰네에 대한 호감을 심정이 아니라 육체적으로 표현하고 있다. 또한 『하라미토키와』와 마찬가지로 조루리가 적극적으로 구애하는 것으로 『조루리 이야기』와 상반되게 묘사되고 있다. 중세의 사랑의 근세적 표현이라 할 수 있다. 한 가지 덧붙이자면 원작보다 주인공들의 나이를 하나씩 올려놓아, 소년 소녀의 사랑에서 벗어난 어른의 사랑이라는 것을 전제로 하고 있다.

간통, 에도의 어긋난 사랑

에도시대에는 불의밀통不義密通, 즉 불륜, 간통에 대한 엄격한 처벌이 존재하였다. 무사는 아내가 간통을 하면 '메가타키우치女敵討'라 하여 아

내와 그 상대남자를 죽일 권리가 있었다. 조루리 중에서 간통 사건을 다룬 것으로는 지카마쓰의 세 작품이 유명하다. 세 작품 모두 당시 실제로 일어났던 사건들을 소재로 하고 있다. 조루리에서 여주인공들은 대부분이 결혼하기 전의 10대 여자들이나, 이들 간통물은 결혼을 한 2,30대 여자가 간통을 주도하는 인물로 등장한다. 인형자체도 눈썹을 밀고 이도 까맣게 오하구로お齒黒를 하고 있어 결혼한 여자임을 한눈에 알 수 있으며 성인 여성으로서의 매력이 풍긴다.

에도시대에는 참근교대參勤交代라고 하는 제도가 있었다. 쉽게 말해 각 지방의 다이묘大名들이 장군이 있는 에도에서 격년으로 근무하는 것이다. 이 때 다이묘의 아내와 자식 등 가족은 에도에 거주하게 된다. 다이묘가 에도에서 근무할 때면 그 아래 부하들도 따라 가게 된다. 다이묘와 달리 그들의 아내와 자식들은 고향에 남아서 1년을 남편과 떨어져 살게 된다. 이 제도에 의해 만들어진 별거 기간이 간통이 일어나는 한 요인이 된다. 지카마쓰가 간통을 소재로 만든 작품도 세 개 중 두 작품은 이러한 무사의 아내 이야기이다.

『야리노 곤자 가사네카타비라鑓の權三重帷子』는 마쓰다이라 번松平藩의 고쇼小姓 곤자權三와 그의 다도 스승인 아사카 이치노신淺香市之進의 아내 사이さゐ의 사이에 벌어진 간통사건을 소재로 하고 있다. 단, 지카마쓰는 작품 내에서 간통을 한 것으로는 그리고 있지 않다.

이치노신은 참근교대로 인해 에도에 체재 중이었다. 아내 사이는 어린 딸에게 이치노신의 다도 제자 곤자를 남편으로 권하고 있다. 딸은 삼촌뻘이라고 싫다고 한다. 사이가 곤자를 사위로 권하는 것은 그가 미남이기도 하고 무예뿐 아니라 다도에도 뛰어나고 사분사분하고 성격도 좋다고 보았기 때문이다. 그러나 딸의 말에서 알 수 있듯 곤자는 딸보다 12살이나 나이가 많았다. 사이는 딸에게 아빠와 엄마도 12살 차이가 나는 데 잘 사는 것 보라고 한다. 사이는 37세로 곤자하고도 12살 차이이다. 심상치 않는 복선이 깔려있다. 그 뿐만 아니라 바로 "네가 싫다면 엄마가 갖는다. 정말 이치노신이라는 남자랑 결혼 안했으면 남한테 넘길 곤자가 아니야"라는 말까지 하고 있다.

이 때 마침 곤자가 문안인사차 찾아왔다. 그는 이치노신의 비전秘傳을 전수받기 위해 부탁하러 온 것이었다. 사이는 그를 안으로 불러 비전은 자식에게만 전수하는 것이라며 사위가 될 것을 강요한다. 사이는 곤자에게 이미 결혼을 약속한 여자가 있다는 것을 알게 되자 "생각할수록 질투가 나. 내가 데리고 살 생각으로 알아보고 또 알아보고 해서 확신을 한 남자이기에 딸과 짝지어주려고 하는 건데. 정말 화가 나고 질투나"하며 심하게 투기심을 드러낸다. 거기엔 곤자를 사위로 삼으려는 친정엄마의 심정은 없고, 사랑 상대에 대한 질투심만 존재한다.

이어 밤이 되자 약속한대로 곤자가 비전을 전수 받으러 온다. 마음을 가라앉힌 사이는 차분히 설명을 시작하나 곤자가 바깥의 인기척을 자꾸 신경쓰자 찾아올 여자가 있는 거냐며 다시 질투심을 폭발시킨다. 곤자가 메고 있던 띠를 트집잡더니 잡아 당겨 풀어헤쳐 마당에 집어던져버렸다. 곤자가 "그것은 사연이 있는 띠"라 하며 주우러 가자, 사이는 "그럼 이거 해"라며 자기 띠를 풀어서 내놓는다. 이 때 화가 난 곤자가 그 띠를 마당에 집어던지자, 마침 마당에서 두사람의 모습을 몰래 보고 있던 한노조伴之丞에게 들키게 된다. 한노조는 사이에게 연모의 마음을 품고 있었는데, 그도 역시 다도의 비전을 전수받기 원하고 있었다. 이

날은 사이의 방에 몰래 들어가 관계를 맺고 비전도 전수받을 계략을 세우고 왔던 것이었다. 예상치 못했던 전개에 한노즈는 "이치노신의 아내와 곤자의 불의밀통, 다실에서의 동침, 두사람의 띠가 증거"라며 뛰쳐나가버린다.

사태의 심각성을 파악한 곤자는 변명할 길이 없어 무사의 명예를 위해 자결하려 하나 사이가 만류한다. 사이는 "우리 둘은 어차피 죽을 몸. 에도에 있는 이치노신의 명예를 위해 간통자가 되어 그의 칼에 죽자"고 한다. 곤자가 주저하자 사이는 불만이겠지만 남편 이치노신을 위해 부부가 될 것을 강력하게 주장한다. 여기에 사이의 남편에 대한 사랑을 보는 해석도 있겠으나, 그보다 더 곤자와 부부가 된 기쁨이 컸다는 것으로 해석할 수도 있지 않을까. 지카마쓰는 간통이 실제로 일어난 것으로 그리고 있지는 않으나, 남편부재에 따른 여성의 외로움, 성욕의 문제로 다루고 있다. 25살 곤자에게 보인 37살 사이의 정상이 아닌 질투는 억압된 여성의 성의 문제였던 것이다.

또 다른 간통물인 『호리카와 나미노쓰즈미堀川波鼓』는 돗토리번鳥取藩의 무사 오구라 히코사부로小倉彦三郎의 아내 오타네お種와 아들 분로쿠文六의 쓰즈미鼓 선생 겐에몬源右衛門과의 간통사건을 소재로 하고 있다. 여성의 금욕의 나약함을 잘 표현하고 있다는 평을 받는 작품이다. 남편을 그리워하는 마음이 곳곳에 강조되고 있으며, 이 작품에서도 역시 참근교대라고 하는 것이 초래한 비극으로 간통극이 그려져 있다.

오타네는 남편이 없는 외로움을 아주 강하게 느끼는 여인이다. 참근교대로 남편이 에도로 가면 1년을 못 만나고, 고향에 있어도 한 달에 열흘은 숙직으로 집을 비워 부부답게 다정하게 사랑을 나누는 밤도 없

다고 여동생 후지ふぢ에게 투정한다. 그러면서 이번에 남편이 에도로 떠나면서 잘 있으라고 한 모습이 눈앞에 아른거려 잊을 수가 없고 온종일 연애를 하는 것 같다며 남편을 그리워한다. 심지어 남편의 환상을 보며 뛰어나가 마당의 소나무를 껴안기도 한다. 도입 단계에서부터 무언가 일을 낼 것 같은 위태로움이 있다.

특히 오타네는 술까지 좋아한다. 이날은 친정집에서 아들 분로쿠가 쓰즈미 연습을 하고 있었다. 연습을 마치자 오타네는 선생님인 겐에몬을 접대하려 술상을 차린다. 오타네는 첫잔을 자신이 마시고, 아들이 술을 못 마시자 그 잔도 대신 받아 마신다. 여동생이 말리는 것도 듣지 않고 선생님과 술잔을 주거니 받거니 하다 과음하게 된다. 그리고 여동생과 아들이 각각 돌아가고 집 안에는 선생님과 오타네만 남게 되었다. 그런 오타네를 지카마쓰는 "어둑어둑해지는 저녁, 술기운이 오른 오타네가 거울을 마주하며 머리를 빗는 모습은 남자를 그리워하는 요염한 분위기가 있다"고 표현한다. 조루리에서는 여자가 머리를 빗는 장면은 종종 죽음을 암시한다. 무대에서는 대사없이 농염한 오타네의 모습만 보여주는데 정적 속에 앞으로 다가올 비극의 분위기가 감돈다.

이 때 남편의 동료 유카에몬床右衛門이 찾아온다. 그는 남편의 부재를 노리는 자였다. 원래 에도에 가야 했으나 오타네를 좋아해 꾀병을 부려 번에 남아, 집에 아무도 없는 것을 알고 찾아온 것이다. 그는 오타네가 강하게 거절하자 사랑을 받아주지 않으면 여기서 같이 죽어 정사한 것으로 소문나게 할 각오로 왔다고 협박을 한다. 그 말은 들은 오타네는 여기는 친정집이니 그럴 각오면 내일 밤이라도 집으로 찾아오면 원하는 대로 하겠다며 거짓말을 하며 그 자리를 어떻게든 모면해보려 했다.

그런데 그 말을 다른 방에 있었던 겐에몬이 들어ㅂ린다. 유카에몬은 황급히 도망가버리고 오타네는 너무나 당황하여 불안한 마음을 다시 혼자 술로 달랜다. 그럴수록 에도에 있는 남편 생각에 잠들지 못하고 있다. 이 때 겐에몬이 집을 나가려고 하자 오타네는 오해를 풀기 위해 일어나 나간다. 그런데 겐에몬은 "나는 말하지 않겠지만 소문이 나는 건 어쩔 수 없을거다" 하고 가버리려 하자 오타네는 그에게 소문내지 않겠다고 약속하는 의미로 술을 마시자고 붙들었다. 오타네는 찻잔에 가득 술을 따라 우선 자신이 한잔 마시고 다시 따라 반잔을 마시고는 그 잔을 겐에몬에게 내민다. 입댄 잔을 받아 마신 겐에몬의 손을 잡고 오타네는 "남편이 있는 여자가 입댄 술잔으로 술을 마신 이상 같은 죄입니다. 아무 것도 소문내지 마세요"라고 말한다. 그 말에 놀란 겐에몬이 도망가려하자 오타네는 "너무 하십니다. 사랑을 모르는 답답한 남자시네요"라 하면서 껴안고 그의 띠를 풀어버린다. 두 사람은 술과 색에 마음이 흩어져 서로 껴안다가 남녀의 사이가 되어버렸다. 그 후 유카에몬에게 들켜 간통이 드러나게 된다. 남편이 돌아와서 추궁을 하자 오타네는 죽어 마땅하지만 남편 얼굴을 한번 보고싶어 오늘까지 죽지 못했다고 하며 스스로 가슴에 칼을 꽂아 죽는다. 메가타키우치로 나서는 히코사부로를 아들과 여동생, 오타네의 여동생까지 따라 나선다. 그런 그들을 본 히코사부로는 왜 진작 비구니를 만들어 살릴 생각을 안했냐며 아내의 시신을 붙들고 울부짖는다. 여기서 간통사건은 오타네가 품행이 나쁜 문란한 여자였기 때문에 일어난 것으로 그려지고 있지 않다. 에도시대가 금슬 좋은 부부 사이에 일으킨 비극이었던 것이다.

무사의 사랑, 의형제를 맺다

의형제의 사전적인 뜻은 '혈연이 아닌 사람과 맺는 혈연과 같은 관계로 맺은 형제'를 말하는데, 에도시대 무사 사이의 남색관계는 이 '의형제'라는 단어로 표현된다. 연장자가 형으로 넨자念者라고도 불리며 연하의 미성년자가 동생으로 와카슈若衆라 불리었다.

지카마쓰의 『신주요이고신心中宵庚申』은 남색에 대한 그의 인식을 알수 있는 작품이다. 이 작품은 양어머니의 이혼 강요로 인해 부부가 동반자살한 사건을 소재로 하고 있다. 주인공 한베이半兵衛는 하마마쓰浜松의 무사출신이나 오사카大坂의 채소 가게 양자가 되었다. 부친의 17주기 제사를 지내러 고향으로 간 한베이는 동생 고시치로小七郎가 모시는 사카베 고자에몬坂部郷左衛門의 저택에 들른 하마마쓰 성주城主를 위해 음식을 요리하게 되었다. 대접을 무사히 마치자 고시치로를 좋아한다는 무사들이 나타나 한베이에게 고시치로와 의형제를 맺을 수 있게 도와달라고 부탁을 한다.

　　"동생 일을 부탁을 한다는 것도 우습지만 맹세하건데 정말로 발톱부터 머리꼭대기까지 반해버려 매일매일 흥분하며 연애편지를 씁니다. 그 종이 값도 500몬메匁정도. 몸도 재산도 종이에 다 바쳐도 야속한 고시치로. 형님, 제발 저에게 주십시오. 이 군에몬軍右衛門이 무릎꿇어 빕니다. 저에게 주십시오."

　　"반한 사람은 더 있어. 종이값 정도가 아니다. 그 때문에 1관에 500몬메 하는 우이로外郎(거담제, 입냄새를 제거하는 알약)를 사 먹은 이 진베이甚兵衛. 제발 저에게 주십시오."

이러한 부탁을 하는 자들에게 한베이는 슈도衆道(남색)는 금지되어 있는 걸로 안다며 거절을 한다. 남색은 중세 이후 에도시대초기까지 사회적으로 용인되고 있었는데 17세기 중반 즈음부터 막부와 각 번은 가신단家臣団 사이에 남색관계를 가지는 것을 엄격하게 금지하고 있었다. 그것은 그들 사이의 사랑싸움이 실질적 싸움, 즉 살상사건으로 이어지는 것을 우려했기 때문이다. 남자사이의 사랑을 쟁취하기 위한 투쟁은 이 작품을 보아도 알 수 있다. 고시치로는 지금까지 받은 편지를 한 아름 안고 나와 다음과 같이 말한다.

> 　　"형 앞에서 부끄럽지만, 이렇게 된 이상 밝히겠습니다. 나 같은 놈이 사랑을 받는 것은 성인이 되기 이전에 좋은 추억거리가 되어 고마운 일이기는 하나 한 사람도 아니고 여러 사람이 편지를 보내와 차갑게 돌려보내지는 못하고 받아놓고는 의리상 열어보지도 않았습니다. 누구에게 따를 생각도 없어서 그대로 돌려드리겠습니다. 포기해주십시오."

　　그것을 본 한베이는 고시치로에게 수의를 입고 나오게 하고 그와 의형제를 맺으려는 네 사람 앞에 칼 두 자루를 내놓는다. 한베이는 "누구 한 사람에게 동생을 맡기면 세 사람의 원한을 사게 되니 걱정이오. 차라리 이 자리에서 서로 죽이고 아무도 참견하지 않는 내세에서 넨자와 와카슈가 되도록 하시오. 자 아무나 나와 의형제 맺으시오"라 한다. 무사들은 겁을 먹고 서로 주저하며 머뭇거리고 있을 때 무사의 잔심부름을 하는 주겐中間인 고이치베이小一兵衛가 나와 칼을 잡으려 한다. 그것을 한베이가 말리며 진정으로 고시치로를 사랑하는 것은 고이치베이뿐이라며 동생을 그에게 맡기기로 한다.

기뻐한 고이치베는 "무사들과 어깨를 나란히 할 수도 없는 놈이 무사에 꿀리지 않는 정신으로 멋진 와카슈와 의형제를 맺게 되었습니다. 고맙고 과분합니다"고 하면서도 "시작의 의미로 추잡하겠지만, 한베이도 눈감아주세요" 하며 고시치로를 떨썩 꺼안는다. 그리고 한베이는 사카베 고자에몬에게 이야기해서 버젓이 사귈 수 있게 하겠다고 약속한다.

　　이렇듯 에도시대 남색은 이상한 관계로 취급되지 않았다. 상대에 대한 연모의 정도 남녀 사이의 사랑과 다를 것이 없었다. 남색 관계에 있다고 해도 반드시 남자에게만 사랑의 감정을 느끼는 것이 아니라 이성인 여자하고도 연애관계에 있는 경우도 있었다. 『신주만넨소心中万年草』는 고야산高野山에서 수행하는 동자승인 구메노스케久米之助와 그를 사랑하는 우메梅의 슬픈 사랑이야기이다. 구메노스케는 우메와 결혼하기 위해 하산할 생각으로 있었는데 실수로 비밀로 하고 있었던 우메와의 관계를 주지스님께 들키고 만다. 여인금제인 곳에서 계율을 범한 구메노스케는 스승으로부터 파문을 당하고 넨자인 유벤 율사佑弁律師로부터도 절연 당한다. 여기에 당시의 남색관계가 어떤 것인지 엿볼 수가 있다. 유벤 율사는 구메노스케에게 잡화점에는 여자가 있으니 행실을 바르게 가져 이상한 소문이 나지 않게 잘 처신하라고 했었는데 그런 줄도 모르고 의형제를 맺었다고 개탄한다. 여자와 소문나는 것이 슈도의 몸가짐으로 가장 나쁜 것이며 넨자에게 망신을 주는 것이라 한다. 사실 구메노스케는 스스로가 원해서 절에 들어온 것은 아니었다. 그는 어릴 때 실수로 동네 친구를 죽게 한 일이 있었는데 그의 부모한테 출가를 조건으로 면죄 받았던 것이었다. 그런 그를 유벤 율사는 무슨 일이 있으면 목숨 바쳐 지키려고까지 하고 있었다. 그런데 상황이 이렇게 되자 인연을 끊은 이상 죽어도 상관 않겠다고 한다. 그는 "속인俗人이 여자를 연모하는 것보다 승려의 몸으로 와카슈를 생각하는 것이 몇 천 배나 더한 것이오. 그런 넨자를 소홀히 하고 내 다음을 업신여겼소. 밉고 원통하고 한심하오." 하며 눈물을 흘린다. 그 달에 대해 구메노스케는 다음과 같이 응한다.

> "이승뿐 아니라 저승까지 같이 하자고 했던 분을 소홀히 대했다는 원망의 말이 너무나 슬퍼서 죽어도 죽지 못합니다. 일찍이 머리를 깎았으면 이런 후회도 없었을 것을. 삭발한 중머리 모습을 보여드리는 것이 싫어 스무 살이 될 때까지만 참자고 머리를 손질하고 얼굴을 꾸미고 몸단장을 했는데 그것이 오히려 화가 되어 오우메가 나를 좋아하게 되었습니다. 이것도 전세의 인과였을까? 오우메에게 이유를 말하고 인연을 끊으면 다시 원래처럼 다정하게 이뻐해 주실건가요?"

구메노스케는 오우메와 사랑하는 사이이면서도 유벤 율사하고도 남색관계를 유지하고 있었다. 즉 동시에 남자와도 여자와도 사귀고 있었던 것이다. 오우메하고의 관계가 들키자 원통함에 눈물까지 흘리며 그녀와 관계를 끊을 생각까지 하고 있다. 넨자인 유벤 율사에게 잘 보이기 위해 지금까지 구메노스케가 해온 갖은 노력이 구체적으로 기술되어 있고, 또한 유벤 율사가 오우메와 사귀는 구메노스케를 비난하고 있으나 반대로 오우메가 남색을 비난하는 일은 없는 등 당시 남색관계에 대한 인식을 잘 보여주고 있다.

정사물에서도 간통물에서도 그리고 남색물에서도 주인공들은 사랑에 진지했다. 『신주요이고신』에서 한베이가 동생 고시치로의 남색상대의 사랑을 확인하기 위해 취한 방법에서도 알 수 있듯이 진정한 사랑은 죽음을 각오한 것이었다. '좋아서 죽는 것'이기에 죽기 직전까지 사랑하는 감정에 충실했고 인형극인 조루리에서는 그 감정을 절제하여 표현함으로써 관객들의 상상력을 자극했다.

『다테무스메 코이노 히가노코伊達娘恋緋鹿子』는 대화재로 인해 피난 갔던 절에서 데라고쇼 기치사부로吉三郎와 사랑에 빠지게 된 오시치お七가, 그를 다시 만나고 싶은 마음에 방화를 일으켰다가 사형당한 실화를 소재로 하고 있다. 조루리에서는 방화가 아니라 화재 감시대에 올라 화재를 알리는 종을 치는 것으로 설정을 바꾸고 있는데 이것 역시 중죄로 사형에 처해지기는 마찬가지였다. 이 어리석고도 대담한 그녀의 행동은 조루리와 가부키의 세계에서는 죽음을 각오한 심오한 사랑의 상징이 되었다. 조루리에서도 그리고 가부키에서도 오시치가 화재감시대에 오르는 장면에는 사랑의 절실함을 잘 표현하기 위한 연출이 시도된다. 조루리에서는 오시치가 머리가 풀어헤쳐지며 혼이 나간 듯한 상태로 감시대에 오르는 모습을 인형조종사가 안보이는 방법으로 표현을 한다. 관객의 시선을 인형에만 집중시키기 위한 것이다. 가부키에서는 이 장면만은 인형처럼 동작하는 닝교부리人形振り라는 연출이 사용되고 있으며, 현재는 5대 반도 다마사부로坂東玉三郎가 연기하는 닝교부리가 그 요염함으로 잘 알려져 있다. 한결같은 여자의 사랑을 관능적으로 표현하는 데에 현재 대표적 오야마 배우인 다마사부로에게조차도 인형적인 표현을 요구하고 있는 것이 아이러니컬하기도 하다. 그러나 이러한 인형이 가지는 표현력이야말로, 발생한지 400년이 지난 현재까지도 조루리가 관객의 사랑을 받으며 맥을 이어올 수 있었던 가장 큰 요인이 아닌가 새삼 생각하게 한다.

참고문헌

氏家幹人(2008)『武士道とエロス』講談社
氏家幹人(2007)『不義密通』洋泉社
ジョルジュ・バタイユ(2004)『エロティシズム』筑摩書房
赤川次郎(2004)『人形は口ほどにものを言い』小学館
松尾知子(2004)『伝説の浮世絵開祖岩佐又兵衛』千葉市美術館
百川敬仁(2000)『日本のエロティシズム』筑摩書房
信多純一 外 校注(1999)『古浄瑠璃説経集』『新日本古典文学大系』岩波書店
鳥越文蔵 外 校注(1998)『近松門左衛門集』『新編日本古典文学全集』小学館
近松全集刊行会(1987)『近松全集』2, 岩波書店
諏訪春雄(1968)『愛と死の伝承』角川書店
園地文子 外(1966)「座談会性と日本文学」「特集性欲起源説と日本文学」『国文学解釈
　　　　　と鑑賞』至文堂
『和楽』(2003)巻頭大特集「文楽への招待」小學館

에로티시즘으로
읽는
일본문화

찾아보기

에로티시즘으로 읽는 일본문화 - 집필진

▌노선숙▌

부산대학교 일어일문학과 교수
논문: 노선숙(2012) 「古典文学に見る〈髪〉と女性性」『日本語文学』54, 한국일본어문학회
　　　노선숙(2009) 「〈衣返し〉歌考」『日本研究』40, 한국외국어대학교 일본연구소

▌류정선▌

인하공업전문대학 교양학부 조교수
논문: 류정선(2007) 「物語に나타난〈聖〉·〈性〉의 금기침범」『일어일문학연구』61-2, 한국일어일문학회
　　　류정선(2005) 「모노가타리와 소리의 미학」『일어일문학연구』53-2, 한국일어일문학회
공저: 류정선(2008) 『그로테스크로 읽는 일본문화』 책세상

▌김종덕▌

한국외국어대학교 일본학부 교수
공저: 김종덕(2004) 『日本古代文学と東アジア』勉誠出版
　　　김종덕(1999) 『ことばが拓く古代文学史』笠間書院
초역: 김종덕(2008) 『겐지 이야기』지만지

▌김영심▌

인하공업전문대학 항공경영과 교수
논문: 김영심(2012) 「作者の肖像画-紫式部絵の流れ」『일본연구』54, 한국외국어대학교 일본연구소
공저: 김영심(2008) 『ジブリの森へ』森話社
역서: 김영심(2003) 『일본최초의 언문일치소설〈뜬구름〉』보고사

▌김유천▌

상명대학교 일본어문학과 교수
논문: 김유천(2011) 「『源氏物語』末摘花巻の和歌と〈笑い〉の方法」『일본연구』50, 한국외국어대학교 일본연구소
　　　김유천(2011) 「『源氏物語』における「氷」の表現性」『일어일문학연구』76-2, 한국일어일문학회
　　　김유천(2009) 「平安文学における「都」」『일본연구』42, 한국외국어대학교 일본연구소

▌한정미▌

한국외국어대학교 강사
논문: 한정미(2012) 「軍記物語における賀茂神の様相」『일어일문학연구』81-2, 한국일어일문학회
　　　한정미(2012) 「物語文学における御霊信仰の様相」『일본학보』93, 한국일본학회
공저: 한정미(2008) 『그로테스크로 읽는 일본문화』책세상

▌강지현▐

전남대학교 국제학부 교수
논문: 강지현(2013)「『栗毛弥次馬』三種と二代目岳亭作〈膝栗毛もの〉の合巻攷」『日本文学』716, 日本文
　　　　学協会
저서: 강지현(2012)『일본대중문예의 시원, 에도희작과 짓펜샤 잇쿠』소명출판
역서: 강지현(2010)『근세일본의 대중소설가, 짓펜샤 잇쿠 작품 선집』소명출판

▌이미숙▐

서울대학교 인문학연구원 HK연구교수
저서: 이미숙(2009)『源氏物語研究—女物語の方法と主題』新典社
역서: 미치쓰나의 어머니 지음·이미숙 주해(2011)『가게로 일기-아지랑이 같은 내 인생』한길사

▌이신혜▐

한국외국어대학교 강사
논문: 이신혜(2009)「白露の趣向」『일본언어문화』14, 일본언어문화학회
공저: 이신혜(2009)『세계 속의 일본문학』제이앤씨

▌이용미▐

명지전문대학 일본어과 부교수
논문: 이용미(2012)「『슈텐동자』의 시원에 관한 소고」『일본언어문화』22, 한국일본언어문화학회
공저: 이용미(2008)『그로테스크로 읽는 일본문화』책세상
역서: 이용미(2010)『오토기소시슈』제이앤씨

▌김경희▐

단국대학교 일본연구소 학술연구교수
논문: 김경희(2009)「『雨月物語』에 나타난 '우라미'에 관한 고찰」『日本研究』40, 한국외국어대학일본연구소
　　　　김경희(2006)「『吉備津の釜』試論-俳諧的連想に注目して-」『近世文芸』84, 日本近世文学会
공저: 김경희(2008)『그로테스크로 읽는 일본문화』책세상

▌김난주▐

단국대학교 교양기초교육원 연구전담 조교수
논문: 김난주(2012)「大蔵虎明의 『와란베쿠사(わらんべ草)』 연구」『일어일문학연구』81-2, 일어일문학회
　　　　김난주(2005)「한국 가면극과 교겐에 나타난 승려상」『한국문화학보』33, 한국일본문화학회
공저: 김난주(2009)『한국민속문화의 근대적 변용』민속원

▌한경자▐

경희대학교 일본어학과 조교수
논문: 한경자(2011)「왕위계승분쟁을 통해 본 조루리 작가의 천황관」『일본학연구』34, 제이앤씨
　　　　한경자(2012)「국학자의 『쇄국론』 수용과정과 야마토다마시이(大和魂)」『일본사상』22, 제이앤씨
공저: 한경자(2008)『그로테스크로 읽는 일본문화』책세상

에로티시즘으로 읽는 일본문화

초판인쇄 2013년 02월 21일
초판발행 2013년 02월 28일

편   자 일본고전독회
저   자 김종덕 외
발 행 처 제이앤씨
발 행 인 윤석현
등   록 제7-220호
주   소 서울시 도봉구 창동 624-1 북한산현대홈시티 102-1106
전   화 (02) 992-3253(대)
팩   스 (02) 991-1285
전자우편 jncbook@hanmail.net
홈페이지 http://www.jncbms.co.kr
책임편집 이신

ISBN 978-89-5668-944-9 03830   정가 20,000원